Diogenes Taschenbuch 23959

de
te
be

W0415962

Alan Sillitoe

Der Zauberkasten

und andere Erzählungen
Aus dem Englischen von
Wulf Teichmann
und Hedwig Jolenberg

Diogenes

Die vorliegende Auswahl erschien
erstmals 1991 unter dem Titel
›Meistererzählungen‹ im Diogenes Verlag
Nachweis am Schluß des Bandes
Umschlagfoto (Ausschnitt):

Veröffentlicht als Diogenes Taschenbuch, 2009

www.diogenes.ch
20/09/8/1
ISBN 978 3 257 23959 1

Inhalt

Mimikry

I

Das Nachahmen habe ich früh gelernt, wahrscheinlich mit zwei oder drei, als ich vor dem Kaminfeuer saß und die Katze anstarrte. Ein Nachahmer vergißt so leicht nichts, hat feine Hände und ein Gesicht, das im Spiegel anzuschauen er nicht ertragen kann, es sei denn, er mimt jemand anderen bis zu einem solchen Grade, daß er sich dort selber nicht mehr erkennt. Seine Seele gehört ihm, aber er begräbt sie tief mit vielen anderen, weil sie erst unter einem solchen Erdhügel sicher ist. Es kommt natürlich vor, daß sie dann so weit weg und verloren ist, daß es ihm nicht mehr möglich ist, zu ihr hinabzugelangen, wenn er es möchte, aber das ist eine andere Sache, im Grunde ist sie unerheblich, wenn man weiß, daß sich mit Alter und Tod alles ohnehin von selber erledigt.

In jenen ersten Jahren der Kindheit wußte ich noch nicht, daß ich ein Nachahmer werden würde. Nach allem, was später erzählt wurde, war ich ein so süßes Baby, daß Männer, wenn meine Mutter mich im Kinderwagen durch die Stadt schob, stehenblieben, um mich zu bewundern, und ihr fünf Shilling schenkten, damit sie mir eine neue Rassel kaufte. Wenigstens das war ihre Geschichte, obwohl mein Gedächtnis besser ist als jede Geschichte, denn nach einer anderen Version war sie selber so hübsch, daß sie das Geld für mich als Vorwand gaben, um mit ihr anzubändeln.

Eine noch andere Möglichkeit könnte die sein, daß ich so verkommen aussah und ein so häßliches Gesicht hatte, daß sie ihr das Geld aus Mitgefühl gaben, weil sie eine so gräßliche Bürde zu tragen hatte. Jedenfalls hat sie auf diese Weise ihren zweiten Mann kennengelernt, was nur beweist, daß Nachahmer gewöhnlich hübsche Rabenmütter haben, während sie selber ganz schön häßlich sein können. Mit fein geschnittenen Zügen kann man kein Nachahmer werden, vielmehr muß man die ersten paar Jahre die Welt beäugen, ohne sich von irgend etwas prägen zu lassen, so daß das Gesicht ausdruckslos bleibt, seine Babyspeckfarbe behält, eine Knopfnase hat, ein Schreimaul und ein Sabberkinn, auf dem sich bricht, was das Sonnenlicht zu etwas zu machen hofft, das deine Züge der Welt himmlischer erscheinen lassen soll.

Während Vater auf Arbeit war und meine Mutter in der Waschküche, tollte ich eine Weile auf dem Teppich, dann setzte ich mich still hin und sah die Katze an, ein getigertes Tier mit einem weißen Fleck zwischen den Ohren. Ich starrte ihr so lange in die Splitteraugen, bis sie ihr großes Maul aufmachte und gähnte. Dann, auf allen vieren vor ihr, machte auch ich mein Maul auf, zeigte alle meine kleinen neuen Zähne und dehnte die Haut an den Seiten, so weit es ging. An der Art, wie die Katze mich ansah, erkannte ich, daß ich Erfolg hatte, und deswegen kam es mir so vor, als fühlte ich mich zum erstenmal in meinem Leben lebendig. Diesen starken Eindruck werde ich nie vergessen. Als ich sie nachmachte, ging das Licht an, als hätte jemand sich hinter mich geschlichen und mir heimlich, still und leise die dunkle Brille abgenommen, die ich gar nicht aufhatte. Schließlich ging die Katze weg, als sei sie verlegen.

Jahrelang habe ich an Tieren geübt, in der, wie ich meine, richtigen Annahme, daß, wenn ich Tiere so nachmachen könnte, daß sie sich in mir wiedererkennen würden, wenn ich es vor ihnen tat, es ganz einfach sein müsse, es bei menschlichen Wesen ebenso zu machen, wenn ich soweit wäre, überzuwechseln.

Ich erinnere mich, daß, als ich neun war, eine junge Frau von unserem Hof ein Hundejunges hatte, ein schwarzes dickes Tierchen, das krank war und das sie loswerden wollte. Sie bat mich also, es zum Tierheim zu bringen, gab mir einen Shilling, den ich in deren Spendenkasse stecken sollte, und drei Pence für mich, weil ich ihr den Weg abnahm. Ich hatte ungefähr eine Meile zu gehen, und unterwegs machte ich an vielen Läden halt und kaufte in jedem Schokolade. Das Hündchen trug ich in ein Handtuch gehüllt in meinen Armen, und wenn ich mich in einem Geschäft mit einem Vorrat eingedeckt hatte, setzte ich mich auf eine Mauer, um mir das Eingeheimste schmecken zu lassen und das Tierchen noch einmal anzugucken, bevor es ›eingeschläfert‹ werden sollte, wie die Frau gesagt hatte. Ich wußte natürlich, was das bedeutete, aber das Hündchen, obgleich es zu mir aufblinzelte und mir die Hand leckte, wenn ich ihm Schokolade gab, sah trotzdem so aus, als wäre ihm das Bevorstehende vielleicht ganz willkommen. Ich blickte ihm fest in die braunen Augen, in dieses dicke, halb blinde Gesicht, das über die Art, wie es in der Welt zuging, noch nichts erfahren haben konnte, und zwischen einem Schokoladenhaps und dem nächsten lieh ich mir seinen Gesichtsausdruck, nahm dieses Aussehen an und zeigte es dem

Hündchen, um ihm das Gefühl zu geben, daß es nicht alleine sei.

Ein Nachahmer tut, wofür er bezahlt wird. Als ich beim Tierheim ankam, hatte ich für die Spendenkasse nur noch drei Pence übrig. Ein Shilling war draufgegangen, um für mich und den Hund Schokolade zu kaufen, und für den Hund sollte es das letzte sein, was er zu fressen bekam.

Auf dem Heimweg machte eine Brücke einen Buckel über einen Kanal. Ich ging durch ein Gatter und kam auf den Treidelpfad hinunter. Auf der Seite gegenüber war eine Fabrikmauer, aber auf meiner Seite war ein Zaun und ein Holunderbusch. Das Wasser war flaschengrün, und beide Seiten spiegelten sich darin. Meine grauen Augen wurden braun, und ich bellte, wie der Hund gebellt hatte, als die Frau im weißen Kittel ihn mir abnahm.

II

Dies ist keine Geschichte über die Kindheit. Sie handelt von einem Nachahmer, und Nachahmer haben keine Kindheit. Man könnte sogar sagen, nicht einmal ein eigenes Leben haben sie. Das ist der Preis, der dafür zu zahlen ist, daß man die Gesichter und Stimmen anderer annimmt, obgleich das noch lange nicht heißt, daß Mimikry sich auszahlen muß. Was Mimikry jedoch ganz sicher gewährt, ist die Weiterführung eines Lebens, wenn dieses Leben bereits vor der Geburt verwirkt worden ist. Ob man das nun selber als ein Geist aus einem anderen Zeitalter getan hat oder ob irgendwer aus einem anderen Zeitalter deinen Geist zu packen kriegte, bevor er geboren wurde, und ihm den Garaus macht – wer wird das je sagen können? Man mag unschuldig geboren sein, wer aber im Leben eine Spur hinterlassen will, muß diese Unschuld loswerden.

Hat man vor der Geburt schuld an seinem wie auch immer verfluchten Leben, so legt man als Nachahmer seine Teufeleien in andere Leute hinein; und war man vor der Geburt unschuldig, dann nimmt man die Teufeleien anderer auf sich.

Sich ein Gesicht zu leihen, heißt, ihm keine Gnade zu erweisen. Um es als dein eigenes zu bezeichnen, nimmst du seinem Besitzer alles. Nicht nur, daß du es vorteilhaft findest, dir anderer Leute Gesicht nutzbar zu machen, du suchst sie außerdem noch all der Stärke zu berauben, die auch sie dadurch gewinnen, daß sie es tragen. Gleichzeitig ahmst du sie nach, um dich zu verbergen. Deshalb kann ein Nachahmer nicht verlieren, abgesehen davon natürlich, daß er schon vor der Geburt alles verloren hat, und zwar mehr als jeder sonst verlieren kann, es sei denn, er ist ebenfalls ein Nachahmer.

Die erste *Person*, die ich nachahmte oder versuchte nachzuahmen, war meine Mutter, und das tat ich, indem ich mich verliebte. Das ist nicht so einfach, wie es sich anhört, besonders deswegen nicht, weil sie verantwortlich dafür gewesen war, mir das Leben geschenkt zu haben; da sie jedoch die Person war, die Gewalt über mein Leben und meinen Tod hatte, gab es sicherlich keinen Menschen, der zum Verlieben geeigneter war. Ich ließ mir aber nichts anmerken, weil meine Art, mich zu verlieben, darin bestand, sie eines Tages nachzuahmen, und da sie mir schon so viel geschenkt hatte, dachte ich, es würde ihr nicht das geringste ausmachen, ja, daß sie sich sogar geschmeichelt fühlen würde. Aber das einzige, was sie merkte, war, daß ich ihr alles nahm.

Sie hatte gerade einen wüsten Krach mit meinem Vater gehabt, und er war aus dem Haus gestürmt, um sich mit seinen Zechkumpanen zu treffen. Als er die Tür mit einem herzzerreißenden Knall hinter sich zugeschlagen hatte, setzte sie sich vor den Kamin und wartete auf das Kochen des Wasserkessels. Als er kochte, brach sie in Tränen aus. Ich dachte, wenn ich auch weine, wird sie nur noch halb so viel leiden; also machte ich dasselbe Gesicht wie sie (die Augen halb geschlossen, den Mund verzerrt, die Hände an beiden Seiten des Gesichts mit zwei Fingern über den Ohren) und drückte mit fast genau dem gleichen Geräusch Tränen aus mir heraus. Ich wollte mein Herz mit ihrem ausschütten, ihm nahe sein als eine Art Trost. Was ich aber nicht wußte, war, daß ich sie nur noch gereizter machte, weil sie dachte, ich würde mich über sie lustig machen – und das verstand sie viele Jahre lang unter Nachahmen.

Dieses unverhohlene Imitieren machte es nur noch schlimmer, obgleich es ihre Tränen nicht reichlicher fließen ließ (was kaum möglich gewesen wäre), sondern sie gänzlich zum Versiegen brachte. Das hatte ich auch gehofft, aber nur in dem Sinne, daß ihr Herz damit besänftigt wäre, und nicht, um sie zu verhärten. Sie schlug mir ins Gesicht: »Mach dich nicht über mich lustig, du kleines Biest. Du bist fast so schlimm wie er.« Wer ›er‹ war, brauche ich nicht zu sagen, obgleich er trotz unserer Ähnlichkeit nie so gut im Nachahmen wurde wie ich.

Ich hatte also gesehen, wie mein Versuch, Mutter zu lieben, kläglich gescheitert war, und so ahmte ich meinen Vater nach. Es dauerte eine ganze Weile, bis ich aufhörte, meine Mutter damit zu quälen, ihn nur vor ihr nachzuahmen, und anfing, ihn auch unter seinen Augen nachzuahmen. Als ich es dann tat, lachte er, und nie habe ich ihn so gutgelaunt gesehen. Für einen Nachahmer steckt das Leben voller Überraschungen. Eines Sonntags nach dem Mittagessen machte er seinen Gürtel auf, weil er zu voll war von den Bieren in der Kneipe und vom Essen. Er hob mich auf sein Knie und küßte mich, während meine Mutter die Töpfe abwusch und sich ab und zu mit schiefem Gesicht nach uns umsah. Er freute sich so darüber, wie genau ich ihn nachmachte und wie deutlich er sich in mir erkannte, daß er mir einen Shilling schenkte.

Dieser schnelle Gewinn stieg mir zu Kopf, und bevor er am Kamin eindösen konnte, sagte ich mir, jetzt lieferst du ihm die beste Schau, die er je gesehen hat; du ahmst vor seinen Augen Mutter nach. Wenn er über sich lachen konnte, als er sich in mir erblickte, dann wird er erst recht davon angetan sein, Mutter in meinem Gesicht zu sehen.

Ich baute mich auf dem Kaminvorleger auf, als wäre ich groß und dünn, stemmte die Arme in die Hüften, legte den Kopf schräg, zog die Backen ein, was meine Mundstellung völlig veränderte, und legte jenes Feuer in meine Augen, das darauf wartete, jede Sekunde von einer Flutwelle überschwemmt zu werden.

»Du hast ja wieder ganz schön lange in der Kneipe gehockt«, sagte ich mit ihrer Stimme, »weißt du denn nicht, daß dein Essen anbrennt? Daß du's nicht von der Theke aus gerochen hast, ist wirklich ein Wunder.«

Seine Augen wurden schmal, und sein Lächeln schlug um wie ein von einer Bö getroffenes Segelboot. Bevor ich wußte, wo ich war, lag ich flach auf der Nase. Dann traf mich ein Schuh in die Rippen, und zusammengekrümmt lag ich unten vor der Treppentür.

Aus irgendeinem Grund war meine *Mutter* überhaupt nicht darüber aufgebracht, daß ich sie vor meinem Vater nachgeahmt hatte – ganz anders wie an dem Tag, als ich es für sie allein gemacht hatte –, im Gegenteil, diesmal fand sie Gefallen daran, so daß sie, als der Alte mich mit dem üblichen Ruck-zuck von Faust und Fuß traf, zu meiner Verteidigung schrie und tobte und ihm alle nur erdenklichen Grausamkeiten an den Kopf schleuderte.

»Laß meinen Sohn in Ruhe, du besoffene Bestie du!« brüllte sie. »Wenn du ihn noch *ein*mal so trittst, hol ich die Polizei. Er hat keiner Seele was zuleide getan, und noch nie hast du ihn richtig behandelt.«

Vater stutzte. Er habe nur nicht gewollt, daß ich respektlos zu ihr sei, sagte er, als wäre er aus der Kirche gekommen und nicht aus der Kneipe. Ich hätte kein Recht, mich über sie lustig zu machen. Wenn es ihn betreffe, habe er nichts dagegen, er würde es als kleinen Scherz auffassen, aber er könne nicht dulden, daß ich sie nachäffe, die Frau und Mutter im Hause.

Inzwischen war ich aus meiner Einigelung herausgekommen (Igel konnte ich zeitweilig sehr gut nachmachen) und hatte mich an den Tisch gesetzt. Geweint habe ich nicht. Mit so was lernt ein Nachahmer schnell aufzuhören, sonst würde er zum Nachahmen gar nicht erst kommen. Getreten zu werden war eins der Risiken, die man eingehen mußte. Und weil ich keine Träne vergoß, war ihr Streit bald beigelegt, der ja schließlich auch nur wegen mir angefangen hatte. Er legte Kohle für das Feuer nach, und sie goß ihm frischen Tee auf. Als der alle war, redeten sie und lachten, und sie saß auf seinen Knien. Dann gingen sie zusammen nach oben, um ein Sonntagsschläfchen zu machen, und ich wurde unten auf dem

Kaminvorleger allein gelassen, wo ich darüber nachgrübeln konnte, was ich falsch gemacht hatte. Ich hatte nicht einmal mehr die Kraft, einen starken Mann zu markieren, der eine Katze mit einem Fußtritt aus dem Wege räumt, weil an seinem Arbeitsplatz die Dinge für ihn nicht allzu rosig standen.

III

Manche Leute glauben, Einfachheit könne nur durch Wahnsinn kommen; aber wer will schon Wahnsinn durchmachen, nur um den zweifelhaften Vorzug zu haben, einfach zu sein? Allein ein Nachahmer kann diese beiden Pferde zugleich reiten und so vermeiden, er selbst zu sein. Das heißt, er findet einen Weg, auf dem er nicht nach sich selbst sucht, um der Entdeckung auszuweichen, daß er kein Selbst hat und folglich nicht existiert. Schließlich einzusehen, daß hinter all den Gesichtern seiner Existenz nichts ist, heißt, echten Wahnsinn zu finden. Und liegt darin nicht Einfachheit?

Auf der Schule war ich einer von denen, bei dem die anderen Jungen sich erkundigten: »Sag ma', wird's regnen heute?« – obwohl ich nichts von einem Weisen oder Wetterkundigen an mir hatte. Aber die Wolken oder der leere Himmel schienen auf meiner Seite zu sein, und oft hatte ich recht, wenn ich ihnen entweder das eine oder das andere sagte. Es ging mir dabei nicht so sehr darum, raten zu können, wie das Wetter werden würde; wichtiger war mir, daß ich es darauf ankommen ließ zu sagen, was meiner Meinung nach eintreten würde. Einem Nachahmer fällt das nicht schwer, denn jedesmal, wenn er entschlossen ist, einen Menschen oder irgend etwas anderes zu imitieren, ist das mit einer Spur Risiko verbunden.

In meiner Jugend brauchte ich lange Zeit, bis ich merkte, daß ich immer, wenn ich mich entschloß, jemanden nachzuahmen, und den Prozeß des Nachahmens dann auch tatsächlich durchlief, von einem tiefen Interesse am Leben erfüllt war und niemandem etwas zuleide tat. Aber dafür war ich in den Zwischenzeiten irgendwie gar nicht da und in Gefahr, mich in allen möglichen dummen Gedanken zu vergraben. Wenn ich wochenlang zum Nachahmen nicht inspiriert war und gleichzeitig keine Gelegenheit fand, meine miese Laune sich anderweitig dadurch austoben zu lassen, daß ich mich in irgendwelche Schwierigkeiten stürzte, erkrankte ich an irgendeiner der gängigen Schwächungen des Körpers, beispielsweise an Lungenentzündung oder Mumps. Vater und Mutter hätten mich wegen der Mühe, die ich ihnen machte, am liebsten zum Teufel gejagt, aber nachdem ich sie schon so früh mit Erfolg nachgeahmt hatte, traten sie mehr und mehr in den Hintergrund meines Lebens, bis sie nur noch Randfiguren waren, und ich nahm so wenig Notiz von ihrem Wüten gegen mich, daß viele Leute und andere Familienmitglieder mich als einen Heiligen anzusehen begannen – bis ich wieder meinen Rappel kriegte.

Einmal, am letzten Tag vor den Weihnachtsferien, war Kostümfest in unserer Schule. Ich ging als Motte, mit zwei großen Flügeln und über und über mit weißem Puder bestäubt. Manche kamen als Musketiers und Marsmenschen, aber die meisten erschienen als gar nichts, trugen einfach nur ein Abzeichen oder hatten einen Hut auf. Es war eine alte Schule, aber vor der einen Wand eines großen Klassenzimmers hatten wir eine Bühne. Ich bekam den ersten Preis, irgendwer kriegte den zweiten, und ein anderer Junge den dritten. Den beiden anderen wurde gesagt, sie sollten auf die Bühne gehen und spielen, was sie sein wollten. Sie taten ihr möglichstes. Dann ging ich hinauf.

Ein Lehrer stellte eine Kerze auf einen niedrigen Tisch, und ich wurde eine Motte, umflatterte sie taumelnd, so daß alle aufhörten zu reden und zusahen. Kann auch sein, daß die Lehrer ihnen gesagt hatten, sie sollten Ruhe halten. Auf der Straße regnete es, und vielleicht war es das Gefühl, im Trockenen zu sein und in der Wärme, was es mir erleichterte, eine Motte zu mimen – mit meinen beiden Flügeln und überall voll Puder. Wieder und wieder waberte ich um die Kerze, mit halb geschlossenen Augen die kaum sich bewegende Flamme fixierend. Ich nahm die Motte in mich auf, und später hörte ich, daß sie zu lachen anfingen. Ich muß das gewußt haben, aber zu der Zeit ist es trotzdem nicht bis zu mir durchgedrungen. Ich umkreiste weiter die Kerze, und niemand dachte daran, mir Einhalt zu gebieten, um meinen Bann und den der Zuschauer zu brechen.

Sollte das Leben eine lange Suche danach sein, wie man es vermeidet zu entscheiden, was man ist, dann wußte ich plötzlich, als ein ganzer Flügel an der Kerze Feuer fing, daß ich eine Motte war.

Die Flamme stieg plötzlich auf und ohne Rauch, aber für andere kam sie nicht so überraschend wie für mich, und kaum war ich leicht versengt, war die Flamme schon von zwei Lehrern mausetot geschlagen.

IV

Alle dachten, meine Tage als Nachahmer seien damit endgültig vorbei. Und ich dachte das auch, denn dieses eine Mal schien mir das Mimen aus der Kontrolle geraten zu sein, und obwohl ich meinte, daß ich vielleicht nichts dagegen hätte, wenn so etwas irgendwann einmal in meinem Leben passieren würde, fühlte ich mich noch nicht reif dazu.

Bevor ich diesen Teil meines Lebens endgültig verlasse (ihn Kindheit zu nennen, bringe ich immer noch nicht fertig), erinnere ich mich an eine Fotografie von mir, die einen großen in sich selbst vertieften Jungen von dreizehn zeigte. Ein Onkel hatte die Aufnahme gemacht und dann vergrößert, und meine Mutter hatte sie gerahmt und in der guten Stube, in die nie jemand ging, aufs Büfett gestellt, so daß sie Gott sei Dank kaum jemand ansah. Ich war lange nicht mehr in ihrer Obhut gewesen und hatte ihr Mühsal und Kummer erspart, und so hatte sie wieder angefangen, mich leiden zu können. Es änderte sich nichts dadurch, denn wenn einmal durch das Scheitern beim Nachahmen eine Entscheidung gefällt ist, kann sie durch nichts mehr rückgängig gemacht werden. Vielleicht erinnerte ich sie an meinen Vater, der damals schon lange gegangen war und einem anderen Menschen Platz gemacht hatte und den sie immer noch irgendwie gern hatte. Aber trotzdem ahmte ich ihn nicht für sie nach, obgleich ich es so hätte tun können, daß uns die Decke auf den Kopf gefallen wäre.

Dieses Foto schien nichts mit mir gemein zu haben, aber alle behaupteten steif und fest, das sei ich, wie ich nicht besser hätte getroffen sein können. Innerlich war ich in das Alter gekommen, wo mir etwas daran lag, ihnen zu gefallen, und so faßte ich den Entschluß, daß ich dieses Foto nachahmen müsse, um so zu werden wie das Abbild darauf. Bald merkte ich, daß mein Vorhaben nicht durchführbar war. Wenn man nicht weiß, was man ist, wie soll es dann möglich sein, sich zu imitieren? Das war die Frage, die sich wie Licht durch ein Brennglas in mich bohrte. Ich konnte nicht etwas imitieren, das kein Leben hatte, nicht einmal mich selbst, wenn ich keins hatte. Und nach dem Foto zu urteilen war dort ganz bestimmt kein Lebensfunke. Und eben das war es, was allen daran so gefiel, ganz besonders meiner Mutter, die es unverrückbar auf dem Büfett stehen hatte, was für sie der Ehrenplatz war.

Trotzdem schaute ich mir das Foto lange an, da andere Leute ihm eine so große Bedeutung beigelegt hatten. Es war da, damit es von der Welt betrachtet werde, vor allem von denjenigen, die ihr Herz verschließen und sagen: Erkenne dich selbst! Ich aber sage: Gebt mir einen Spiegel, und je nach den Fratzen, die du darin schneidest, kannst du (wenn du Lust dazu hast) jeden auf der Welt erkennen.

Aber eine Fotografie ist kein Spiegel. Du siehst dich nicht einmal, wie andere dich sehen. Einen Augenblick lang wäre ich fast in den Geist dieser Fotografie eingedrungen, aber ich riß mich noch rechtzeitig zurück. Es hätte böse enden können. Ich zog es vor, nicht zu wissen, was ich bin. Fast lag ein Triumph in dieser Entscheidung. Wenn *ich* nicht weiß, was ich bin, kann niemand es wissen, nicht einmal Gott. Und wenn Gott es nicht weiß, gibt es keinen Gott.

Eher als die Fotografie von mir nachzuahmen und an Gott zu glauben, wäre ich schon eine Motte gewesen, das stand fest für mich.

V

Da ich ein so guter Nachahmer war, verlor ich meine Jobs immer ziemlich schnell. Früher oder später mußte der Vorarbeiter genau in dem Moment auftauchen, wo ich ihn vor all meinen Kumpels nachmachte. Dennoch arbeitete ich mehr als die meisten, weil ich so in mich vertieft war, daß nichts mir zu schwierig oder zu schwer war. Man bedauerte es immer sehr, wenn man mich feuerte.

Andererseits lieben alle Frauen einen Nachahmer, ausgenommen die Mutter des Nachahmers, die aber, je mehr er anfängt, sich für andere Frauen zu interessieren, eine immer geringere Rolle für ihn spielt. Wenn du mit einer Frau anbändeln willst, brauchst du nichts weiter zu tun als reden. Laß dein Maulwerk laufen und rede, rede, rede. Schmeichle ihr, wenn du mußt, es kann triefen, Hauptsache ist, du redest. Keine Frau kann einem überschwenglich bauchpinselnden Redefluß widerstehen, ganz gleich, wie albern und zusammenhanglos er auch ist, du darfst ihn nur nicht abreißen lassen und mußt sie dauernd am Lachen halten. Selbst wenn sie über dich lacht, macht das nichts. Wenn du sie erst so weit hast, wird sie weich, da kannst du Gift drauf nehmen.

Und mag er auch ein noch so sprachloses Baby sein, wenn er für sich allein ist, ein Nachahmer kann einen lustigen und gesprächigen Mann mimen, wenn es nötig wird. Natürlich, verliebt das Mädchen sich, kriegt sie nie, was sie glaubt zu kriegen. Aber schließlich, wer kriegt das schon? Viel Weisheit gibt es in der Welt. Bestimmte Grundregeln hat Sam England für mich formuliert, der in der Sperrholzfabrik arbeitete, wo ich meinen ersten Job hatte. Heirate nie ein Mädchen, sagte er, das seine Mutter haßt, denn über kurz oder lang wird sie anfangen, dich zu hassen. Er fügte noch hinzu, daß, wenn du wissen willst, wie deine Freundin in dreißig Jahren aussieht, du dir angucken mußt, wie ihre Mutter heute aussieht. Und wenn du wissen willst, wie deine Freundin denkt, daß du in *zehn* Jahren aussiehst, guck dir ihren Vater an.

Jedesmal, wenn ich ein Mädchen kennenlernte, mußte ich mich entscheiden – je nach ihrem Gesicht und wie sie sprach und aus welchem Elternhaus sie kam –, was für einen Menschen sie in mir sehen wollte. Es gab nicht viele Mädchen, die es geduldig ertragen konnten, drei Verabredungen lang mit einem starken, schweigsamen Typ zusammenzusein, der die Situation prüfte. Aber hatten sie das überstanden, fiel ich unweigerlich in den Schlitz, und das Reden begann, das endlose Scherzen und die Selbstoffenbarungen, die jeder macht, ganz gleich, was für ein Mensch er ist.

Wenn ich ein Mädchen loswerden wollte, wechselte ich abrupt den Charakter. Das konnte keine aushalten. Sie dachten, entweder sei ich verrückt geworden oder ich hätte die Achtung vor ihnen verloren. Im Schlammboden des Herzens bildet sich die genaue Gliederung des Landes nur allmählich und erst nach langer und enger Vertrautheit heraus.

Ein Mädchen gab es, das ich nicht loswerden konnte. Nicht weniger als fünfmal wechselte ich den Charakter, aber sie wollte nicht gehen, also blieb mir nichts übrig, als sie zu heiraten.

VI

Wenn es etwas gibt, das mir immer schwergefallen ist nachzuahmen, dann ist es ein glücklicher Mann. Ich bin zwar oft glücklich gewesen, aber das war keine Hilfe, wenn ich ohne jede Stimmung war, aber vor irgendwem den vor Lebensfreude Übersprudelnden mimen wollte. Mir war klar, daß ich diese Schwierigkeit überwinden mußte, und ich betete, daß mein Talent zur Verstellung mich in dieser lebenswichtigen Frage nicht im Stich lassen würde.

Um dem Mädchen, an dessen Seite ich künftighin leben sollte, glücklich zu erscheinen, hatte ich mich also genau im Moment unserer Vermählung wie ein Narr zu benehmen. Als ich ihr den Ring über den Finger hätte streifen sollen, steckte ich mir meinen an – erst dann verlor ihr Ringfinger seine Nacktheit. Als wir für verheiratet erklärt waren, versuchte ich den Brautführer zu küssen, einen Kollegen, der damals mit mir im selben Büro arbeitete. Er kämpfte sich frei und flehte mich an, doch nicht so entsetzlichen Blödsinn zu machen, und so küßte ich denn die Braut und entschuldigte mich später bei allen damit, daß ich sagte, ich sei zu glücklich gewesen, um noch zu wissen, was ich tat. Sie nahmen's mir ab und vergaben mir, und ich liebte sie so sehr dafür, daß ich sie allesamt hätte nachahmen mögen, einen nach dem anderen, bis ans Ende der Zeiten.

Als ich meinen Charakter zum sechstenmal wechselte, geschah es nur, um einen Mann zu mimen, der heiratet. Das war der eine Charakter, den sie nicht ausstehen konnte, und ich war langsam dahin gekommen, daß mir das Theater der Eheschließung fast liebgeworden war,

ben, sondern die Klugen. Die Klugen sterben, aber die Tüchtigsten kommen um oder gehen zugrunde, und sie gehen von früh an zugrunde, von dem Augenblick an nämlich, wo sie sich in einer Rolle häuslich eingerichtet haben und sich damit begnügen, sie ihr ganzes Leben hindurch beizubehalten. Sie sind entschlossen, sie bis zum bitteren Ende durchzuspielen, und verteidigen sie bis in den Tod gegen diejenigen, die versuchen wollten, ihnen die Augen dafür zu öffnen, daß die Welt reicher ist, als sie sie gemacht haben.

Für mich ist es die einfachste Sache von der Welt, diejenigen zu erkennen, die an das Überleben der Tüchtigsten glauben, das heißt: die meisten. Umgekehrt ist es schwer für mich, einem anderen Menschen wie mir zu begegnen, weil es so wenige von uns gibt.

Aber einmal bin ich einer Frau begegnet, die Nachahmerin war. Was ich nie verstehen konnte, war, warum meine speziellen Eigenschaften bewirkt hatten, daß die Leute mir vertrauten und mich liebten, besonders Frauen.

Wenn Nachahmen Hintergehen heißt (was sicherlich so ist), dann sollte man erwarten, allgemein gehaßt zu werden, aber so seltsam es auch ist, häufiger war das Gegenteil der Fall. Sie sagte genau dasselbe, nur daß es bei ihr besonders Männer waren, die sie liebten und ihr vertrauten.

Eine Freundin aus der Versicherungsgesellschaft, wo ich arbeitete, heiratete, und ich lernte sie auf der Hochzeitsgesellschaft kennen. Sie war ein schlankes, grünäugiges Mädchen aus der Zigarettenfabrik, und ich hörte ihr während des Festmahls zu, wie sie den Pfaffen nachahmte, denn die war auch mit in der Kirche gewesen. Als einer nicht so engen Freundin der Braut hatte man ihr einen

Platz an einem entfernteren Tisch angewiesen, und ich ging zufällig an ihr vorbei, als ich von der Toilette kam, wo ich einen angeekelten Mann gemimt und das bereits Gegessene erbrochen hatte.

Die Leute um sie herum wußten nicht, ob sie amüsiert oder pikiert sein sollten. Ich war lediglich interessiert. Ihr Gesicht verlor seine Blässe und wurde gewichtiger mit der dumpfen Stimme, die sie annahm. Sie hatte einen großen Stimmumfang, und als sie die Zeremonie durchging, übernahm ich die Rolle des Bräutigams. Statt im richtigen Moment zu sagen »Ja, ich will«, sagte ich: »Verflucht soll ich sein, wenn ich will«, und die zwei nächsten Tische stimmten mit ein in den Beifall.

Als das so weiterging, bekam die eigentliche Braut ein Zucken um den Mund, und Tränen rollten ihr über die Backen. Der Brautführer und der Bräutigam forderten, wir sollten doch damit aufhören, aber uns beide ritt irgendein Teufel, und im Duett machten wir weiter, als wären wir allein auf Gottes weiter Flur. Ein paar Sekunden war Stille, dann kam die Katastrophe. Zwei hervorragende Nachahmer hatten sich getroffen, der Zusammenprall zweier Sterne im interstellaren Raum, und nichts konnte uns aufhalten, den Akt bis zum Schluß durchzuspielen.

Das letzte Wort wurde mit dem Brautführer gewechselt. Ich nehme an, der Bräutigam schonte sich für die erste Nacht. Er wußte wohl, daß es nicht anders enden konnte, und nickte nur voller Verzweiflung. Als der Brautführer mich traf, nahm ich zwei Stühle mit und zog beim Umkippen das Tischtuch runter. Ich sprang auf die Füße, und indem ich einen wütenden Salonlöwen mimte, der erst dann in Höchstform war, wenn man ihn grundlos bespuckte, landete ich eine Gerade quer über den Tisch, und nach einer Denksekunde säbelte er mit der Nase durch die vierstöckige Torte.

Die Braut schrie, als wäre ihr Mann umgebracht worden. Mir reichte es. Ich griff mir die zarten Finger meiner Nachahmersgenossin, rannte weg von diesem unheilschwangeren Hochzeitsfest, als ginge es um alles, was ich wert war, und fragte mich, wie weit das Schiff dieser Ehe nach einem so verunglückten Stapellauf wohl kommen würde.

VIII

Unsere Verbindung war interessant, stand aber von Anfang an unter einem schlechten Stern. Es war verheerend, wir wohnten nicht zusammen, sondern lebten einmal im Zimmer des einen, dann im Zimmer des anderen. Für ein paar Monate war das wie Sekt und Rosen. Wenn wir von unseren verschiedenen Arbeitsplätzen in eins der Zimmer zurückkamen, aßen wir zu Abend (wobei wir uns gegenseitig beim Kauen nachmachten), dann wagten wir es, uns bestimmte Charaktere vorzumimen: Boeing-Pilot, Kriminalbeamtin, Versicherungsagent, Hilfsverkäuferin und so weiter. Wir spielten miteinander, testeten einander, stellten mit den tiefsten noch durchdringlichen Schichten von Herz und Seele Gott und den Teufel dar. Wir machten uns gegenseitig beim Nachahmen von Leuten nach, die wir beide kannten. Wir machten uns gegenseitig nach, wie wir uns gegenseitig nachmachten. Wir machten dieselbe Person nach, um festzustellen, wer es besser konnte. Wenn wir leerliefen, machten wir Liebe, und das kam dann immer stark. Wir dachten, wir wären ans Ende der Straße gekommen, hätten uns Hand in Hand über die Klippe ins Meer gestürzt wie ein Paar der biblischen Säue, in die die bösen Geister gefahren waren, aber siehe, wir landeten im Paradies.

Doch wenn man so was denkt, bedeutet das nur, daß die Straße dabei ist, in einen Sumpf zu führen. Ich machte ihr einen Heiratsantrag, aber es stellte sich heraus, daß sie bereits verheiratet war. Das sah mir ähnlich. Eines Nachmittags klopfte ihr Mann an meine Tür – was sollte ich machen, ich bat ihn herein. Er war ein Fernfahrer von dreißig, aber mit seinem Pullover und der Haartolle sah er aus wie siebzehn. Er schien mir dumm zu sein und empfindlich, eine nicht eben seltene Mischung. »Ich weiß, du lebst mit ihm zusammen«, sagte er, »aber ich bin hergekommen, um dich zu bitten, wieder zu mir zu ziehen. Ja, deswegen bin ich gekommen.«

Ich stand auf, machte mir eine Tolle ins Haar, warf meine Jacke weg und zog den Pullover herunter. Dann wiederholte ich, was er gesagt hatte, in genau demselben Tonfall. Es ist gefährlich, einfache Leute nachzumachen, aber ich konnte es mir nicht verkneifen. Er mußte sich auf alle möglichen Situationen gefaßt gemacht haben, bevor er anklopfte, aber damit hatte er nicht gerechnet. Er sah aus, als wäre ihm der Leibhaftige erschienen, und sank mit dem Rücken innen gegen die Wohnungstür. In dem Moment stand Jean, die bis jetzt noch nichts gesagt hatte, auf, räkelte sich mit dem Rückgrat gegen die Küchentür und machte genau dasselbe Gesicht wie er.

»Was ist los?« wollte er wissen.

»Was ist los?« äffte ich ihn nach.

Er hob eine Faust, als wollte er sich durch den Flur auf

mich stürzen. Jean hob eine Faust und machte sich genau wie er kampfbereit. Sie wären zusammengeknallt und in einer Apotheose glorreicher Mimikry zugrunde gegangen.

Er drehte sich zur Tür um und machte sie auf. Jean zog an der Küchentür. Wir hörten, wie er die Treppen hinunterlief, und er ist nie wieder aufgetaucht.

Ein paar Monate später sah ich ihn in der Stadt. Er ging mit einem Mädchen an mir vorbei und bemerkte mich nicht in meinem Elend. Aber ich erkannte ihn sehr wohl, denn lange Zeit hatte ich niemanden mehr gesehen, der so offensichtlich glücklich war.

IX

Eines Abends folgte ich Jean, als sie aus der Fabrik kam, und sie traf sich mit einem anderen Mann.

Sie war immer seltener zu mir gekommen. Ich hatte es geahnt, aber weil wir nicht zusammen lebten, sondern nur wie zwei abwechselnd sich stützende Krüppel existieren konnten, traf mich die Eifersucht wie ein Wurfspieß, der mir nun vibrierend zwischen den Schulterblättern steckte.

Wenn zwei Vampire sich begegnen, dann sind sie für immer aneinandergekettet, es sei denn, es taucht ein anderer Vampir auf und befreit sie. Aber Freiheit ist schmerzhaft, eine Zeitlang wenigstens. Für einen Nachahmer, der nicht an sie glaubt, kann sie katastrophal sein.

Er stand am Fenster und grinste, und Jean bot mir ohne zu zögern eine Tasse Tee an. Als sie sie mir reichte, konnte ich sehen, wie sie ihre eigenen Bewegungen imitierte. Sie hatte eine Menge gelernt, und ich fragte mich, wo. Seinen

Namen erfuhr ich nie. Für die Welt war er ein ganz gewöhnlicher Bursche, der irgendeiner Beschäftigung nachging, für mich aber war erkennbar, daß er versuchte, irgend etwas nachzuahmen, und ich wußte nicht, was es war. Ich stand vor einem Rätsel, wartete aber ab und trank meinen Tee.

Ich fragte Jean, wie es ihr ginge, doch sie lächelte nur und schien es nicht zu wissen. Ich fragte mich, ob sie glücklich sei, und konnte nur sagen: ja. Ich wußte, wenn ich direkte Fragen stellen würde, würden sie mir mit vereinter Mimikry eine Niederlage zufügen, und ich hatte keine Lust, mir auf den Hals zu ziehen, womit Jean und ich ihren Mann überschüttet hatten. Und das wußten sie. Er blieb am Fenster stehen, grinsend, und hinter dem starren Blick, der mit diesem Grinsen verbunden war, wurde ich immer kleiner. Trotzdem sah ich von Zeit zu Zeit zu ihm auf. Sein Gesicht schien mir eine Schattierung fahler und hagerer geworden zu sein. Ich wollte auf eigenem Boden kämpfen, das heißt aufstehen und gehen – aber erst wenn mir klar wäre, was er imitierte.

Doch das grinsende Starren aus dem wächsern gewordenen Gesicht verdüsterte sich, besonders als mir nichts mehr zu sagen blieb. Ich stand auf und wollte zur Tür, aber Jean vertrat mir den Weg. Wo war sie dieser Person begegnet?

»Ich gehe«, sagte ich ruhig. Ein Nachahmer kann den Boden, auf dem er steht, nicht aufgeben, wenn er nicht weiß, daß ein anderes Stück Land auf ihn wartet. Hier war ich isoliert wie auf einer Insel, und rundum war nichts als Meer. Es war zwar nicht ehrenvoll, in diesem Moment eine Niederlage einzustecken, aber es war wesentlich für mich als Mensch. In der Niederlage kann man anfangen zu erkennen, was man ist, im Sieg – nie. »Geh mir aus dem Weg.«

Da hörte ich, wie hinter meinem Rücken jemand sagte: »Ich gehe. Geh mir aus dem Weg« – mit genau meiner Stimme.

»Rätst du, was er nachmacht?« sagte sie.

Ohne mich umzudrehen, sah ich im Spiegel ihrer Augen die himmelblauen Knochen seines Totenkopfs und das starre Grinsen des Sieges, das ich ihm gezwungenermaßen geschenkt hatte.

Ich ahmte sie nach: »Rätst du, was er nachmacht?« und ließ ihr keine Zeit zu antworten. »Eine Leiche«, sagte ich, schob sie sanft beiseite, öffnete die Tür und ging.

X

In den Zwischenräumen, wenn ich nicht die eine oder andere Person nachahme, liegt mein ganzes Wesen brach. Um jemanden nachahmen zu können, mußte ich ihn gern haben. Das war die Grundvoraussetzung, genauso wie umgekehrt gilt, daß man fähig sein muß, jemanden nachzuahmen, um ihn lieben zu können. Wenn ich jetzt die Leute nachahmte, hörten sie auf, mich gernzuhaben – sofern sie es je getan hatten. Aber Verrat beginnt schließlich immer mit einem Kuß. Aus diesen Gründen, und nicht, weil ich ihn nie gesehen hatte, war es mir immer unmöglich gewesen, Gott zu imitieren.

Später, in meiner Isolation, ahmte ich nur noch für mich Leute nach, statt großartig nach außen hin oder anderen zuliebe. Gebt euch keine Mühe. Dies ist keine Geschichte. Schaltet ab, wenn ihr nicht mitkommt. Ich mache weiter, solange ihr könnt, wenn nicht länger. Ich hab alles gehabt: Schnaps, Pot, Schock, Isolierzelle. Doch wenn ich vielleicht auch gesund bin und ein Nachahmer der Welt, kann ich Herrn Sand oder Herrn Wasser, Herrn Wolke oder Herrn Himmel mit so viel innerer Überzeugung imitieren, daß es ausreicht, um sie alle, zusammengerollt zu einem realistischen, überzeugenden Ball, zu verkörpern?

Ich ahme mich selbst nach, wie ich versuche, mich selbst nachzuahmen, wenn ich nicht weiß, wer ich bin oder was mein wahres Selbst ist. Ich sitze für mich alleine in einer Kneipe und lache innerlich, weil ich König der Welt bin, mehr als jeder andere. Ich sehe Gesichter um mich herum, traurige und fröhliche, und weiß nicht, welches ich diese Nacht für die grandioseste aller Nachahmungen erküren soll. Ich gebe es auf zu versuchen, mich selbst nachzuahmen, und entscheide mich für einen Mann, der ein ernstes Gespräch mit seiner Frau führt. Ich stehe mitten auf dem Fußboden. Alles ist klar und fest umrissen, aber niemand sieht mich an. Ich rede, als stünde die Frau des Mannes zehn Zentimeter von meinem Gesicht entfernt, grinsend über die Scherze, die ich (er) jetzt offensichtlich macht; dann – sie erwähnt die Kinder – lasse ich langsam die Augenlider sinken. Ich bin verstimmt. Jemand, der mit einem leeren Glas vorbei will, rempelt mich an, als würde ich überhaupt nicht existieren. Ich ziehe ihn zurück, und er schlägt mich zu Boden. Ich existiere. Ich lebe, und bevor ich aufstehe, lächele ich auf dem Fußboden. Aber nur er nimmt Notiz von mir, und als sein Glas wieder voll ist und er an mir vorbei zurück zu seinem Tisch trampelt, hat er mich schon vergessen. Er ist eine ganz schöne Belästigung, aber sie denken nicht daran, die Polizei zu holen.

XI

Hatte Jeans neuer Freund sich selbst nachgeahmt oder mich? Ich werde es nie erfahren. Aber ich wollte sie nicht wiedersehen, selbst wenn sie vielleicht den Wunsch gehabt hätte, irgendwie mit mir wieder anzufangen. Sie war mit dem Bösen in Berührung gekommen, und das Böse hatte auf sie abgefärbt. Etwas davon war in jener kurzen Zeit auf mich übergesprungen, und ich versuchte bereits mit aller Kraft, mich davon frei zu machen.

Wenn ich jemanden nachmachte, ging ich messerscharf an der Grenze zum Wahnsinn entlang. Je besser ich es machte, um so größer war der Tropfen des Wahnsinns unter mir. Aber das wußte ich nicht. Was mich zur Mimikry trieb, war das Gefühl des Bedrohtseins und die Angst, wahnsinnig zu werden. Ein paar Monate lang verlor ich die Fähigkeit nachzuahmen völlig, und so kam es dazu, daß mein Arzt mir ein Schreiben gab, mit dem ich mich beim Pförtner der städtischen Klapsmühle meldete. Ich wurde mit offenen Armen empfangen, und ich war fähig, im siebenmillionsten Bett damit anzufangen, mir Notizen zu machen.

Ich hatte Erfolg dort, verkündete allen Versammelten, ich würde gleich ein Schaustück bringen, in dem ich Doktor Soundso nachahmen wolle, und was für mich eine glänzende Darstellung war, war für sie, wie sich herausstellte, vollkommen regloses Fleisch und das leere Starren einer Person mitten im Raum, die ich war.

Ich mußte wieder ganz von vorne anfangen. Wollte ich ein Niesen nachahmen, wurde ich von der Gewalt des Nasensturms zu Boden geschleudert. Meine eine Gesichtshälfte verwandelte sich in einen Hund, die andere in eine Motte.

Als ich aus den Tiefen auftauchte, begann ich, diese Zeilen zu schreiben. Ich habe sie alle schon fünfmal geschrieben, und jedesmal hat der Wärter sie mir wieder aus der Hand gerissen und verbrannt. Solange ich schreibe, bin ich ruhig; höre ich auf, fange ich an zu toben. Deswegen nimmt man sie mir weg.

XII

Ich blieb nicht lange: zwei Jahre brauchte ich, um mich zu erholen. Nachahmen war wie neu sprechen lernen. Aber meine Seele war eisern, und Schritt für Schritt kam ich voran. In meinem Innern war die ganze Welt, und auf jeder Bühne, die ich wählte, zeigte ich mein Meisterstück in Mimikry. Das waren lediglich Proben für die Premiere, nach der ich dann tatsächlich immer wieder dieselbe Person darstellen konnte, einen ruhigen, zuverlässigen, vernünftigen Mann, der mit meinem wahren Ich, in dem es gärte wie in einem Malzbottich, nichts zu tun hatte. Das erlesene Publikum wußte meine Anstrengungen zu würdigen. Ich glaube nicht, daß sie irgendwas nicht mitkriegten, außer vielleicht der Wahrheit.

Niemand kann die Zeit nachahmen und machen, daß sie weggeht, wie man manchmal Freunde und Feinde dahin bringt, daß sie verschwinden, wenn man sie nachahmt. Ich mußte mit der Zeit an meiner Seite aushalten, sie bei Tageslicht und in der Dunkelheit mit meinen Knochen füttern.

Diese meine große Schöpfung, die ich mit so großen

Schmerzen vom Grund meiner Seele heraufholte, war jemand, dem ich seit meiner Geburt ausgewichen war. Ich blies ihm Leben ein, eine Aufgabe, die so schwer war, als wäre er ein Stein, aber ich mußte ihn vollenden und lebendig machen, denn im Irrenhaus merkte ich, in welche Falle ich geraten war.

Ich machte eine erfolgreiche Imitation eines geistig Normalen, und sie ließen mich raus. Ich hatte ein Gefühl, als wäre es der größte Tag meines Lebens. Ich glaube nicht, daß ich meine Rolle besser hätte spielen können.

Ein Geisteskranker kann verschwinden wie ein Fisch im Wasser und sich überall verstecken. Ich bin nicht geisteskrank und hatte auch nie die Absicht, es zu werden. Aber man ist gezwungen, bis zur Perfektion einen geistig Normalen zu mimen – und worin könnte größerer Wahnsinn liegen? Dennoch, es erweitert den Horizont des Herzens, was für einen geborenen Nachahmer eine gar nicht so schlechte Sache ist.

Jahre sind vergangen, und indes ich bemüht war, so zu tun, als sei ich völlig normal, habe ich es bis zum zweiten Geschäftsführer eines großen Büros gebracht. Ich bin jetzt fünfunddreißig, und geheiratet habe ich nie wieder. Als es wieder einmal Herbst war, machte ich Urlaub und fuhr in die Schweiz. Fragt mich nicht, warum – und damit meine ich dich, den ich imitiere, und dich, den ich nicht imitiere. Ich bereitete mich vor auf die arbeitsfreie Zeit, und als ich nach London fuhr, hatte ich Reiseschecks und einen Paß in der Tasche. Außerdem hatte ich einen Rucksack, und darin waren eine Hängematte, Zeltbahn, Decke, ein Paar Schuhe, Kochgeschirr, Messer, Gabel, Wasserflasche, Medikamente, Tabak, Streichhölzer, Seife, Zahnpasta, Zahnbürste, Kompaß, ein Buch, Notizbuch und Bleistifte.

Sonst nichts. Ich weiß nicht mehr, wo ich diese Liste her hatte, aber ich hielt mich mit religiöser Strenge daran. Ich war entschlossen, daß von nun an jede Handlung von Bedeutung sein sollte, genauso wie es in der Vergangenheit jedesmal den Stempel der Wichtigkeit gehabt hatte, wenn ich jemanden nachahmte. In einer Welt, wo alles dem Zufall überlassen ist, kann ich nicht leben. Wenn das Schicksal nicht für dich handelt, dann pack es beim Schlafittchen.

XIII

Es war so kalt, daß ich dachte, mein Kopf würde einen Knacks kriegen wie eine alte Teekanne, aber als ich mich von dem See entfernte und zwischen Baumsäumen hindurch die schmale Landstraße entlangging, gewöhnte ich mich daran. Die Wände der Berge zu beiden Seiten waren so steil, daß ich meinte, jeder, der so tollkühn sei, sie erklimmen zu wollen, müsse abrutschen und in die Tiefe stürzen – es sei denn, er wäre eine Fliege. Vielleicht konnte ich eine Fliege nachmachen, denn ein warmes Öfchen hatte ich mir bei der Kälte bereits in den Bauch gezaubert. Ein Auto kam vorbei, und der Fahrer bot mir an, mich ein Stück mitzunehmen. Ich winkte ab.

Gegen fünf wurde es dunkel, Schnee war nicht viel zu sehen, über dem Kopf entfaltete sich ein großes, dunkel leuchtendes Tuch Basiliskenblau, und hinter mir, nach Süden hin, war ein Landkartenfleck in schimmernd sterbendes Rosa getaucht. Die Luft war rein, das konnte man nicht anders sagen. Die Sonne muß dem Tal jeden Tag eine Stunde geschenkt haben, bevor sie mit einem letzten Zwinkern auf ihrem Weg nach Amerika verschwand.

An bestimmten Stellen weiter oben auf der Straße hatte ich Schnee unter den Füßen, guten, sauberen Schnee, den man mit Honig darauf essen konnte. Solchen Schnee und sinkende Sonne konnte ich nie sehen, ohne daß der Tod mir ins Herz kroch – diese Pulverbuckel in der Dämmerung, jenseits aller Weiße, zwischen Felsen und Baumriesen geworfen, unter die grauen und verstreuten Dächer des Dorfes gesprenkelt, dem ich mich näherte.

Von der Kirche her klangen Glocken, eine weiche Musik kam gemächlich über den Schnee, so anheimelnd, daß mir zumute war, als hätte ich vielleicht doch eine Kindheit gehabt. Ich ging die steilen schmalen Wege hinauf und rutschte dabei auf dem Schnee, der zu Eisbetten verhärtet war. Keine Menschenseele war zu sehen, obwohl in dunklen Holzhäusern die Lichter brannten.

An einem der Wege stand ein größeres Gebäude aus schlichtem Backstein, und ich ging hinein, um etwas zu essen. Ein Mädchen stand hinter dem Schanktisch und sagte guten Abend auf italienisch. Ich nahm meinen Rucksack ab und zog den Mantel aus, und sie deutete auf die Tische, die in einem hinteren Raum aufgestellt waren.

Man fragte mich nicht, was ich wollte, sondern brachte Suppe, dann einen Braten, Brot und Kohl. Ich gab meinen Paß ab, weil ich vorhatte, die Nacht zu bleiben. Eine Frau kam herein, groß, blond, grobknochig und blauäugig. Sie setzte sich an einen anderen Tisch und verfütterte die Hälfte ihres Essens an die Katze. Nach meinem langen Aufstieg vom Bahnhof (ich hatte in der Stadt nur einmal haltgemacht, um eine Wanderkarte zu kaufen) war ich ausgehungert und hatte nur für mein Essen Augen. Der erste Teil des Weges war mir mörderisch schwergefallen. Meine Knochen hatten geknarrt wie bei einem alten

Mann, aber jetzt war ich trotz meiner Erschöpfung so wohlgemut, als könnte ich die ganze Nacht durch weiterwandern.

Ich schlief nicht gut. In Träumen begann ich zu fühlen, wie ich die Welt verließ. Meine Hand war klein und aus Kupfer gemacht, winzig (wie die Mahlsteinchen, mit denen ich als Kind Sahnebonbons zerknackte), und ich legte sie mir auf den Kopf, der immens groß war und aus Beton gemacht, massiv, der aber plötzlich anfing zu schrumpfen. Das wurde langsam ein akuter körperlicher Zustand, und ich machte die Augen auf, um ihn zu verscheuchen. Wenn ich sie zu ließ, sah ich, wie ich zerdrückt und zerquetscht wurde – ausgelöscht –, einfach aus der Welt hinaus. Es hatte nicht den Anschein, als würde ich verrückt (*so* einfach ist nichts), aber es kam mir so vor, als würde diese totale, zermürbende Unsicherheit mich umbringen. Ich hatte den Eindruck, die Erde verwandele sich in Beton und würde mir über den Leib rollen.

Ich stand auf und zog mich an, die Luft im Zimmer, das fest geschlossene Doppelfenster und Zentralheizung hatte, war erstickend. Wenn man denkt, man wird wahnsinnig, ist das ein Zeichen, daß man bald drüber hinweg ist. Die Gesichter all derer, die ich nachgeahmt oder im Bett geliebt hatte, zerfielen nacheinander in Bruchstücke wie die Einzelteile eines Puzzlebildes, das hinfällt.

Meine Stiefel fraßen sich in Schnee, als ich die Tür hinter mir zumachte. Es war noch nicht Mitternacht. Um den vollen hellen Mond war ein deutlicher Ring. Auf den Berghängen lag Schnee, und es sah so aus, als würde direkt über der Linie der Gipfel ein Neonlicht leuchten. In beißendem Frost stapfte ich über die Wege des Dorfes.

XIV

Die Frage, warum man am Leben ist, bedeutet, daß man nur ein halber Mensch ist. Aber ein ganzer Mensch zu sein ist dasselbe wie halb tot sein.

Am nächsten Morgen, als ich Kaffee trinkend am Fenster saß, schien die Sonne über den Schnee. Ich war fast am oberen Ende des Tales, und die Berghänge öffneten sich weit. Das meiste war dunkler Wald mit Felsauswüchsen hier und dort, aber nach Westen blikkend, an einer direkt von der Sonne bestrahlten Stelle, sah ich Grün sich ausbreiten. Es war eine Wiese, und weiter oben sah ich einen Baumgürtel. Dann nichts als Fels und Schnee und blauer Himmel. Gute Augen hatte ich schon immer. Nie brauchte ich eine Brille oder ein Fernglas, und so sah ich gleich oberhalb der Wiese, da, wo die Bäume begannen, eine Hütte. Aus ihrem Schornstein kam kein Rauch.

Ich zahlte meine Rechnung, packte meine Sachen zusammen und sagte auf Wiedersehn. Auf der Straße lag eine verendende Kuh. Sie war von einem Auto angefahren worden. An dem Auto war ein Scheinwerfer eingedrückt, und das Tier lag in einer Blutlache. Langsam bewegten sich seine Hufe. Eine Gruppe von Leuten stand herum, und der Fahrer zeigte seine Papiere. Ein anderer Mann legte ein Notizbuch auf das Autodach, um zu schreiben. Es ging alles sehr ordentlich zu. Ich drängelte mich durch und sah dem sterbenden Tier in die Augen. Es konnte nicht verstehen. Als eine letzte Geste gab es ein schrilles Muh von sich, aber niemand war daran interessiert, weil das Ende feststand. Ich bin sicher, daß es noch nicht einmal jemand hörte. Die

Pflaumenaugen waren erfüllt vom Nichtbegreifen des Verstandes. In dem einen spiegelten sich die Berge, im anderen das Dorf – oder so schien es mir, als ich zurück- und dann wieder vortrat. Noch ein heiseres, brüllendes Muh ertönte, obgleich das Tier schon tot war, und als all die Leute mich schließlich ansahen, um sich zu vergewissern, daß der Schrei von mir gekommen war und nicht aus heiterem Himmel, ging ich alleine weiter die Straße hinauf, fort vom verluderten Boden des Herzens und der besudelten Landschaft der Seele.

XV

Es kochte in mir. Wenn ich meine Augen zu den Bergen erhebe, weint ein Kind. Ein weinendes Kind macht mich traurig. Wenn ein Baby schreit, kriege ich die Wut. Ich stelle mir alles vor. Wenn ich in die Berge steige, singen Vögel. Sie sind aus Eis wie die Blumen. Geisteskrankheit bedeutet Freiheit, nichts anderes. Sagt mir, wie ich leben soll, und ich werde gefährlich. Wenn ich es selber herausfinde, werde ich bald an Langeweile sterben. Blicke ich das Tal hinunter und dann wieder hinauf, scheint es, als würde der Himmel zum Land hereinkommen. Die Berge sehen so groß aus, als würden sie gleich über mich hinweggehen. Sollen sie nur, wenn sie wollen. Ich habe keine Angst.

Der Wind ist frisch, wenn er mir nicht gerade Rauch ins Gesicht bläst. Ich habe vor der Hütte eine Feuerstelle gebaut, um Wasser für den Tee zu kochen. Der Wind nimmt zu, und wie das Wetter aussieht, will es mir gar nicht gefallen.

Die Hütte liegt geschützt, und als ich zu ihr kam, fand ich wie durch Instinkt unter dem Dachvorsprung einen Schlüssel. Sie ist völlig leer, aber der Fußboden ist sauber, und ich habe meine Hängematte und auch was zu essen. Wenn es dunkel ist, kommt es einem vor, als wäre der Wind schon tagelang jammernd um die Hütte geschlichen und hätte mit seinen Krallen an jedem Nervenstrang gezerrt. Ich wollte raus und hinter ihm her, mit einem Messer zwischen den Zähnen wollte ich die schräge Felswand oberhalb der Bäume hochklettern und auf dem Hochplateau beim Schein des Mondes mit ihm kämpfen, ihn stellen, diesen teuflischen Wind, ihn erdolchen und seine Leiche über die nächstbeste Klippe stürzen.

Weder Väterchen Frost kann ich nachahmen noch einen Windtöter. Es ist zu dunkel, abgründige Schatten umgeben mich, aber Angst habe ich keine, denn draußen in den Bergen erstreckt sich die ganze heile Welt und wartet darauf, daß Kinder wie ich am Morgen aufstehen, um in sie hinauszuziehen und wiedergeboren zu werden.

Ich habe Schluß gemacht mit dem Nachahmen. Ich habe mir schon immer gedacht, daß diese Zeit einmal kommen würde, konnte mir aber nie vorstellen, wann oder wo. Ich kann mich in niemanden mehr hineinversetzen und ihn nachahmen. Ich stecke zu tief in mir selber – endlich; zum Besseren oder Schlechteren, Guten oder Bösen – bis daß der Tod uns scheidet.

In Einsamkeit und Dunkelheit bin ich *ein* Mann, und *ein* Mann wird hinuntersteigen in das Tageslicht. Eine Meute von Phantomen folgte mir hier hinauf, und ich versammelte sie in der schwarzen Luft dieser Hütte, zähmte sie und legte sie in Banden, Hunde, Motten, Mütter und Ehefrauen. Nun, da ich am Felsgesicht der

Gegenwart angelangt bin, gibt es nur noch wenig zu sagen. Wenn mein Essensvorrat alle ist, werde ich ins Tal hinuntersteigen und in das Gasthaus gehen, wo ich noch ein bißchen weiter nachdenken werde, wenn ich bei einer Tasse Kaffee am Fenster sitze und das Schneien oder den Sonnenschein beobachte, bevor ich mich wieder auf Reisen begebe.

Fragt mich nicht, wohin oder mit wem.

Rache

Die Trauung war vorbei, wir unterschrieben im Kirchenbuch und standen dann vor der schwer zu beschreibenden englischen Spätgotik, während das blanke, veilchenblaue Auge der Kamera uns in der verwirrten und dennoch glücklichen Welt verewigte.

Konfetti schneite herab, bunter Schnee und Blüten von Frühlingsblumen fielen auf unsere gebeugten Rücken, als wir ins Auto stiegen. Das Leben begann, und wir lachten und fragten uns keinen Augenblick, ob wir am fernen Ende von alledem heulen würden oder nicht. Die Phrasen des Predigers machten mich noch immer lachen, obwohl ich die ganze Sache im Rückblick bald als eine einzige große Farce sah. Meine Kumpels grinsten nicht mal, als ich mich zu einer kirchlichen Trauung bereit erklärte. Sie meinten, es sei völlig richtig von mir, ihr nachzugeben, dieser rückgratlose Haufen, und so war ich froh, in eine andere Abteilung überzuwechseln, wo die Heuchelei der Freundschaft noch keine Zeit gehabt hatte zu jubeln, so daß wir uns alle darauf einigen konnten, daß ich meine Grundsätze verdammt leicht über Bord geworfen hatte, auch wenn es weh tat, das auszusprechen.

Ich ging auf die Vierzig, und Caroline, die meine Frau wurde, war gerade dreißig geworden, so daß es für uns beide spät war. Aber jeder alte Socken findet einen alten Schuh, wie die auf der Arbeit lachend meinten. Da meine Eltern tot waren, lebte ich allein in dem Haus, das ich eben erst abbezahlt hatte und in dem ich als Einzelkind aufgewachsen war. Es war ein Haus von der besseren Sorte, mit drei Etagen statt nur zweien, und es lag ein paar Schritt vom Gehsteig zurückgesetzt. Meine Braut kam jetzt zum Empfang dorthin.

Sie sah so schön aus unter all unseren Freunden am Tisch, daß ich mich fragte, wie sie dazu gekommen war, mich zu heiraten, was vielleicht erklärt, warum ich uns in der Kirche zusammenbringen ließ. Aber das Aussehen hat bei uns nie viel gezählt. Ich bin gut im Futter und untersetzt, habe noch alle Haare, und sie sind ordentlich zurückgekämmt. Und, was mehr ist, ich bin nie ernstlich krank gewesen. Das einzige, was mir je zu schaffen machte, war während des Krieges auf Gibraltar ein Bandwurm gewesen, aber das war nichts so Seltenes, als daß es eine richtige Krankheit gewesen wäre, obwohl es Wochen dauerte, dieses in mir wachsende Ding loszuwerden, ganz gleich, wieviel sie davon herauszogen. Ich fiel tatsächlich so vom Fleische, daß sie mich nach Hause verschifften, und manchmal frage ich mich, ob ich ihn nicht noch immer in mir trage, weil ich so zappelig bin. Aber vielleicht ist es nur die Erinnerung, und die Zeit wird's zeigen, auch wenn er inzwischen genug zum Leben hat, falls er da unten wirklich noch am Kauen ist.

Ich sah mir den Schatz an, den ich geheiratet hatte, groß und schmalgesichtig, mit feinem Haar, das sie, so hoffte ich, nun lang wachsen lassen würde (obwohl sie es nie tat), und mit guten Gesichtszügen, wenn sie freundlich lächelte. Andernfalls hätte ich den Daumen gesenkt und es genossen, mich als Schwein zu fühlen – aber es ist zu früh, um anzufangen, hart gegen mich selber zu sein. Ich hatte sie erst vor sechs Monaten kennengelernt, und was die ganze Eile sollte, kann ich jetzt auch nicht mehr sagen. Allerdings wußte ich damals nicht, daß sie mit zwanzig einen Anfall von Geistesstörung durchgemacht hatte. Aber selbst wenn ich es gewußt hätte, hätte es keinen Rückzieher gegeben, sondern ich hätte diese Tatsache eher im Knopfloch getragen, um jedem zu zeigen, was für ein edler Bursche ich war.

Bei so vielen auf dem Sideboard aufgehäuften Geschenken bekam ich ein komisches Gefühl, ein Gestörtsein, das ich nicht mitteilen konnte, weil es so gut wie gar nicht vorhanden war, und es wäre ja auch zu diesem Zeitpunkt nicht höflich gewesen, das zu tun. Um die Herrlichkeit der Torte herum breiteten sich Toaster, Eß- und Teeservice aus, Heizdecken und Transistorradios, Hufeisen und Telegramme, Schallplatten und Aschenbecher, Plastikfrüchte und Papierblumen, Kessel und Nachttischlampen, und alle nahmen das Zeug in Augenschein, das Caroline fast zu Tränen rührte, als sie daran vorbeiging, um sich oben das Hochzeitskleid auszuziehen.

Zwei Zimmer waren zu einem geöffnet worden, und die Wohnung war voll. Längs der Mitte standen zusammengestellte Tische mit sämtlichen im Haus auffindbaren Stühlen und noch einigen anderen, die ihr Bruder in seinem nagelneuen Kombiwagen mitgebracht hatte. Girlanden waren aufgehängt worden, alle Lampen waren an, und die Getränke flossen. Was konnte also schon schiefgehen bei solchen Massen an Torte und Salat, Schinken und Wein? Ich sagte das auch in meiner Rede, als wir alle bei Tische saßen. Ein Freund von der Arbeit murmelte etwas wie, ich würde rangehen wie ein Bulle am Tor, aber ich schnitt ihm das Wort ab. Mir gefiel das nicht, weil ich es als eine ganz üble Art zu reden empfand. Die Zeiten änderten sich, und dreckige Witze waren nicht mehr gefragt. Ein Weilchen waren alle stumm, aber ich bemerkte Carolines dankbares Lächeln, und das genügte mir. Was Bernie betraf, dem würde ich noch eins reinknallen, wenn ich wieder zur Arbeit käme, falls ich es bis dahin nicht vergessen hätte, was sehr wahrscheinlich war. Ich fühlte mich wieder wohl. In meinem Oberstübchen war das Licht wieder an – außer wenn es auf diesen Geschenkehaufen auf dem Sideboard fiel.

»Meine Damen und Herren!« rief ich, und sie wurden still. »Freunde, Jungs und Mädchen, ich bin heute hierher gekommen« – sie tobten alle vor Lachen, denn das war guter sauberer Humor, und ich war als ein kleiner Spaßvogel bekannt – »um euch mitzuteilen, daß ich jetzt . . . oh, mein Gott! Ich hab' das Wort vergessen. Also, welches war das Wort, das ich suchte? Heh? Kann mir das bitte jemand sagen?«

»Verheiratet!« rief Bernie, mein alter Freund.

»Verheiratet. Vielen Dank. Das war es. Um euch mitzuteilen, daß ich jetzt *verheiratet* bin! Ihr könnt nicht wissen, wieviel mir das bedeutet, wenn ich euch das erzähle, aber ich dachte mir, ich erkläre euch den Grund für dieses ganze Essen und die Getränke und die Geschenke, die ihr hier hinter mir sehen könnt, diesen ganzen phantastischen Haufen von Geschenken . . . sonst könntet ihr euch vielleicht wundern!«

»Der gute alte Richard.«

»Weiter so!« Das kam wieder von Bernie. Er mußte immer seinen Senf dazugeben.

»Also, das hier ist ein Toast auf meine Anwesenheit hier und auf Caroline und euch alle, die ihr uns zu Ehren hergekommen seid. Wir haben uns reichlich Zeit gelassen, aber besser so als andersrum, find' ich. Ich hab' nicht viel Übung in Hochzeiten, da dies meine erste ist. Ich bin nicht zu meinen Eltern gegangen, wie es mancher, den ich kenne, vielleicht getan hätte, also entschuldigt, wenn's an den Formalitäten ein bißchen hapert, liebe Freunde.« Ich schwitzte jetzt, und noch so viele Toasts halfen nichts; ebensowenig wie das Essen, von dem ich nichts anrühren konnte. Es war vorgesehen, daß wir diese Nacht zu Hause bleiben und am nächsten Morgen um zehn nach Hastings fahren würden, und dauernd gingen mir Abfahrtszeiten durch den Kopf.

Ich konnte ihnen jetzt nur noch ein paar Lieder zum besten geben, was ich auch tat. Ich hatte eine gute Stimme, und oft hatte ich damit bei Bekannten oder auf Betriebsausflügen zur Unterhaltung beigetragen. Ich sang ihnen vor, aber hauptsächlich Caroline zuliebe, denn ich wußte, sie mochte die beiden Lieder: *I'll Walk Beside You* und *Abide With Me*. Aber das war das letzte Mal, daß ich so etwas gemacht habe, was schade ist, denn ich war immer stolz gewesen auf meine Stimme.

Einer nach dem anderen gingen sie und wünschten mir Glück und alles Gute. Ich wäre am liebsten mit ihnen gegangen, hätte der Braut und dem unsichtbaren Bräutigam die Hand geschüttelt, ihnen Gesundheit gewünscht und wäre in der Herbstdämmerung mit ihrem Geruch von Pommes frites, Nebel und Freiheit verschwunden. Doch es war meine Hochzeit, das bewiesen alle diese glitzernden und einschüchternden Geschenke auf dem Sideboard, vor allem diese Pagode aus Töpfen und als Krönung das Tafelservice mit seinen überwältigenden Blumen und Häuschen. Ich konnte nicht glauben, daß ich das bis zum Ende meines Lebens zu benutzen haben würde, daraus trinken, davon essen, mich daran wärmen sollte. Ein oder zwei Leute wollten nicht gehen oder waren zu betrunken dazu, und der Ärger ist, daß ich nicht betrunken genug war, um es ihnen zu mißgönnen. Doch ich dachte an meine Stellung als Ehemann und Hausherr und half ihnen hinaus auf die Straße.

Alles war gelaufen wie am Schnürchen. Die letzten Frauen, die gingen, hatten die Töpfe abgewaschen und aufgeräumt. Das Haus war steril vor Ordnung, und dabei hatte ich mich seit Wochen auf diesen Augenblick gefreut, und ich glaube, Caroline auch. Das Feuer brannte gut, und nun konnten wir davor sitzen, uns entspannen und über den Tagesablauf lachen.

Ich eröffnete das Spiel mit einer ziemlich harmlosen Bemerkung: »Es ging einfacher als ich dachte.«

»Perfekt«, lächelte sie, »und das ist dir zu verdanken, Richard. Die Trauung war wundervoll. ›Was Gott zusammengefügt hat, das soll der Mensch nicht trennen.‹«

»Oh, ja«, pflichtete ich bei. »Die haben schöne Worte dafür.«

»Das traf es doch aber, nicht?«

»Ja, das traf es.« Vom Verstand her war mir die Wirkung jedes einzelnen Wortes, bevor ich es sagte, bewußt und absolut klar, was meiner Selbstbeherrschung jedoch keinerlei Abbruch tat. »Die sollten 'ne Single von der Trauungszeremonie herausbringen.«

»Was für eine wundervolle Idee.«

»Wenn man die erste Nacht noch dazu nimmt, gibt's 'ne Langspielplatte.«

»Aber Richard!«

»Mit dem Morgen danach würde es wahrscheinlich ein Album geben. Das ginge weg wie warme Semmeln.«

»Ist dir nicht gut?« fragte sie, da sie mitkriegte, daß irgend etwas nicht stimmte.

»Wenn du willst.«

»Soll ich dir 'n Aspirin holen?« Mir dröhnte der Schädel, aber ich sagte nein, mir gehe es gut. Sie lächelte, verzeihend, wo es nichts zu verzeihen gab. Hätte es etwas zu verzeihen gegeben, wäre der Ballon schon hochgegangen. »Du bedauerst doch nicht irgendwas, Liebling?«

Das ließ sich noch nicht sagen. Glaubte sie, daß nichts mehr kommen würde? »Nichts«, sagte ich und legte die Arme um sie. Ich liebte sie, noch mehr als mich selbst, und kein Mann könnte das ehrlicher sagen. Ich war völlig hin, so glücklich, als würde ich über eine Wüste fliegen, aus der gerade wieder Blumen sprossen. Meine Arme umschlossen sie fester, und ihr Kopf lag behaglich an meiner Schulter. Ich hatte an diesem Tag genug getrunken, und das half vielleicht, obwohl da noch etwas war, was mein Blut in Wallung brachte. Ich brauchte mir bestimmt nicht erst zu sagen, daß ich seit vier Stunden verheiratet war, um zu fühlen, wie aller Anstand und alle Manieren, die man mir beigebracht hatte, dahinschwanden.

Sie stand schnell auf. »Ich kann nicht, Richard. Es muß auf richtige Weise geschehen. Nicht jetzt.«

»Warum nicht?« Ich hätte das nicht sagen sollen, aber es war heraus, bevor ich mich bremsen konnte, und warf mich zurück auf einen schmutzigen Gehsteig zur Sommersneige – was ungefähr das einzige Fleckchen Erde ist, das ich in meinen besseren Momenten kennenlernte.

»Genau wie vor unserer Hochzeit«, rief sie. »Immer nur schnell-schnell. Das ist fast grob.«

Das »fast« war ein Tiefschlag; eine verniedlichende Einschränkung, durch die ein schlichtes »grob« vergleichsweise lächerlich erschienen wäre. Es saß und es hörte sich an wie die schlimmste Beleidigung, denn es ist eine richtige Beleidigung, wenn jemand etwas über dich sagt, was du halb schon immer selber gewußt hast. Das ist es, was weh tut. Hält man dir etwas vor, was du unmöglich hast wissen können, dann lachst du nur, weil nicht wahr ist, was du nicht wissen konntest.

Ich war unfähig, ihr zu antworten, und sie dachte, daß ich schmollte, um meinen Willen durchzusetzen. »Warum sollen wir's uns verderben?« sagte sie. »Möchtest du ein Glas Sherry?«

Ich zwang mich zu einem Lächeln. Vielleicht hatte Bernie doch recht gehabt mit dem Bullen am Tor. »Ja bitte, Liebling.«

»Eine Scheibe Schinken?« rief sie aus der Küche.

Blut in meinem Mund: ich hatte mir auf die Zunge gebissen. »Nein danke.« Ich sah mich um, und die ausgebreiteten Geschenke ließen mein Hirn schrumpfen. Das war ein Karneval, bei dem nur noch der Totenkopf fehlte, ein Schädel samt gekreuzten Knochen und dem König Drachenmaul des Schicksals. Ich schloß die Augen und machte sie wieder auf bei dem Gedanken, daß sie, wenn ich es nicht täte, für immer geschlossen bleiben würden. Ich erspähte einen schweren Feuerhaken, der neben dem Kamin stand, eines der schon ausgepackten Geschenke, in einem rechten Winkel und einer Spitze endend, ein schönes Instrument, das ein paar Freunde bei der Arbeit gemacht hatten, Metall der Firma, aber ihr eigenes Können und ihr Schweiß – und ihre kleine Aufmerksamkeit für mich.

Ich nahm ihn auf, wog ihn, balancierte ihn und hob ihn hoch über die ganze zusammengewürfelte Insigniensammlung. Ich bin schon immer stolz gewesen auf meine Armesstärke und fühlte, wie sie sich jetzt in meiner Schulter für etwas sammelte, was verdammt gut getan werden mußte.

Da kam ein Schrei von der Tür: »Richard!«

Ihr Gesicht war weiß, spitzer als ich es je gesehen hatte, und da erkannte ich, wie sehr diese sogenannte Trauung sie mitgenommen hatte. Ich wurde von Mitleid erfüllt, das ich für gut und ehrlich befand, denn ich ließ den Feuerhaken sinken.

»Was machst du da?« fragte sie geradeheraus.

»Ich prüf' mal das Gewicht von dem Ding. Eine saubere Arbeit. Ein Stück fürs Leben, wenn du mich fragst.«

Sie stellte das Tablett ab. »Du wolltest eben etwas tun, was du dir nie verziehen hättest. Und ich hätte auch was dagegen gehabt, weil ich mit dir leben muß.« Bei Schwierigkeiten blieb sie immer klar im Kopf, und ich bewunderte sie deswegen. Wir sahen einander an. Sie konnte das Schweigen nicht so aushalten wie ich nach solch einem Tag, und ich konnte ihr das nicht verdenken. »Donnerwetter«, sagte sie mit plötzlichem Frohlocken, als würde diese Orgelmusik noch mal von vorn anfangen. »Ich hatte recht.«

Ich hatte eine grelle Vision von unseren gekränkten Elternpaaren, die zwischen diesem Plunder hockten wie eine Sammlung von Krügen mit grinsenden Gnomengesichtern, Prophezeiungen machten und einander zuzwinkerten wegen dieses idiotischen Schrittes ins Ungewisse, den ich mit der Liebsten meines Lebens unternommen hatte. Ihre schiefsitzenden Hüte wackelten vor Entzücken über das, was wir uns anzutun gedachten, dasselbe nämlich, was sie getan hatten, bis hin zu dem Punkt, wo das

Alter sie einholte und sie Bedauern und Bitterkeit überlebten, was ein paar knappe Jahre dauerte und sie zu einem ständigen Grinsen befähigte, das uns riet, den ganzen Mist ebenso durchzumachen wie sie, weil wir am Ende Gefallen daran finden und mit ihnen dazu beitragen würden, ihn für alle Zeiten an künftige Unschuldige weiterzugeben.

Meine Armeskraft trieb eine Schlucht in dieses Tafelgeschirr, so daß es unter Welle auf Welle von Wut und Qual in Stücke flog. Sie rüttelte und schüttelte jeden Transistor aus seiner Tasche, zertrümmerte Aschenbecher, Bügeleisen, Keramikhunde, Schüsseln, Schöpfkellen – ein ganzes Schaufenster von Haushaltswaren aus dem Katalog, die unter meinem Feuerhaken schneller den Weg alles Irdischen gingen, als sie durch natürlichen Verschleiß schrottreif geworden wären. Als ich dachte, daß nichts mehr übrig sei, fiel mir in einer Ecke am Rande des Bombenschadens ein unversehrtes Keksfäßchen aus Walnußholz ins Auge. Mit List und Tücke bugsierte ich es in die Mitte – kein Küfer würde es künftig besitzen – und ebnete es ein.

Ich muß mir dabei Zeit gelassen haben, denn Caroline hatte ihren Mantel an und den Koffer neben sich, mit dem sie voriges Jahr zu den Butlins gefahren war. »Schön«, sagte ich, erschöpft auf einem der Hocker sitzend, »du gehst also nach Hause, ja?«

»Ja«, antwortete sie kühl, während mir der Atem stockte.

»Aber das hier ist dein Zuhause, also zieh den Mantel wieder aus. Stell den Koffer da weg und sei vernünftig.«

»Willst du das wirklich?«

»Ja.«

Sie wartete eine Weile, diesmal war sie die Sprachlose. »In Ordnung, Richard, ich werd bleiben.«

Es gefiel mir nicht, wie sie mich ansah, als sie den Mantel auszog, aber was konnte ich schließlich schon sagen?

Jedesmal, wenn Caroline morgens hochkam und mir eine Tasse Tee ans Bett stellte, sagte sie: »Woher willst du wissen, ob er nicht vergiftet ist?« und ging wieder nach unten, mich meinen Zweifeln überlassend.

Ich wußte, er war es nicht, aber wie konnte man sicher sein? Ich bestimmt nicht, denn selbst Leuten, die treu aussehen wie Gold, würde ich nie über den Weg trauen. Blinde Liebe und Bewunderung würden mich nur mißtrauisch machen, während der reine Haß, der mir jetzt entgegenschlug, es nicht sehr verschlimmern konnte. Aber das Leben mußte weitergehen, und erst, wenn ich in den Bus zur Arbeit stieg, wußte ich, ob mein Tee vergiftet gewesen war oder nicht, denn wenn ich bis dahin noch keine Bauchschmerzen hatte, konnte ich wieder hoffen. Meistens war es so kalt im Bus, daß ich sogar aufhörte zu schwitzen. Es war ein schlimmer Winter.

Laut einem Zeitungsartikel, den ich eines Tages in der Mittagspause las, sind Eheprobleme der Hauptgrund für Scheidungen. Als wenn ich das nicht gewußt hätte, realistisch wie ich bin. Ich kenne jedoch auch Leute, und Namen will ich keine nennen, die die Ehe als einen Pakt zu betrachten scheinen, bei dem jede Partei verspricht, die andere zum Wahnsinn zu treiben oder im Affekt umzubringen. Aber mir scheint, meistens kommt es zu Scheidungen, weil die Leute einander überdrüssig werden – obwohl das bei Caroline und mir nie der Fall war, und folglich mußten wir einen anderen Weg finden, um Schluß zu machen.

Zu Weihnachten schenkte sie mir eine Kiste kubanische Zigarren, vollgeklebt mit Etiketten, die aussahen wie Geburtsurkunden und Hundertpfundnoten. Liebevoll lächelnd saß sie da und wartete auf meinen Dank, während ich fünf Minuten mit dem Taschenmesser den Deckelschlitz suchte und dabei immer ungeduldiger wurde, bis ich die Kiste von vorne bis hinten auf der falschen Seite aufbrach, sie in Splitter spaltete, so daß Holz und Zigarren und Etikettenfetzen auf den Teppich purzelten. »Zigarrenkisten aufmachen liegt mir einfach nicht«, sagte ich.

Sie stand auf und verließ das Zimmer, wobei sie schwor, nie wieder mit mir zu reden, doch als ich mir später am Abend das Hemd auszog, sagte sie: »Ist dir nie gesagt worden, daß man Geduld und Verständnis braucht in dieser Welt?« Sie sprach mit verkniffenen Lippen, wie um zu verhindern, daß ihr die falschen Zähne herausfielen, falls sie sich aufregen würde – aber sie hatte keine falschen Zähne.

»Bis jetzt noch nicht«, antwortete ich lächelnd.

»Was du brauchst«, sagte sie spitz, »ist, daß dir mal irgendein Barbar zeigt, was Zivilisation ist.«

Ich verliebte mich wieder in sie, verliebte mich mit vierzig noch genauso wie mit zwanzig. Wenn ich ihr das gestand, nannte sie mich einen Fall von stehengebliebener Entwicklung, der sich in all den Jahren nicht geändert habe. Schon die Tatsache, daß ich jemanden wie sie geheiratet habe, sagte sie, beweise das.

Die Schwierigkeit lag darin, daß ich so spät geheiratet hatte, denn solange das Leben angenehm war, ließ ich mir Zeit damit und wies es von mir. Als die Welt gut war, sah ich keinen Grund, auch gut zu ihr zu sein. Dazu arbeitete ich zu schwer. Ich weiß jetzt, daß ich egoistisch gewesen bin, doch wenn ich damals begriffen hätte, was ich heute weiß, dann ist mir schleierhaft, wie ich hätte weiterleben können, also war es gut, daß ich es nicht getan habe. Man ist so beschäftigt mit dem, was einem heute bevorsteht, daß man keine Zeit hat, an morgen zu denken, falls es ein Morgen überhaupt gibt, sagte ich mir. Wichtig ist erst mal dieser Tag.

Sie nannte mich ein egoistisches Scheusal, als ich ihr das alles erzählte, und vielleicht wurde ich wirklich eins, aber trotzdem war ich nicht so egoistisch gewesen, nicht einzuwilligen in ihren Wunsch nach kirchlicher Trauung. Ich habe an Religionsgefasel nie geglaubt, aber ich liebte sie nun mal, und sie wünschte es sich, gelinde gesagt, so heiß, und die Liebe macht einen Mann so ehrenwert, daß er alles tut für seine Geliebte. Später macht er das vielleicht alles hinfällig, aber das konnte ich damals nicht wissen.

Die Liebe ist wie Kindheit – golden in der Erinnerung. Momente der Bitterkeit sind vergessen, und all die vergeblichen Worte und Wutausbrüche verblassen vor den mystischen Höhenflügen des Insbettgehens, setzen sich ab auf dem Meeresgrund wie Sand. Ich weiß das, zumal ich es mir dauernd wiederhole. Doch das Ende dessen, was man unsere Liebe nennen könnte, kann ich mit Zollstockgenauigkeit feststellen.

An einem Sommerabend lagen wir nach dem Liebemachen auf dem Bett, nackt und ruhig und voller Zuneigung, obwohl der erste Glanz schon matt geworden war. Ihr Gesicht war mir zugewandt, und sie lächelte, schön und zärtlich, als hätten wir nie jemand anderen gekannt als uns und als wären wir seit dem ersten Augenblick in einem fortwährenden Zustand vollendeter Liebe gewesen. Unsere Küsse waren rein, der Gipfel des Gefühlslebens. Caroline lächelte noch einmal, und als ich sie ansah, vernahm ich unerwartet eine innere Stimme, die unpassend aber unmißverständlich zu ihr sagte: »Lebwohl, lebwohl, lebwohl.« Sie durfte sie nicht hören, und ich lächelte zurück, erschreckt und doch fasziniert von der eindringlichen Stimme, von der ich wußte, daß sie so echt war wie das tote Holz in meinem Herzen.

Aber es war noch nicht vorbei – noch lange nicht. Da wir ein gesetztes Paar waren, hatten wir unsere Ablenkungen. Sie las Illustrierte und Liebesromane, während ich mich einer besseren Klasse von Büchern widmete, da ich auf diesem geistigen Sektor schwer zu befriedigen bin. Sonst hätte ich sonntagmorgens in die Kirche gehen können, wie sie es weiterhin tat, dort hätte ich aber nur Däumchen gedreht, am liebsten ein Buch hervorgeholt und darin gelesen, bis die Sache abgelaufen wäre. Also beschämte ich sie nicht durch meine Begleitung und zog es vor zu grübeln und zu lesen und mich in der Hoffnung zu wiegen, mit dem, was in mir vorging, vertraut zu werden. Nie hätte ich einem Pfaffen erlaubt, mir irgendwas zu erzählen oder mich daran zu hindern, mich kennenzulernen. Manchmal dachte ich, daß ich das ganz gern getan hätte, aber Tatsache war, daß ich es einfach nicht fertigbrachte. Ich redete nie viel mit anderen Männern, da ich bei der Arbeit Vorarbeiter war, was sich insofern als Vorteil erwies, als ich wenigstens mit mir selbst reden konnte, ohne gleich mißverstanden zu werden.

Trotz unserer Höhen und Tiefen und der Momente, in denen wir im Grunde unseres Herzens wußten, daß es unweigerlich aus war, haben wir uns lange Zeit geliebt – zwei Jahre, um genau zu sein und damit Sie sehen, wie optimistisch wir waren. Gelegentlich sprachen wir darüber, was wir tun würden, wenn wir ganz viel Geld hätten, die Wohlfahrtseinrichtungen, denen sie helfen würde, die Orte, die ich aufsuchen würde, das allgemeine Wohlgefühl, wenn man keiner geregelten Arbeit nachgehen muß. Was ich auf meine feige Art unterließ, war, ihr vorzuhalten, daß wir keine drei Monate zusammengeblieben wären, wenn ich nicht jede Woche vierzig Stunden gearbeitet hätte, denn den größten Krach kriegten wir meistens sonntags, wenn sie von der Abendandacht zurückkam. Sie kam hereinspaziert mit ihrem blau und lila Hut und mit Stöckelabsätzen, hellem Kostüm und mit Schirm, wenn es regnete, und beim Abendessen dann, wenn ich am längsten von meinen Kumpels auf der Arbeit und den Maschinen getrennt gewesen war, fielen unsere verhängnisvollen, endgültigen und ordinären Unverträglichkeiten über uns her wie Zankteufel.

Eines Samstagmorgens, als wir gerade die Frühstückssachen abräumten, sah sie mir gerade und zärtlich in die Augen. »Richard, ich liebe dich. Das weißt du, nicht?«

Wir standen an der Küchentür. »Ja, das weiß ich«, sagte ich und küßte sie.

»Ich würde nie etwas tun, um dich zu verletzen, das weißt du. Du bist der einzige Mann, den ich je geliebt habe, trotz allem.«

»Liebes«, sagte ich und wunderte mich ein bißchen, was sie wohl habe, dachte mir aber, sie sei einfach zärtlich.

Der Pfarrer kam sie besuchen an dem Nachmittag. Normalerweise wäre ich beim Fußball gewesen, aber der Platz war tief verschneit, und so saß ich im Wohnzimmer und spielte eine meiner klassischen Platten – ich weiß nicht mehr, welche. Ich mußte die Stereo-Anlage ausmachen, als er hereinkam – obwohl zwei Frustrationen an einem Tag mir damals noch nicht übermäßig erschienen.

Ich hatte ihn seit dem Tag in seiner kalten und zugigen Kirche nicht mehr gesehen. Nicht, daß ich eine wirkliche Abneigung gegen ihn empfunden hätte, denn ohne Zweifel hätte uns sonst jemand anderer getraut, wenn auch nur auf einem Standesamt. Soweit ich wußte, war er ein feiner Kerl mit einer von vier Kindern geplagten Frau, die in einem zerfallenen Pfarrhaus gegenüber seinem Arbeitsplatz wohnten. Früher wie ich bei der Luftwaffe, hatte er während des Krieges Flugzeuggerippe montiert, war jetzt um die fünfzig, kahlköpfig, gut gebaut, und wäre in einem anderen Zeitalter vielleicht Heizer auf einer Lok gewesen.

Caroline gab ein verlegenes Hallo von sich und ging dann geschäftig weg, um Tee zu machen. Der Pfarrer saß mir gegenüber am Feuer, mit Schweiß auf der Stirn, trotz des Schnees, aus dem herauszukommen er sich vermutlich beeilt hatte.

»Manche Leute mögen ja Schnee«, sagte er grinsend, »weil sie ihn malerisch finden, aber für mich ist er was verdammt Häßliches, wirklich.«

»Ich arbeite auch drinnen«, sagte ich, weil ich nett scin wollte. »Solange er die Busse nicht aufhält und ich hinkommen kann. ›Was Gott vereint hat, das soll der Mensch nicht trennen‹ – besonders, was seine Arbeit betrifft.« Plötzlich ahnte ich, warum er uns aufgesucht hatte, und irgendwie unbeteiligt fühlte ich, wie mein Herz deswegen am eigenen Blut erstickte. Das war nicht in Ordnung. Ich liebte Caroline nicht mehr. Sollte man an Gott glauben können, dann nur, wenn man liebt. In solch einer Zeit zu glauben, ist bestimmt das höchste der Gefühle, aber ich hatte sogar die Liebe verloren und somit alles. Er war mir ein bißchen zu spät gekommen, um auf seine Hilfe noch zu bauen, obwohl er auch nie zu früh hätte kommen können.

»In gewissem Sinne haben Sie recht«, argumentierte er, »aber der Mensch wurde vor der Arbeit erschaffen.«

»Ich hab immer gedacht, daß Gott gute sechs Tage reinsteckte«, antwortete ich, »bevor er das Wochenende einläutete und sich Ruhe gönnte.«

»Schon gut, Mr. Butler, aber Sie wissen ja, daß Caroline sehr unglücklich ist über den Verlauf ihrer Ehe, und da sie ein gutes Mitglied unserer Pfarrgemeinde ist und da ich die große Freude hatte, Sie beide zu trauen, denke ich einfach, daß es dann als Freund und als Christ meine Pflicht sein muß zu fragen, ob ich Ihnen helfen kann bei Ihrem Problem. Sie müssen diesen unangemeldeten Hausbesuch entschuldigen, aber ich gehe doch wohl recht in der Annahme« – und hier lachte er freimütig –, »daß Sie nicht daheimgeblieben wären, wenn ich Ihnen Bescheid gegeben hätte. Und in der Kirche konnte ich nicht mit Ihnen sprechen, weil Sie, wie ich leider feststellen muß, nicht kommen.«

»War das Carolines Idee?«

»Ja, schon. Irgendwie schon. Aber so genau kann ich das nicht sagen.«

Ich stand auf. »Kümmern Sie sich um Ihre eigenen Angelegenheiten und verschwinden Sie.«

Caroline stand an der Tür, mit dem vollen, besten Teetablett der Hochzeitsgeschenke. »Richard, was sagst du denn da? Ich bitte dich!« Sie stellte das Tablett hin, um es abzuladen, als würde eine solche Tätigkeit die Atmosphäre im Raum entgiften.

»Ich löse meine Probleme alleine!« schrie ich sie beide an.

»Wir sind dazu da, unsern Mitmenschen zu helfen«, sagte der Pfarrer ruhig und würdevoll. Er stand auf und nahm mich beim Ellbogen, überrascht zwar von meiner Heftigkeit, doch zuversichtlich, daß er damit fertig werden würde. Aber seine Selbstsicherheit, entsprungen aus anmaßenden Generationen von Herrschsüchtigen, trieb mir das Blut in die Augen. Ich war überrascht, daß ich noch sprechen konnte.

»Aber nicht, um ihnen zu predigen!« schrie ich. »Was gibt Ihnen das Recht, mich verstehen zu wollen?« Ich schlug ihm die Hand weg. »Sie waren auf dem College? Sie sind gläubig? Das reicht nicht, Kamerad. Wenn ich Hilfe brauche – und ich bin nicht so sicher, daß ich es bin, der welche braucht –, dann wird sie schon früh genug aus mir selber kommen. Sie bringen das nur durcheinander und sind ein Hemmschuh. Also hauen Sie ab und suchen Sie sich irgendein sabberndes, dankbares, gichtiges, verängstigtes, gottesfürchtiges Gemeindemitglied, das gerade am Abkratzen ist und Ihren Beistand braucht. Dann holen Sie sich den lieben Gott an die Quasselstrippe und erzählen Sie ihm, wie tugendhaft Sie gewesen sind. Wenn Sie sich's nicht leisten können, soll er die Gebühren zahlen. Also los, verschwinden Sie.«

Er hat nicht mal auf Wiedersehn gesagt. Seinen Mantel hat er draußen im Schnee angezogen. Da stand ich nun auf meinen eigenen zwei Füßen, obwohl ich mich in meiner finsteren, bösen Wut danach sehnte, die Erde zu umarmen. Wie eine Ratte hatte der Stolz mich gepackt und wollte nicht mehr loslassen. Ich blieb mit Caroline zurück, deren große Augen verhangen in einem bleichen

Gesicht schimmerten. Wo hatte ich es schon einmal gesehen? Grüns und Gelbs und langes Haar, Augen wie Kerzenflammen, Pupillen, die hinaufreichen bis zur flakkernden Spitze, Gesicht leblos und phosphoreszierend, all das sah mich, diesen tierischen Barbaren, durch dickes Fensterglas an. Doch das Glas barst, und unter einem wütenden Schlag mit dem Tablett taumelte ich durch das Zimmer.

Ich ging drei Tage nicht zur Arbeit, aß auch nichts in dieser Zeit, und ich glaube, es lag eher daran als an der Tatsache, daß ich zurückgeschlagen hatte, daß sie schließlich so wurde. Wenn ich sie einfach geschlagen und dann weitergemacht hätte, als wäre nichts gewesen, wäre es zwischen uns auf irgendeine seltsame Weise vielleicht besser geworden, trotz meiner momentanen Unfähigkeit zu sehen, wie das je vor sich gehen sollte. Doch dadurch, daß ich den normalen Trott unterbrochen hatte, war ich zusammengeklappt, und das brachte sie so sehr aus der Fassung, daß sie mir nie verzeihen konnte.

Ich ging ins Gästezimmer, lag auf dem Einzelbett ohne Matratze und machte die Tür trotz ihres Schluchzens und Klopfens nicht auf. In meiner Finsternis warf ich ihr vor, einen Pfarrer gerufen zu haben, der versuchen sollte, unsere Probleme aus der Welt zu schaffen (die schließlich auch nur eine Lebensform waren und bis ans Ende unserer Tage hätten ausgehalten werden können), so daß ich, je mehr ich darüber nachgrübelte, immer engherziger wurde. Ich war stolz und hart arbeitend und unabhängig aufgewachsen und lebte nach all den todsicheren Klischees, die einem nur dann so viel bedeuten, wenn jemand auf sie spuckt.

Wenn ich auf dem Weg zur Arbeit rülpste, wußte ich,

daß ich nicht vergiftet worden war. Die Sonne war vielversprechend, und der liebe April mit seinen Drohungen stand bevor, ein Bild, in dem Unbehagen und Wohlgefühl sich mischten und das die Straßen freundlicher und beschützender erscheinen ließ als an anderen Tagen. Der Dunst war blau und frisch in der Frühe, ein erster Hauch dünnhäutigen Frühlings über der Stadt, und wenn ich auf der Türschwelle nicht zu tief einatmete, roch es angenehm nostalgisch und erinnerte mich an mein einstiges Glück. Ich war froh, daß es nicht tief genug ging, um durchzudringen bis auf die unwiderrufliche Rauch- und Sumpfschicht darunter, was in mir den Wunsch geweckt hätte, nach dem Hutaufsetzen die Zigarette nicht angezündet und vor allem nie geheiratet zu haben. Die Bäume sahen an diesem einen Tag weniger brüchig und blau aus und waren zart betupft mit dem Grün sprießender Knospen. An einen Morgen, der farbiger gewesen wäre, konnte ich mich nicht erinnern, und darüber mich zu wundern kam mir erst in den Sinn, als ich nach der Haltestange im Bus griff und in die Gosse zurückrutschte.

Seit meinem Krach mit dem Pfarrer war sie darauf ausgewesen, mich fertigzumachen. »Woher willst du wissen, daß er nicht vergiftet ist?« meinte sie lächelnd, wenn sie mir morgens den Tee hochbrachte, und sie sagte es so oft, daß ich nach ein paar Monaten nichts mehr darauf gab. Hätte ich auch nur ein bißchen Verstand gehabt, würde ich sie gleich beim erstenmal versohlt haben, als sie das sagte, aber es war schon immer mein größter Fehler gewesen, schnell zu denken und langsam zu handeln.

Ich hätte wissen müssen, daß etwas faul war, als sie mir in fast zärtlichem Ton auf Wiedersehn sagte. Der Tee schmeckte komisch, aber sie sagte, die Milch habe einen

Stich, und daran dachte ich erst wieder, als meine Beine nachgaben und mir das Herz raste und zersprang, als ich in den Bus steigen wollte. Sie hatte Schlaftabletten zu Pulver zerdrückt, und wegen Überstunden war ich am Abend davor erst gegen zehn nach Hause gekommen. Ich fiel ins Bett und schlief wie ein Stein, und am nächsten Morgen begrüßte ich den Tee am Bett mit einem Lächeln.

Im Krankenhaus wachte ich wieder auf, und zum erstenmal in meinem Leben handelte ich so schnell wie ich dachte. Was mich dazu brachte, die richtigen Worte von mir zu geben, weiß ich nicht, aber Vernunft war es nicht und Gefühl auch nicht; ebensowenig war es eine Regung der Liebe und des Beschützens, die ich meiner Frau schuldete, denn von da an würde Caroline nie wieder meine Frau sein. Wir bedeuteten einander nichts mehr. Sie hatte uns dem Gesetz des Dschungels ausgeliefert, indem sie versucht hatte, mich umzubringen, und nie würde ich mich dazu bereitfinden, im Dschungel zu leben. Und doch, wer weiß schon, wie es im Dschungel ist und was vorgeht in den Köpfen der Tiere dort? Bringen die Tiere mehr voneinander um, als die Menschen es tun? Vielleicht ging mir gerade das durch den Kopf, als ich aufwachte und herausplatzte: »Ich wollte mich nicht umbringen. Ich hab mich in den Tabletten vergriffen.« Ich lächelte, als ich sah, wie einfach es war, sie dazu zu bringen, mir zu glauben, egal was Caroline sagen würde.

Aber sie verstand es auch ihrerseits, das Leben zu meistern; kam mich während meines kurzen Krankenhausaufenthalts besuchen, trat ans Bett mit einem Blumenstrauß und einem Witwenlächeln, als käme sie gerade von den Trauerfeierlichkeiten meiner Beerdigung. Wir waren so gründlich miteinander fertig, daß es mich fast traurig machte. Am liebsten hätte ich der Krankenschwester zugerufen: »Nehmt sie hier raus! Schnell, oder ich bring mich wirklich um!« – nur wäre dann ans Licht gekommen, daß ich gelogen hatte, als ich aus der Bewußtlosigkeit erwacht war.

Sie saß so triumphierend am Bett, daß ich mich fast zum letzten Mal in sie hätte verlieben können.

»Was hast du ihnen erzählt?« fragte sie.

»Daß ich mich nicht umbringen wollte. Was für hübsche Blumen.«

»Die sind für dich.«

»Auf meinem Grab hätten sie passender ausgesehen. Nimm sie weg.«

»Ich werd eine von den Schwestern bitten, sie ins Wasser zu stellen, wenn ich gehe. Warum hast du ihnen das erzählt?« Sie rückte mir das Kopfkissen zurecht, ganz Ehefrau.

»Wirst du es wieder tun?«

Ihr Lächeln war breit und kam ihr aus tiefster Seele.

»Was?«

»Versuchen, mich zu ermorden.«

Sie lief rot an vor Wut. »Ich weiß nicht, wovon du redest.«

Ich lachte, zum erstenmal wirklich glücklich darüber, daß sie keinen Erfolg gehabt hatte. »Das ist es doch. Besser, du hast es auf dem Gewissen als ich.«

Die Schwester kam, jung, schön und unbeschwert lächelnd, und brachte mein Teetablett.

»Du warst schon immer gut in Selbstaufopferung«, sagte Caroline.

»Besser, als andere zu opfern«, schoß ich zurück. »Geh

noch nicht. Zeig ihnen, wie lieb du mich hast, oder sie kommen noch auf die Idee, daß du mich umbringen wolltest. Bleib und gieß mir den Tee ein.«

Mit Tränen in den Augen stand sie auf. »Wie kannst du nur darüber noch Witze machen?«

»Schau«, sagte ich bittend, »laß uns Hand in Hand in die Klapsmühle gehn. Man wird uns zwar trennen am Tor, aber was für ein Abschluß für uns! Was für eine Geste! Du kannst mir den Weg zeigen, du bist ja schon mal drin gewesen.«

»Hoffentlich ist es nicht wahr«, sagte sie, »daß Männer und Frauen nicht dazu geschaffen sind, miteinander zu leben.«

»Ich kenne jedenfalls zwei, die es nicht sind.«

»Du bist wahnsinnig«, sagte sie. »Jetzt weiß ich's genau.«

»Hau ab«, schrie ich. »Komm nicht hierher, um mich zu quälen. Ich verzeihe dir, was willst du noch mehr?« Und ich verzieh ihr wirklich, denn mir blieb nichts anderes übrig, um mich vollständig von ihr zu befreien.

Das war das Ende und hätte der Anfang sein sollen, aber ich stanzte es restlos aus uns heraus. Manche Leute machen Schluß nach zehn Jahren emotionalen Elends, einer Dekade der Unterentwicklung, aber wir wenigstens hatten es besser gemacht, in der Hälfte der Zeit. Unsere Ehe, die nur durch Leere und Neurosen aufrechterhalten werden konnte, war ein schrecklicher Fehler gewesen. Ich jedenfalls konnte nicht zurück. Ich wollte es nicht. Und es gab gewisse Dinge, für die ich auch nicht vorwärtsgehen wollte. Was habe ich zu verlieren? fragte ich mich. Alles, sagte ich mir, nur daß ich es trotzdem nicht verlieren will, denn neben der Liebe, die man für jemand anderen empfindet, geht der Kampf um das eigene Überleben um so gnadenloser weiter.

Das war auch das Ende von dem, was beim Psychiater aufs Tonband gekommen war. Sie wollten etwas über meine Kindheit wissen und meine frühesten Erinnerungen an das Familienleben, aber ich war nur bereit, ihnen zu erzählen, was mich belastet hatte. Ich habe das Band aus dem Gedächtnis rekonstruiert, denn eine Kopie davon kriegte ich natürlich nie. Ich habe viel Zeit verbracht in dem Sprechzimmer, saß dort auf einem gewöhnlichen Lederlehnstuhl und erzählte, während diese teuflischen Spulen des Tonbandgerätes sich langsam drehten.

Als ich das erste Mal hinkam, plauderten die zwei Psychiater gerade ganz normal über das, was so im Kino lief, und über die Bücher, die sie gelesen hatten, und ignorierten mich ein paar Minuten völlig, als gehörte das zu ihrer Taktik. Dann wurde mir eine Zigarette angeboten, die ich dankbar annahm, obwohl mir bei ihnen nie ganz geheuer war. Dr. Brown, der zuständig war für mich, war klein, schlank und hatte rötliches Haar. Er erinnerte mich an einen Mann, der in der Fabrik arbeitet – unter mir. Trotzdem hatte ich fast Angst vor ihnen, kam zu spät und war dann schüchtern, wenn ich in den Fahrstuhl stieg zu ihrem großen Zimmer in dem Bürogebäude hinter dem Rathaus.

Da ich, wie ich angegeben hatte, mich selbst hatte umbringen wollen, bestand man fest darauf, daß ich dort hinging, obwohl ich mich wenigstens selbst für den Privatarzt entscheiden konnte, den mein Hausarzt mir empfohlen hatte. Ich wollte mir nicht im Hirn herumstochern lassen, bloß weil ich mit besserem Tierinstinkt reagiert hatte, um zu verhindern, daß Caroline dasselbe oder Schlimmeres durchmachen mußte. Es war schon schlimm genug, daß die Nachbarn auf mich zeigten, wenn ich die Straße hochkam, und das wäre wohl für jeden Mann schlimm gewesen, denn mit ihr sprach man voller Achtung und Verständnis, weil sie ja einen Mann hatte, der nicht ganz richtig war im Kopf. Wenn man erst anfängt, seinen Stolz zu verlieren, trägt der Wind ihn weit weg. Allerdings brauchte sie Menschen, die mit ihr redeten, mehr als ich. Ich sprach kein Wort mehr mit ihr, denn nachdem ich ihr gesagt hatte, es sei aus zwischen uns, hielt ich mich auch daran. Ich bin immer ein Mensch mit Grundsätzen gewesen, der weiß, was er der Gesellschaft schuldig ist, aber es gibt auch eine Grenze für das, was man einstecken kann – oder sollte. Bis zu einem gewissen Punkt muß man sich an gesellschaftliche Regeln halten, denn sie erleichtern das Leben in all dem Dreck und Elend, gerät man aber versehentlich in einen Sumpf, dann bleibt einem nichts übrig, als um sein Leben zu kämpfen und da rauszukommen. Wenn man seine Würde nicht wahren kann, müssen alle Regeln über Bord geworfen werden.

Bei meiner langen Aussage vor dem Psychiater hielt ich mich an die meinen, obwohl es nicht leicht war, etwas zu tun, was ich im Grunde nicht wollte und doch mußte, ob es mir nun paßte oder nicht. Ich erzählte einfach meine Geschichte und war fast froh, daß sie und das Tonband mir zuhörten, fühlte auch, daß Gutes dabei herauskommen könnte, wenn ich mich nur richtig da hineingeben würde, und wie tröstlich es wäre, mich Stunde um Stunde über mich selbst und meine sogenannten Probleme auszulassen und darüber, daß ich niemanden hatte, mit dem ich quatschen konnte, und daß man mir nur half, wenn und falls man konnte. Ich glaube, da bin ich echtem Wahnsinn am nächsten gewesen, weil bei mir alles in Ordnung war und ich sah, daß sie jemand anderen unter der Bogenlampe hätten haben sollen.

»Dr. Ridgeway und ich werden dieses Band nochmals durchgehen«, sagte Brown, »und nächste Woche zur gleichen Zeit machen wir die nächste Sitzung. In Ihrem Fall ist nichts weiter nötig, als mit diesen kleinen Gesprächen noch eine Weile weiterzumachen.«

Darüber schien er erleichtert zu sein, und das kann ich ihm nicht verdenken, denn er hatte es ja mit einem Gesunden zu tun. Vielleicht sind andere, die er behandelt, auch gesund. Trotzdem, ich war dankbar, daß es nicht so unangenehm gewesen war, wie ich es mir vorgestellt hatte, und daß ich keinen Grund hatte, mir zu wünschen, Caroline hätte die zu meiner Tötung nötige Dosis nicht unterschätzt.

Der Nieselregen und der Dunst der Stadt draußen dämpften wohltuend den vormittäglichen Verkehr. Ein tröstliches Gefühl der Freiheit überkam mich, als ich an der Tür stand und mir eine Zigarette anzündete, bevor ich in ihn hinaustrat. Ich würde erst mal einen Kaffee trinken gehen, ehe ich den Bus nach Hause nähme. Trotzdem war mir, als ginge ich über Wasser, und ich bemühte mich, leicht aufzutreten. Nun, da alles ausgesprochen war, hatte ich ein Gefühl, als sei zwischen Caroline und mir nichts mehr übriggeblieben, und auf andere Weise zwischen mir und der Welt ebensowenig. Wir waren fertig miteinander, rissen uns voneinander los und in Stücke, und einen Moment lang dachte ich, daß alle Männer und Frauen, die verheiratet waren oder zusammen wohnten, tatsächlich auch in diesem Zustand lebten, daß ihre ganze Art zu leben am Zusammenbrechen war. Und man könnte fragen, was dann wohl wäre. Na, überleg mal.

Aber ich hatte die Nase voll von der Vergangenheit nach diesem ganzen Tonbandkram. So viel über die Vergangenheit nachzudenken, ist wie ein verzweifelter und unglücklicher Mensch, der trostsuchend zu seiner Mutter zurückrennt. Das Leben wäre so viel leichter, wenn Denken und Handeln etwas miteinander zu tun hätten. Und trotzdem hatte ich, als ich nach dem Regenmantel über meinem Arm griff und merkte, daß ich ihn im Sprechzimmer des Psychiaters vergessen hatte, das deutliche und unangenehme Gefühl, daß sie es in wichtigen Momenten nur allzuoft haben.

Ich fuhr mit dem Fahrstuhl hoch und ging wieder hinein. Eine Empfangsdame, um mich anzumelden, war nicht da, aber ich hielt das nicht für so wichtig, wo sie doch alle so angenehm wenig förmlich waren. Drinnen bemerkten sie mein Eintreten nicht, so aufmerksam lauschten sie dem Bandgerät. Eine blöde Melodie trällerte mir im Kopf, und vielleicht trug das dazu bei, daß ich so lange mit mir selbst beschäftigt und unbemerkt blieb.

Erst jetzt, als ich sie das Band abspielen hörte, nahm ich die Einrichtung des Sprechzimmers im einzelnen wahr. Schreibtisch, Bilder, Bücher, drei Stühle – wie nackt und kahl es war, so leer jetzt, wo ich wie einer von ihnen darin stand, wenn auch einen Moment lang ohne ihr Wissen und nicht mehr als ein Möbelstück, und meine eigene Stimme hörte, die in jeden Winkel des Zimmers drang. Ich hatte mich früher schon auf Band gehört und erkannte diesen tiefen, präzisen, stocksicheren, breiten Ton, der sie zum Lachen brachte. Dr. Brown, der das Gerät bediente, ließ das Band zu einer anderen Stelle durchlaufen, die er ihnen unbedingt vorführen wollte. Alle drei waren sie ganz bei der Sache, der eine ein großer, kräftiger Mann, sowie die zwei anderen, die ich schon kannte. »Er hat versucht, sich umzubringen, und jetzt sagt er, es sei seine Frau gewesen, die versucht habe, ihn zu ermorden.«

»Paranoische Wahnvorstellungen«, sagte der neue Mann wissend.

»Hören Sie sich nun das an«, lachte Dr. Brown und ließ das Band derart eifrig vorlaufen, als wäre das kommende lustige Stückchen auf seinem Mist gewachsen und als wollte er dafür jetzt die Lorbeeren einheimsen, so daß sie die ganze Mittagspause hindurch etwas zum Witzeln hätten.

Und meine Stimme fuhr fort, erzählte von meinem Streit mit dem Pfarrer. Zuerst konnte ich gar nicht glauben, daß sie mich amüsant fanden, und ich durchstöberte mein Hirn nach etwas Vergleichbarem, was sie vielleicht in ähnlicher Weise unterhalten würde. Während sie ernsthaft meinem Erzählen lauschten, schienen sie sich an einen Witz zu erinnern, den einer von ihnen vor einer Stunde zum besten gegeben hatte und über den sie lediglich noch einmal lachten. Aber das konnte nicht sein, denn dazu waren sie zu sehr von dem Band gefesselt, was auch gut so war, weil ich dadurch für einige Zeit unbemerkt an der Tür bleiben konnte. Der Schmerz ließ nach, als ein Teil von mir bei ihrem anhaltenden Gelächter ebenfalls dahin kam, mein langes Geständnis komisch zu finden, und ich war ihnen dankbar, daß sie über es lachten, und fast wollte ich mich ihnen schon anschließen und es wie sie auf die leichte Schulter nehmen. Doch das war nur ein flüchtiger, schwacher Impuls gewesen – der Vorläufer für den finstersten Wutanfall, den ich je gehabt hatte. Er hatte nichts mehr mit

Scham, verletzter Eitelkeit oder mit Beleidigung zu tun, nicht einmal damit, daß es unrecht war, was sie da taten. Mein Verstand war schnell und klar, etwas, was ich bei so rasender Wut nie für möglich gehalten hätte. Sie beeinträchtigte meine Urteilskraft gerade in dem Augenblick nicht, als ich sie am meisten brauchte.

Sie schalteten auf Vorlauf, und das Band schnurrte durch bis zu der Stelle, wo ich vom letzten Besuch meiner Frau am Krankenhausbett berichtete. Selbst das fanden sie zum Totlachen, aber für mich war es interessant, wie meine sorgfältig vorbereitete Geschichte, die ich wochenlang mit mir herumgetragen hatte, da schließlich festgehalten war. Ich fand sie aber nicht komisch und wollte, daß sie aufhörten, ihre Späße darüber zu machen, damit ich dem, was da gesagt wurde, würde folgen können, als wäre das auf dem Band da gar nicht ich.

»Du warst schon immer gut in Selbstaufopferung«, sagte Caroline.

»Besser, als andere zu opfern«, schoß ich zurück. »Geh noch nicht. Zeig ihnen, wie lieb du mich hast, oder sie kommen noch auf die Idee, daß du mich umbringen wolltest. Bleib und gieß mir den Tee ein.«

Mit Tränen in den Augen stand sie auf. »Wie kannst du nur darüber noch Witze machen?«

»Schau«, sagte ich bittend, »laß uns Hand in Hand in die Klapsmühle gehn. Man wird uns zwar trennen am Tor, aber was für ein Abschluß für uns! Was für eine Geste! Du kannst mir den Weg zeigen, du bist da ja schon mal drin gewesen.«

»Hoffentlich ist es nicht wahr«, sagte sie, »daß Männer und Frauen nicht dazu geschaffen sind, miteinander zu leben.«

»Ich kenne jedenfalls zwei, die es nicht sind.«

»Du bist wahnsinnig«, sagte sie. »Jetzt weiß ich's genau.«

»Hau ab«, schrie ich. »Komm nicht hierher, um mich zu quälen. Ich verzeihe dir, was willst du noch mehr?« Und ich verzieh ihr wirklich, denn mir blieb nichts anderes übrig, um mich vollständig von ihr zu befreien.

Sie lachten. »Köstlich«, sagte Dr. Brown.

»Spulen Sie noch mal zur Hochzeit zurück«, sagte sein Kollege.

»Essen wir erst. Heute nachmittag gehn wir's noch mal ganz durch.« Trotzdem ließ er das Band bis zum Hochzeitsteil zurücklaufen, als sollte es sie wie eine Erkennungsmelodie hinausbegleiten. »Die Sache ist die«, sagte er, »daß diese verdammten Schizos mich das Gruseln lehren. Wahrscheinlich ist das der Grund, warum ich ihnen zuhöre.«

»Muß wohl so sein«, sagte der andere mit trockenem Lachen.

Da erblickte mich Dr. Brown.

Ich hatte dem Band wohl zugehört, aber außerdem hatte ich in einer Ecke einen dicken Spazierstock erspäht. Meine Wut war wieder voll da und ebenso meine Klarheit, und beides verlieh mir Bärenkräfte. Mit einem Schlag durch die Luft zog ich einen magischen Kreis um mich. Ich war es nicht, der in Bedrängnis war, denn ich hörte, wie sie mich fast flehentlich baten, ihn wegzulegen. »Es war weder nett noch anständig oder klug«, sagte ich, »über mich zu lachen.«

Herab sauste ein Schlag, der das Band herausriß und in die Luft fliegen ließ, daß es zur Decke hochwirbelte, als würden da oben die Fliegen eine Siegesparade abhalten.

Was auf der anderen Spule zurückgeblieben war, flog ebenfalls luftschlangenmäßig hoch, so daß Spiralen braunen Bandes kreuz und quer durch den Raum züngelten und zuckten, und keiner von den dreien traute sich, mich anzurühren oder einen Schritt zu machen, aus Angst, ich würde mich gegen sie wenden, was ich in meinem sehr bewußten Zustand überhaupt nicht beabsichtigte, obwohl sie zu feige waren, das zu erkennen.

»Ich habe euch vertraut«, schrie ich beim nächsten Hieb auf das auseinanderbrechende Tonbandgerät, das ruckweise von mir wegrutschte und hopste, bis ich den Spazierstock schließlich hinwarf und aus dem Zimmer ging.

Ich war Arbeiter auf einer Baustelle in London, einem sehr hohen Gebäude, und alle dort wunderten sich, woher ich die Nerven hatte und wie es möglich war, daß ich schon nach so kurzer Zeit keinerlei Angst vor derart schwindelerregenden Höhen hatte. Der Bauführer sprach sich lobend über mich aus und sagte, ich wisse ohne viel Erklärungen, was zu tun sei, und mache ruhig meine Arbeit. Er sprach davon, daß er mir bei einem großen Projekt im nächsten Jahr eine eigene Kolonne geben werde.

Wenn ich da so hoch oben arbeitete, hörte ich den ganzen Tag das Geräusch der Flugzeuge, die in Richtung Flughafen vorbeikamen und zwischen mir und dem Himmel anmutig herabglitten, wunderschöne Maschinen und weitaus perfekter und nützlicher als der Mensch. Aber wenn mich ihr Anblick auch begeisterte, so deprimierte er mich im nächsten Moment auch schon wieder. Wenn ich nicht gewußt hätte, daß sie von Menschen gemacht worden waren, hätte ich nicht länger leben mögen. Nachts, wenn ich diese schönen Maschinen nicht mehr sehen konnte, war ich oft traurig. Dennoch konnte ich sie hören, wenn ich versuchte einzuschlafen und daran dachte, daß Flugzeuge den alten romantischen Lärm der Züge und Lokpfeifen ersetzt hatten und daß man mit ihnen viel weiter fliegen konnte.

Unten auf der Erde hatte ich meine Flucht geschafft, raus aus dem Sumpf, in dem ich gelandet war, aber nicht schwimmen konnte, weil zu viele Ungeheuer nach meinen Armen und Beinen geschnappt hatten. Erst hatte ich gedacht, man würde mich zurückbringen wegen dem, was ich im Sprechzimmer des Psychiaters angerichtet hatte, und wegen meiner abgebrochenen Therapie. Aber ich habe nichts mehr von ihnen gehört. (Dreimal auf Holz klopfen.) Vielleicht ist ihnen klargeworden, welchen Schaden sie angerichtet hatten, und wahrscheinlich haben sie deshalb alles auf sich beruhen lassen. Falls es so ist, dann ist es das mindeste (und alles), was sie für mich tun konnten, und dann gehören diese drei bestimmten Leute zu der Sorte Mensch, mit der ein menschliches Wesen auskommen kann, sofern es in einem glücklichen und entscheidenden Moment aufhört, ein menschliches Wesen zu sein, das abhängig ist von ihr – und das ist das mindeste, was ich zugunsten solch eigensinniger, unmoralischer Schweinehunde sagen kann.

Ich muß hart arbeiten bei meinem Job, denn zur Zeit gibt's kaum was anderes, obwohl das noch kommen wird. Oft, wenn ich hoch über dem Fluß Sachen hin- und hertrage, blicke ich auf zum Himmel. Die Wolken sind Leichentücher, um die Sonne zu verhüllen und sie in Untergang und

Verderben zu schicken. Aber auch hinunter kann ich schauen. Mein Haus hat viele Wohnungen – mit verschiedenfarbigen Tapeten vielleicht, und es ist schwierig, aus ihm herauszukommen, besonders wenn man auf dem Dach wandelt und zwischen den Füßen hindurch in jedes Zimmer zugleich blicken kann.

Ich sah hinab auf die Menschenmenge, die mich zur Erde zurückwinkte, aber verdammt noch mal, ich wollte nicht, ehe ich nicht dazu bereit war, nicht ohne die sicheren Flügel, die ich anstelle meiner Arme wachsen fühlte. Ich wollte nicht mehr unter ihnen leben, nicht in so einem unpersönlichen Chaos. Wenn ich hinuntergehe, lande ich womöglich noch dort, wo ich mein ganzes Leben nicht landen wollte, obwohl es stimmte, daß Caroline dort schon vor mir gewesen war und mir eigentlich nie gesagt hatte, wie es da zuging. Ich dachte, wenn ich dort hinginge, würde sie früher oder später auch da hinkommen, und das wollte ich nicht. Ich stellte mir das vor als eine ziemlich geregelte Art von Existenz, eine allzu geregelte sogar, und ging behutsam zum Ende des Eisenträgers, um zur Mittagspause hinunterzuklettern.

Das Leben ist lang, lang genug jedenfalls, um immer wieder anzufangen. Der schwarze Teer der Energie im Faß ist unerschöpflich, das darunter brennende Begeisterungsfeuer hält ihn dauernd am Brodeln und Blubbern. Nichts kann das zum Erkalten bringen, nicht in mir. Und falls wir uns je wiedersehen, sehen wir uns vielleicht als Ebenbürtige.

Das Bild mit dem Fischerboot

Ich bin seit achtundzwanzig Jahren Briefträger. Na schön, das ist nun der erste Satz: Weil er so einfach hingeschrieben ist, könnte er die Tatsache, daß ich schon so lange Briefträger bin, wichtig erscheinen lassen; ich bin mir aber klar darüber, daß sie überhaupt keine Bedeutung hat. Es ist schließlich nicht meine Schuld, daß manche Leute sie für wichtig halten, nur weil ich den Satz so einfach hingeschrieben habe, ich wüßte aber nicht, wie ich es sonst machen sollte. Wollte ich anfangen, lange und schwere Worte aus dem Wörterbuch zu schreiben, dann würde ich sie zu oft anwenden, immer wieder die gleichen, mit nur ein paar Sätzen dazwischen, wenn überhaupt welchen. Und so will ich das, was ich schreibe, lieber nicht albern erscheinen lassen, indem ich Wörter aus dem Wörterbuch benütze.

Ich bin auch seit achtundzwanzig Jahren verheiratet. Diese Feststellung ist sehr wichtig, gleichgültig, wie man sie hinschreibt oder betrachtet. Es war nämlich so, daß ich meine Frau sofort heiratete, als ich eine feste Stellung hatte, und die erste wirklich gute war bei der Post; vorher war ich nur Botenjunge gewesen und Laufbursche. Ich mußte sie heiraten, sobald ich feste Arbeit hatte, denn das hatte ich ihr versprochen, und sie war nicht die Person, mich das vergessen zu lassen.

Am Abend meines ersten Zahltages kam ich sie abholen und sagte zu ihr: »Wie wär's mit einem Spaziergang in den

Snakey Wald?« Ich war frech und übermütig und in einer Was-kostet-die-Welt-Stimmung, und da ich unsere Vereinbarung vergessen hatte, wunderte ich mich gar nicht, als sie sagte: »Ja, gut.« Ich erinnere mich, es war Spätherbst und die Blätter lagen knietief, obenauf dürr, unten aber ganz matschig. Bei Vollmond und im leichten Wind spazierten wir durchs Kirschwäldchen, glücklich und Arm in Arm. Plötzlich blieb sie stehen, wandte sich mir zu, ein starkknochiges Mädel, aber mit einer guten Figur und einem recht hübschen Gesicht: »Möchtest du gern in den Wald mit mir?«

»Na, so 'ne Frage!« Ich lachte. »Klar will ich. Du vielleicht nicht?«

Wir gingen weiter, und eine Minute später sagte sie: »Doch, ich auch, aber du weißt, was wir jetzt tun wollen, wo du feste Arbeit hast, nicht?«

Ich dachte erst, was meint sie wohl? Aber ich wußte es schon. »Heiraten«, gab ich zu, sagte aber nach einigem Nachdenken noch: »Mit meinem Wochenlohn ist es aber nicht weit her, um damit zu heiraten, weißt du.«

»Für mich ist es genug«, antwortete sie.

Und dabei blieb es. Sie gab mir den schönsten Kuß, den ich je bekommen hatte, und dann gingen wir in den Wald.

Sie war nie glücklich in unserem Zusammenleben, und zwar gleich von Anfang an. Und ich auch nicht, denn es dauerte nicht lange, da fing sie an, mir zu erzählen, alle ihre Freundinnen – und vor allem ihre Familie – sagten immer wieder, unsere Ehe würde keine fünf Minuten halten. Darauf konnte ich nie viel erwidern, da ich nach den ersten paar Monaten merkte, wie recht sie hatten. Nicht, daß mich das aufregte, denn ich war immer ein

Mensch, an den nichts so leicht herankommt. Wenn ihr die Wahrheit wissen wollt – eine Wahrheit, die wahrscheinlich nicht viele zugeben würden –, die bloße Tatsache meiner Heirat bedeutete nur, daß ich das eine Haus und die eine Mutter gegen ein anderes Haus und eine andere Mutter eintauschte. So einfach war es. Sogar meine Lohntüte wanderte den gleichen Weg. Ich übergab sie jeden Freitagabend und bekam fünf Shilling für Tabak und eine Kinokarte zurück. Es war die Art Heirat, bei der die Kosten der Trauung und der Hochzeitsfeier als Anzahlung gelten und die man sein Leben lang mit seinem Lohn abstottert. Ich glaube überhaupt, daher kommt das ganze Abzahlungssystem.

Aber meine Ehe hielt doch länger als fünf Minuten: sie dauerte sechs Jahre. Dann ging Kathie von mir fort, sie war damals vierunddreißig und ich dreißig. Das Unglück war, wenn wir Krach hatten – und es waren gehörige Kräche mit Fluchen und Töpfeschmeißen und allem, was dazu gehört –, dann war es wie ein Leidensweg, und mittendrin schien es mir, als hätten wir nie was anderes getan, als ununterbrochen gestritten und gelitten von dem Augenblick an, wo wir uns kennenlernten, und daß das immer so bleiben würde, solange wir zusammen waren. Die Wahrheit aber, so wie ich sie jetzt sehe, und sogar damals sah ich sie manchmal, ist, daß wir auch verdammt schöne Zeiten miteinander verlebten.

Schon bevor sie mich verließ, schwante mir, daß unsere Zeit als Mann und Frau so ungefähr um war, denn eines Tages hatten wir den schlimmsten Krach von allen. Wir saßen eines Abends nach dem Abendbrot zu Hause, jeder an einem Tischende; die Teller waren leer, der Bauch voll, so daß für das Kommende kein Grund vorhanden war. Ich war in ein Buch vertieft, und Kathie saß einfach da.

Plötzlich sagte sie: »Wirklich, Harry, ich hab dich lieb.« Eine Weile lang hörte ich die Worte nicht, wie es oft so geht, wenn man in ein Buch vertieft ist. Dann begann sie wieder: »Harry, sieh mich doch an.«

Ich hob den Kopf und lächelte und versenkte mich wieder in mein Buch. Vielleicht war das unrecht, und ich hätte was sagen sollen, aber das Buch war so spannend.

»Bestimmt ist das viele Lesen schlecht für deine Augen«, sagte sie und entzog mich wiederum der heißen, magischen Welt Indiens.

»Keine Spur«, widersprach ich, ohne aufzublicken. Sie war jung, mit einem noch hübschen Gesicht, eine temperamentvolle Dreißigerin mit geschmeidigen Gliedern, die es nicht duldete, daß ich ihrem Eigensinn oder ihrem Zorn auswich. »Mein Papa hat immer gesagt, nur Esel lesen Bücher, weil sie soviel zu lernen haben.«

Die Worte trafen mich und drangen zu mir durch, so daß ich nicht widerstehen konnte, ihr eins draufzugeben, obwohl ich noch immer nicht aufsah: »Das hat er nur gesagt, weil er nicht lesen konnte. Er war neidisch, wenn du's wissen willst.«

»Neidisch auf den Quatsch, mit dem du dir deinen Wasserkopf vollstopfst!« sagte sie langsam, um nur ja sicher zu sein, daß ich begriff, wie ernst es ihr mit jedem Wort war. Ich faßte jetzt nicht mehr auf, was ich las, das Unwetter stand zu nahe bevor. »Warum nimmst du nicht auch mal ein Buch zur Hand?« Aber das war ja nichts für sie. Sie haßte Bücher wie die Pest.

Sie höhnte: »Dazu bin ich viel zu vernünftig, und außerdem hab ich viel zu viel zu tun.«

Jetzt fuhr ich auf, aber nicht heftig, weil ich noch immer hoffte, sie würde es nicht zu weit treiben und ich könnte mein Kapitel zu Ende lesen. »Na, dann laß wenigstens mich lesen, ja? Das Buch ist interessant, und ich bin müde.«

Aber dieser Einwand war nur ein neuerlicher Anlaß: »Müde? Du bist immer müde!« Sie lachte laut heraus. »Du solltest mal zur Abwechslung richtig arbeiten, anstatt mit dem blöden Postsack die Straßen abzuklappern.«

Ich will nicht alles wörtlich wiederholen. Jedenfalls dauerte es nicht lange, bis sie mir das Buch aus der Hand riß: »Du blöder Bücherwurm!« schrie sie, »nichts als Bücher, Bücher, Bücher, du verdammter Faulenzer!« Und sie warf das Buch auf die brennenden Kohlen und stieß es mit dem Feuerhaken noch weiter ins Feuer.

Das ärgerte mich, und ich klebte ihr eine, zwar nicht sehr fest, aber immerhin ich tat es. Es war ein schönes Buch, und vor allem war es ja aus der Bibliothek, und jetzt mußte ich ein neues bezahlen. Sie stürzte aus dem Haus, und ich sah sie erst am nächsten Tag wieder.

Ich muß sagen, ich machte mir nicht viel draus, als sie abhaute. Ich hatte die Nase voll. Ich kann nur sagen, es war ein großes Glück, daß wir keine Kinder hatten. Ein paar Mal war sie niedergekommen, aber das Kind blieb nie am Leben, und jedes Mal wurde sie verbitterter, so daß wir in den paar ruhigen Monaten, die dazwischenlagen, gegen all die Bitterkeit gar nicht ankommen konnten. Wer weiß, vielleicht wäre es doch besser gewesen, wenn sie Kinder gehabt hätte.

Einen Monat, nachdem sie das Buch verbrannt hatte, ging sie mit einem Anstreicher durch. Alles spielte sich sehr ordentlich ab. Kein Gebrüll, keine Prügelei, kein

Zerschlagen des »trauten Heims«. Eines Tages kam ich vom Dienst nach Hause und fand auf dem Kamin bei der Uhr einen Zettel: »Ich gehe fort und komme nicht wieder.« Keine Tränenspuren auf dem Papier, nur diese sieben Worte auf ein Blatt der Versicherungspapiere geschrieben, ich habe es noch hinten in der Brieftasche, Gott mag wissen, warum.

Der Anstreicher, mit dem sie fortlief, hatte allein in einem Haus gegenüber gewohnt. Er war ein paar Monate lang stempeln gegangen und hatte dann plötzlich in einem zwanzig Meilen entfernten Ort Arbeit bekommen, wie mir später erzählt wurde. Die Nachbarn schienen ganz versessen darauf, mir zu hinterbringen, daß sie schon seit einem Jahr miteinander gegangen waren, aber natürlich wurde mir das erst erzählt, nachdem sie verduftet waren. Niemand wußte genau, wohin sie gegangen waren, wahrscheinlich dachten die Leute, ich würde ihnen nachlaufen. Aber das fiel mir gar nicht ein. Was sollte ich schließlich tun? Ihn niederschlagen und Kathie an den Haaren zurückschleifen? Kam nicht in Frage!

Selbst heute hat es keinen Zweck, wenn ich mir einzureden versuche, daß mich diese Veränderung in meinem Leben nicht doch durcheinandergebracht hätte. Wenn eine Frau sechs Jahre lang mit einem im selben Haus gelebt hat, dann fehlt sie einem, auch wenn man wie Hund und Katze mit ihr stand; übrigens war es auch manchmal anders zwischen uns, das muß ich doch zugeben. Nachdem sie so plötzlich durchgebrannt war, schien das Haus, die Wände, die Decke, jeder einzelne Gegenstand darin verändert. Und auch in mir selbst war etwas anders geworden, obwohl ich mir einzureden versuchte, daß alles genauso war wie vorher und daß Kathies Verschwinden mir überhaupt nichts ausmachte. Trotzdem schlich mir die Zeit zuerst dahin, und ich fühlte mich wie ein Mensch, der es erst lernen muß, sich mit einem Klumpfuß weiterzuschleppen. Aber dann kamen die langen Sommerabende, und ich fühlte mich fast gegen meinen Willen zufrieden, jedenfalls viel zu behaglich, um mich mit Gefühlen der Trauer oder der Verlassenheit abzuquälen. Die Welt dreht sich eben weiter, dachte ich, und ich mit ihr.

Mit anderen Worten, es gelang mir ganz gut, allein fertig zu werden, was außer allem andern auch noch hieß, daß ich jeden Mittag ein gutes Essen in der Kantine bekam. Zum Frühstück kochte ich mir ein Ei, am Sonntag briet ich es sogar mit Speck, und abends aß ich kalt, aber reichlich. Alles in allem war es kein schlechtes Leben. Vielleicht war ich ein bißchen einsam, aber ich hatte wenigstens meine Ruhe. Im großen und ganzen war es erträglich, da ich mir nichts draus machte. Mit der Zeit verging auch das Gefühl der Einsamkeit, wodurch ich zuerst etwas zuviel gegrübelt hatte, kurz nachdem sie fortgelaufen war. Später habe ich mich damit nicht mehr aufgehalten. Ich sah tagsüber auf meinen Rundgängen genug Leute, daß es mir für die Abende und das Wochenende genügte. Manchmal spielte ich Dame im Verein, oder ich ging in die Wirtschaft in meiner Straße und trank langsam einen halben Schoppen.

So ging das zehn Jahre lang. Wie ich später erfuhr, hatte Kathie mit ihrem Anstreicher in Leicester gelebt. Dann kam sie nach Nottingham zurück. An einem Freitag abend, am Zahltag, kam sie zu mir. Von ihrem Standpunkt aus hätte sie zu keinem besseren Zeitpunkt kommen können, wie sich zeigte.

Ich lehnte an der Tür im Hof und rauchte meine Pfeife. Ich hatte einen sehr schweren Tag auf meiner Runde gehabt und mich viel geärgert, denn überall bekam ich Briefe zurück und erfuhr, daß Leute verzogen waren und niemand eine Ahnung hatte, wohin; andere brauchten zehn Minuten, aus dem Bett zu kommen und den Empfang eines eingeschriebenen Briefes zu bestätigen. Jetzt fühlte ich mich doppelt behaglich, weil ich zu Hause war und am Ende dieses Herbsttages im Hof meine Pfeife rauchen konnte. Der Himmel zeigte ein klares Gelb und färbte sich über den Häusern und den Radioantennen grünlich. Aus den Schornsteinen begann gerade der abendliche Rauch aufzusteigen, und die meisten Fabrikmotoren waren abgestellt. Kinderlärm und Hundegebell kam wie aus weiter Ferne. Ich war gerade im Begriff, meine Pfeife auszuklopfen, ins Haus zurückzugehen und mein Buch über Brasilien weiterzulesen, das ich am vorigen Abend begonnen hatte.

Sobald sie um die Ecke bog und die Straße heraufkam, erkannte ich sie. Ich hatte ein komisches Gefühl: Zehn Jahre sind nicht genug, um jemand zu verändern, daß man ihn nicht wiedererkennt, aber immerhin doch so lange, daß man zweimal hinsehen muß, um sicher zu sein. Und dieser Bruchteil einer Sekunde ist wie ein Tritt in den Magen. Sie hatte nicht mehr ihren gewohnten Gang an sich, als ob die ganze Häuserreihe mit allen Bewohnern drin ihr gehörte. Sie war langsamer als zu der Zeit, wo ich sie zuletzt sah, so, als wäre sie in den letzten zehn Jahren gegen eine Mauer angerannt, vielleicht deshalb, weil sie so selbstbewußt einherstolziert war. Sie schien nicht mehr so sehr von sich eingenommen, auch war sie dicker geworden. Sie trug ein altes Sommerkleid und einen offenen

Wintermantel, ihr Haar war blond gefärbt, wo sie doch früher so hübsches braunes gehabt hatte.

Ich war weder froh noch unglücklich, sie zu sehen, aber vielleicht kam das von dem Schock, denn ich war wirklich überrascht, das muß ich sagen. Nicht, daß ich nie erwartet hätte, sie wiederzusehen, aber ihr wißt ja, wie es so geht, irgendwie hatte ich sie einfach vergessen. Je länger sie fort war, desto mehr schrumpfte die Zeit unserer Ehe zu einem Jahr, einem Monat, einem Tag, zum Bruchteil einer Sekunde zusammen, ein Augenblick, den ich in der Finsternis zwischen Traum und Wachen vor dem Aufstehen erlebt hatte. Die Zeit meiner Ehe war wie ein leuchtender Funke im Dunkel. Die Erinnerung daran war in den zehn Jahren sogar so weit zurückgewichen, daß nicht viel mehr davon übriggeblieben war als von einem Traum. Denn sobald ich mich daran gewöhnt hatte, allein zu leben, vergaß ich Kathie.

Wenn auch ihr Gang sich verändert hatte, war ich doch drauf gefaßt, daß sie irgendeine Unverschämtheit sagen würde, etwa: »Hast sicher nicht erwartet, mich so bald am Tatort wiederzusehen, was, Harry?« oder: »Du hast wohl nicht daran geglaubt, daß ein falscher Fuffziger immer mal wieder auftaucht, hm?« Aber sie stand einfach da, »Hallo, Harry!« – und wartete, daß ich von der Tür wegging, so daß sie ins Haus hineinkonnte. »Es ist lang her, daß wir uns gesehen haben, was?«

Ich machte die Tür auf, steckte meine leere Pfeife weg und sagte: »Hallo, Kathie!« Dann ging ich durch den Hof, daß sie mir nachkommen konnte. Als wir in die Küche traten, knöpfte sie ihren Mantel zu, als wäre sie gerade im Weggehen, wo sie doch eben erst gekommen war. »Wie geht es dir denn?« fragte ich, neben dem Kamin stehend.

Sie stand mit dem Rücken zu dem Radio, und es schien, als wollte sie mich nicht ansehen. Vielleicht war ich doch etwas durcheinander wegen ihres unerwarteten Besuchs, es kann auch sein, daß ich es merken ließ, ohne es im Moment selbst zu wissen, denn ich stopfte meine Pfeife gleich wieder, was ich für gewöhnlich nie tue. Ich lasse eine Pfeife immer erst abkühlen, bevor ich die nächste anstecke.

»Mir geht's gut«, war alles, was sie sagte.

»Setz dich doch, Kathie. Ich mach gleich ein Feuer für dich an.«

Sie sah sich noch immer nicht um, als wagte sie nicht, die alten Gegenstände rundherum anzusehen, die fast alle noch dieselben waren, wie zu der Zeit, als sie weglief. Aber sie hatte genug gesehen, um zu sagen: »Du sorgst gut für dich.«

»Na, was dachtest du denn?« sagte ich, aber nicht spöttisch. Sie hatte Lippenstift drauf und Rouge, was ich früher nie an ihr gesehen hatte, vielleicht auch Puder, und das ließ sie irgendwie älter erscheinen, kam's mir vor, als wenn sie gar nichts aufgelegt hätte. Es war eine durchsichtige Verkleidung, aber sie reichte aus, um vor mir, und vielleicht auch vor ihr selbst, die Person zu verbergen, die sie vor zehn Jahren gewesen war.

»Ich höre, es kommt Krieg«, sagte sie, nur um etwas zu sagen. Ich zog einen Stuhl vom Tisch fort: »Komm, setz dich, Kathie; ruh deine Füße aus.« Das war eine alte Redensart, die wir immer gebraucht hatten, obwohl ich nicht weiß, warum ich sie gerade in dem Augenblick anbrachte. »Na, wundern würde mich das nicht. Dieser Kerl, der Hitler, will durchaus eine Kugel durch den Kopf, und eine ganze Menge Deutscher mit ihm.« Ich sah auf und merkte, daß sie auf die Wand starrte, wo das Bild mit dem Fischerboot hing. Ein bleicher Sonnenaufgang beschien ein braunes, verrostetes Boot mit halb gerefften Segeln. Es lag nicht weit vom Strand, auf dem eine Frau mit einem Korb mit Fischen auf der Schulter entlangging. Das Bild war eines von dreien, die Kathies Bruder uns zur Hochzeit geschenkt hatte. Die beiden andern hatten wir bei einem Streit kaputtgeschmissen. Sie mochte es sehr gern, dieses übriggebliebene Bild mit dem Fischerboot. »Das letzte von der Flotte« nannten wir es oft in unseren guten Augenblicken. »Wie geht es dir denn so?« wollte ich wissen, »einigermaßen?«

»Gut«, antwortete sie. Ich konnte mich nicht genug drüber wundern, daß sie nicht mehr so redselig war wie früher, daß ihre Stimme sanfter und leiser und ohne Schärfe war. Aber vielleicht kam es ihr seltsam vor, mich nach all den Jahren in dem alten Haus wiederzusehen und alles genauso, wie sie es zurückgelassen hatte. Ich hatte jetzt ein Radio, das war der einzige Unterschied.

»Hast du Arbeit?« fragte ich. Sie schien sich davor zu scheuen, den Stuhl zu nehmen, den ich ihr angeboten hatte.

»Bei Hoskins«, sagte sie, »in Ambergate in der Spitzenfabrik. Sie zahlen 42 Shilling in der Woche, das ist nicht schlecht.« Jetzt setzte sie sich und machte den letzten Mantelknopf zu. Ich merkte, daß sie wieder nach dem Bild schielte. Das letzte der Flotte!

»Aber auch nicht gut. Die haben immer nur Hungerlöhne gezahlt, und das wird wohl auch so bleiben. Wo wohnst du, Kathie?«

Sie sagte, während sie das an den Wurzeln graue Haar zurückstrich: »Ich hab in Sneiton ein Haus, es ist klein, kostet aber nur 7 Shilling und Sixpence in der Woche. Es ist zwar sehr laut, aber das hab ich gern. Ich war immer für Jubel und Trubel um mich rum, das weißt du ja. ›Ein Glas Bier und ein Viertel Lärm‹, hast du immer gesagt; weißt du das noch?«

Ich mußte lächeln. »Stell dir vor, daß du dich daran noch erinnerst!« – Sie sah aber nicht danach aus, als hätte sie viel Jubel und Trubel. Ihrem Blick fehlte der Funke von Humor, der früher oft zu dem Freudenfeuer eines Lachens entbrannte. Die Fältchen um Kathies Augen zeigten jetzt nur ihr Alter an und die verstreichende Zeit. »Es freut mich zu hören, daß es dir gut geht.«

Zum ersten Mal begegnete sie meinem Blick. »Du warst nie leicht aus der Ruhe zu bringen, Harry, stimmt's?«

»Nein«, antwortete ich wahrheitsgetreu, »nicht so leicht.«

»Es wäre aber besser gewesen«, sagte sie ziemlich tonlos, »dann wären wir besser miteinander ausgekommen.«

»Jetzt ist es dafür zu spät«, sagte ich und war mir der ganzen Bedeutung meiner Worte bewußt. »Streit und Krach waren nie was für Ruhe und Frieden.«

Sie machte einen Scherz, über den wir beide lachten: »Wie dieser Chamberlain!« Dann schob sie einen Teller in die Mitte des Tisches und stützte die Ellbogen auf das Tischtuch. »Seit drei Jahren schlag ich mich allein durch.«

Vielleicht ist es ein Fehler von mir, aber manchmal bin ich ein bißchen neugierig. »Was ist denn aus deinem Anstreicher geworden?« fragte ich, aber in ganz natürlichem Ton, denn ich fand, ich hätte ihr nichts vorzuwerfen. Sie war weggelaufen – basta. Sie ließ mich ja nicht in der Patsche sitzen mit einem Haufen Schulden oder so was. Ich hatte sie immer tun lassen, was sie wollte.

»Wie ich sehe, hast du 'ne Menge Bücher«, bemerkte

sie, als sie eines sah, das gegen die Soßenflasche lehnte; zwei weitere lagen auf der Anrichte.

»Sie vertreiben einem die Zeit«, antwortete ich und zündete ein Streichholz an, da meine Pfeife ausgegangen war. »Ich lese gern.«

Dann sagte sie eine Weile nichts. Drei Minuten lang, das weiß ich so genau, weil ich auf die Uhr über dem Büfett geblickt hatte. Jetzt waren im Radio die Nachrichten, und ich hatte den größten Teil davon schon versäumt. Sie waren jetzt interessant wegen des bevorstehenden Krieges. Das war alles, woran ich dachte, während ich darauf wartete, daß sie etwas sagte. »Er ist an Bleivergiftung gestorben«, sagte sie. »Er hat sehr gelitten, und dabei war er doch erst zweiundvierzig. Eine Woche vor seinem Tod haben sie ihn ins Krankenhaus gebracht.«

Ich konnte ja nicht gut sagen, es tut mir leid, obwohl ich nichts gegen ihn hatte. Ich hatte den Burschen einfach gar nicht gekannt. »Ich glaube, ich habe nicht mal 'ne Zigarette für dich da«, sagte ich und suchte auf dem Kaminsims herum, obwohl ich genau wußte, daß keine da war. Sie rückte zur Seite, als ich dabei an ihr vorbeimußte, und ihr Stuhl scharrte auf dem Boden. »Nein, bleib nur, ich kann auch so vorbei.«

»Laß doch«, sagte sie, »ich hab selber welche.« Sie suchte in der Manteltasche und brachte eine zerdrückte Fünferpackung zum Vorschein. »Willst du eine, Harry?«

»Nein, danke, ich rauch schon seit zwanzig Jahren keine Zigaretten mehr. Das weißt du ja. Erinnerst du dich nicht, wie ich anfing, Pfeife zu rauchen? Du hast mir eine zum Geburtstag geschenkt, als wir noch miteinander gingen, und gesagt, ich sollte von nun an Pfeife rauchen, ich würde dann viel feiner aussehen! Und seitdem hab ich immer Pfeife geraucht. Ich habe mich schnell daran gewöhnt, und jetzt rauche ich sie gern. Wirklich, ich möchte die nicht mehr entbehren.«

Als ob es gestern gewesen wäre! Aber vielleicht redete ich zuviel, denn sie kam mir nervös vor, als sie ihr »Stäbchen« anzündete. Ich weiß eigentlich nicht, warum, denn sie hätte ja nicht in mein Haus zu kommen brauchen. »Weißt du, Harry«, begann sie mit einem Blick auf das Bild mit dem Fischerboot und nickte in seiner Richtung, »ich möchte das da gerne haben« – so, als ob sie nie im Leben etwas so sehr gewünscht hätte.

»Kein schlechtes Bild, wie?« habe ich wohl gesagt. »Es ist hübsch, Bilder an der Wand zu haben. Nicht, daß man sie so besonders viel ansieht, aber irgendwie leisten sie einem Gesellschaft. Auch wenn man sie nicht ansieht, weiß man, daß sie da sind. Aber wenn du's haben willst, nimm's mit.«

»Wirklich?« fragte sie, und zwar in einem Ton, daß sie mir zum ersten Mal leid tat.

»Natürlich, nimm es nur. Ich brauche es nicht. Wenn ich ein Bild haben will, kann ich mir ja ein anderes kaufen oder 'ne Karte vom Kriegsschauplatz aufhängen.« Es war das einzige Bild an der Wand, darunter stand noch das Hochzeitsfoto auf dem Büfett. Aber ich wollte sie nicht auf das Hochzeitsbild aufmerksam machen, aus Angst, es könnte unliebsame Erinnerungen in ihr wachrufen. Ich hatte es nicht aus sentimentalen Gründen behalten, und vielleicht hätte ich es lieber wegpacken sollen. »Hast du eigentlich Kinder?«

»Nein«, sagte sie gleichgültig. »Aber ich will dir das Bild nicht wegnehmen, wenn du so große Stücke darauf hältst.« Dann saßen wir da und sahen eine ganze Weile aneinander vorbei. Ich fragte mich, was wohl in den zehn

Jahren geschehen war, daß sie so sehnsüchtig über das Bild sprach. Draußen wurde es dunkel. Warum nahm sie das verdammte Ding nicht und hielt den Mund? Na, ich bot es ihr also noch mal an, und um die Sachlage zu klären, nahm ich es vom Haken, staubte die Rückseite mit einem Lappen ab, wickelte es in Packpapier und verschnürte das Paket mit dem besten Bindfaden vom Postamt. »Da hast du es«, sagte ich, schob das Geschirr zur Seite und legte es neben sie auf den Tisch.

»Du bist so gut zu mir, Harry.«

»Gut? Was fällt dir ein? Kommt's denn auf ein Bild mehr oder weniger im Haus an? Und was bedeutet es mir schließlich?« Jetzt weiß ich, daß wir Tiefschläge austeilten, wie wir's in unserem Zusammenleben nie gekonnt hatten. Ich drehte das elektrische Licht an. Da es sie zu stören schien, als sie jetzt alles im Zimmer so deutlich sehen konnte, fragte ich, ob ich's wieder ausmachen solle.

»Ach nein, bemüh dich nicht.« Sie stand auf und nahm das Paket. »Ich glaube, ich gehe jetzt. Vielleicht komm ich ein andermal wieder.«

»Komm nur vorbei, wenn du Lust hast.« – Warum auch nicht? Wir waren ja nicht verfeindet. Sie öffnete zwei Knöpfe ihres Mantels, als ob sie dann gefälliger und mehr wie zu Hause in ihren Sachen aussehen würde, dann winkte sie mir zu: »Auf bald!«

»Gute Nacht, Kathie.« Es fiel mir auf, daß sie die ganze Zeit kein einziges Mal gelacht oder das Gesicht zu einem Lächeln verzogen hatte, und so lächelte ich sie an, als sie sich zur Tür wandte, und was sie zurückgab, war nicht das breite, freche Grinsen, das mir von früher so vertraut war, sondern ein verkrampftes Lippenverziehen, eine bloße Mundbewegung ohne einen Funken Fröhlichkeit. Sie muß viel durchgemacht haben, dachte ich, und jetzt ist sie über Vierzig. Ja, so ging sie fort. Ich aber war bald wieder bei meinem Buch.

Ein paar Tage später ging ich die St. Ann's Well Road hinunter und trug Briefe aus. Meine Runde dauerte lange, denn ich mußte fast bei jedem Laden haltmachen. Es regnete, ein feiner Sprühregen, das Wasser lief mir vom Cape herunter und durchnäßte meine Hosen unterhalb der Knie, so daß ich mich auf meinen Tee in der Kantine freute und hoffte, der Ofen wäre noch nicht ausgegangen. Wenn ich mich auf meiner Runde nicht schon so verspätet hätte, wäre ich in ein Café eingekehrt, um einen Tee zu trinken.

Ich hatte gerade bei einem Kolonialwarenhändler einen Stoß Briefe abgegeben, und als ich herauskam, sah ich das Bild mit dem Fischerboot im Fenster des Pfandleihers nebenan, das Bild, das ich Kathie vor ein paar Tagen gegeben hatte. Es war nicht zu verkennen, da stand es zwischen alten Nivellierwaagen, Hobeln, denen die Klinge fehlte, Maurerkellen, rostigen Hämmern und einem Geigenkasten mit zerrissenem Riemen. Ich erkannte einen Sprung im vergoldeten Holzrahmen in der unteren linken Ecke wieder.

Eine halbe Minute lang konnte ich es gar nicht glauben, war einfach nicht imstande, zu begreifen, wie es dahin geraten war; dann erinnerte ich mich an den ersten Tag meines Ehelebens und an einen mit Geschenken beladenen Tisch und mitten drauf dieses Bild, jetzt das letzte von dreien, das mir hier zwischen dem Strandgut anderer Existenzen in die Augen fiel. Da steht es nun, dachte ich: richtig runtergekommen! sie muß es noch am gleichen

Abend auf dem Nachhauseweg verkauft haben – Pfandleiher halten ja am Freitagabend immer lange offen, damit die Frauen den Anzug ihres Mannes zum Wochenende auslösen können. Vielleicht hatte sie es auch erst an diesem Morgen verkauft, und ich kam nur eine halbe Stunde später als sie auf meiner Runde hier vorbei. Sie muß wohl ziemlich arm sein, die arme Kathie, dachte ich. Warum bloß hat sie mich nicht um ein paar Shilling gebeten?

Ich habe mir nicht lange überlegt, was ich jetzt machen sollte; das tue ich nie. Ich ging hinein und wartete am Ladentisch, bis der grauhaarige, zittrige alte Geizhals die Kleiderbündel von zwei abgehärmten Frauen gemustert hatte, die ihn immerzu darauf hinwiesen, daß sie nur das Beste versetzten. Ich war ungeduldig. Es stank nach alten Kleidern und muffigem Trödel, der gerade eingeregnet war, und außerdem war ich jetzt mit meiner Runde noch später dran. Die Kantine war bestimmt zu, bevor ich zurückkam, und ich kam um meinen Morgentee.

Endlich schlurfte der Alte auf mich zu und streckte die Hand aus: »Post für mich?«

»Heute nicht, Opa. Ich will nur mal eben einen Blick auf das Bild werfen, das Sie im Fenster haben, das mit dem Boot.« Die Frauen gingen fort, zählten die paar Shilling, die er ihnen gegeben hatte, und steckten die Pfandscheine in ihre Handtasche. Der Alte kam mit dem Bild zurück; er trug es, als wäre es fünf Pfund wert.

Sie hatte es also wirklich verkauft, der Gedanke durchfuhr mich wie ein Donnerschlag; aber richtig glauben konnte ich es noch lange nicht, deshalb sah ich's mir genau an, um ganz sicher zu sein, daß es wirklich meins war. Hinten war ein Preisschild drauf, aber es war nicht deutlich zu lesen.

»Wieviel wollen Sie dafür haben?«

»Für vier Shilling gehört es Ihnen.«

Wirklich, die Großmut selbst! Aber Handeln ist nicht meine Sache, und obwohl ich es für weniger hätte haben können, wollte ich lieber einen Shilling draufzahlen, als fünf Minuten feilschen. Also gab ich ihm das Geld und sagte, ich würde das Bild später abholen.

Vier elende Shilling! sagte ich mir, als ich durch den Regen weiterstapfte. So ein Halsabschneider! Der armen Kathie hatte er bestimmt bloß ein Shilling und Sixpence dafür gegeben. – Drei Glas Bier für das Bild mit dem Fischerboot!

Ich weiß nicht recht warum, aber ich erwartete sie in der nächsten Woche wieder. Am Donnerstag kam sie – zur gleichen Zeit, ebenso angezogen: ein Sommerkleid, das unter dem braunen Wintermantel hervorsah, mit dessen Knöpfen sie immerfort spielte. Daran konnte ich merken, wie nervös sie war. Unterwegs hatte sie etwas getrunken, und bevor sie ins Haus kam, ging sie aufs Klosett im Hof. Ich war spät vom Dienst gekommen und hatte mein Abendbrot noch nicht ganz aufgegessen. So fragte ich sie, ob sie auch eine Tasse Tee wollte.

»Nein, danke«, kam ihre Antwort, »ich habe gerade erst Tee getrunken.«

Ich leerte den Kohleneimer ins Feuer. »Komm doch näher ans Warme; es ist frisch heute abend.«

Sie stimmte zu, dann sah sie auf das Bild mit dem Fischerboot, das wieder an der Wand hing. Darauf hatte ich gewartet und war neugierig, was sie sagen würde. Aber sie war gar nicht überrascht, als sie es wieder auf dem alten Platz sah, was mich ein bißchen enttäuschte.

»Heute abend kann ich nicht lange bleiben«, war alles, was sie sagte. »Ich muß um acht Uhr jemand treffen.«

Kein Wort über das Bild. »Dann geh nur! Wie steht's übrigens mit deiner Arbeit?«

»Faul«, antwortete sie obenhin, als wäre meine Frage taktlos. »Sie haben mich rausgeschmissen, weil ich der Vorarbeiterin die Meinung gesagt habe.«

»Oh«, sagte ich. Ich hatte mir angewöhnt, »oh« zu sagen, wenn ich meine wirklichen Gedanken verbergen wollte, obwohl ihr Gift drauf nehmen könnt, daß sowieso nicht viel anderes zu sagen war, wenn ich »oh« sagte.

Plötzlich kam mir der Gedanke, sie wolle vielleicht wieder in meinem Haus leben, jetzt, wo sie arbeitslos war. Wenn sie das wollte, war es mir auch recht. Und sie wäre auch nicht zu schüchtern gewesen, mich darum zu bitten, auch jetzt nicht. Aber ich wollte keinesfalls zuerst davon anfangen. Vielleicht war das mein Fehler, aber das werde ich nie genau wissen.

»Pech, daß sie dich abgebaut haben.«

Immer wieder sah sie das Bild an. Endlich sagte sie: »Kannst du mir zwei, drei Shilling leihen?«

»Selbstverständlich.« Ich leerte meine Hosentasche, zählte das Geld ab und schob es ihr zu. Fünf Glas Bier! Sie wußte nichts zu sagen, bewegte nur die Füße nach irgendeiner Melodie, die ihr wohl im Kopf herumging. »Schönen Dank.«

»Keine Ursache«, sagte ich lächelnd. Ich hatte daran gedacht, ein Päckchen Zigaretten zu kaufen, falls sie eine rauchen wollte, woran man sieht, wie bestimmt ich ihr Wiederkommen erwartet hatte. »Willst du rauchen?« Sie nahm eine und strich ein Streichholz an ihrer Schuhsohle an, bevor ich ihr Feuer geben konnte. »Nächste Woche, wenn ich meinen Lohn kriege, gebe ich dir das Geld zurück.« Merkwürdig, dachte ich.

»Ich hab gleich wieder Arbeit gefunden, als ich die andere los war«, fügte sie hinzu, denn sie wußte, was ich dachte, bevor ich was gesagt hatte. »Es hat nicht lang gedauert. Jetzt gibt es reichlich Arbeit in der Kriegsindustrie, auch besseren Lohn.«

»Sicher werden sich alle Firmen bald umstellen.« Mir fiel ein, daß sie ja Unterstützung von mir verlangen konnte – wir waren ja noch immer verheiratet –, anstatt zu mir zu kommen und sich zwei Shilling zu borgen. Es war ihr Recht, und ich brauchte sie nicht daran zu erinnern. Ich würde das Geld nicht besonders entbehren, wenn sie dies Recht in Anspruch nahm. Ich war nun schon seit vielen Jahren sozusagen ledig, so daß ich gar nicht anders konnte, als ein paar Pfund auf die hohe Kante zu legen. »Jetzt geh ich wieder«, sagte sie und stand auf, um ihren Mantel zuzuknöpfen.

»Willst du wirklich keinen Tee?«

»Danke, nein. Ich will den Bus zurück nach Sneiton nicht versäumen.« Ich sagte, ich komme mit bis zur Tür. »Bleib nur! Ich geh schon allein.« Sie wartete aber doch auf mich und schaute auf das Bild an der Wand über dem Büfett. »Das ist wirklich ein hübsches Bild. Es hat mir immer besonders gut gefallen.«

Ich machte den alten Scherz: »Ja, aber es ist das letzte von der Flotte.«

»Deshalb hab ich es so gern.« – Kein Wort darüber, daß sie es für 18 Pence versilbert hatte.

Ich begleitete sie zur Tür; ich war verdutzt.

Sie kam jede Woche während des ganzen Krieges, immer

am Donnerstag abend ungefähr zur selben Zeit. Wir sprachen ein wenig über das Wetter, den Krieg, über ihre und meine Arbeit, nie etwas Wichtiges. Oft saßen wir und blickten von unseren verschiedenen Plätzen aus lang ins Feuer, ich am Kamin, Kathie etwas weiter weg am Tisch, als ob sie gerade gegessen hätte, beide waren wir schweigsam, fühlten uns aber dabei ganz wohl. Manchmal machte ich uns Tee, manchmal auch nicht. Wenn ich jetzt daran denke, glaube ich, ich hätte Bier kaufen sollen für den Abend, wenn sie kam, aber damals kam ich nicht drauf. Ich glaube auch nicht, daß sie es vermißte, denn so was erwartete sie nicht in meinem Haus.

Sie ließ keinen einzigen Donnerstag aus, obwohl sie im Winter oft erkältet war und ins Bett gehört hätte. Auch die Verdunklung und die Bomben schreckten sie nicht ab. Friedlich und ungezwungen fingen wir allmählich an, es nett zu finden, und freuten uns auf das Wiedersehen, und vielleicht waren das die besten Zeiten, die wir je im Leben miteinander hatten. Bestimmt half es uns über die langen, bedrückend eintönigen Abende des Krieges hinweg.

Sie trug immer den gleichen braunen Mantel, der von Mal zu Mal schäbiger aussah. Und nie ging sie fort, ohne sich ein paar Shilling von mir zu borgen. Sie stand auf: »Was ich sagen wollte –: Leih mir doch einen halben Dollar, Harry.« Ich gab ihr das Geld, manchmal mit einem Scherzwort: »Betrink dich aber nicht damit! Hörst du?« Sie erwiderte nie etwas, als ob es sich nicht gehörte, über so etwas zu scherzen. Natürlich bekam ich nie etwas davon wieder, aber die paar Pence fehlten mir wirklich nicht. So sagte ich nie nein, wenn sie etwas verlangte, und als der Bierpreis stieg, verlangte sie mehr, zuerst drei Shilling, dann drei Shilling und Sixpence und schließlich, kurz vor ihrem Tod, vier Shilling. Mir war's 'ne Freude, ihr helfen zu können. Außerdem, sagte ich mir, hat sie ja niemand sonst. Ich stellte ihr niemals Fragen, etwa, wo sie wohne, obwohl sie manchmal davon sprach, daß sie noch immer an der Sneitonstraße wohne. Ich hab sie auch nie getroffen in einer Wirtschaft oder im Kino. Nottingham ist in mancher Hinsicht doch eine große Stadt.

Bei jedem Besuch blickte sie ab und zu auf das Bild mit dem Fischerboot, das ›letzte der Flotte‹, das an der Wand über dem Büfett hing. Oft sagte sie, wie schön sie es fände und ich solle es nie fortgeben. Der Sonnenaufgang und das Boot und die Frau und das Meer wären gerade richtig. Dann, nach ein paar Minuten, machte sie jedesmal wieder Andeutungen, wie gern sie's gehabt hätte, aber da ich wußte, es würde doch wieder beim Pfandleiher landen, stellte ich mich taub. Ich hätte ihr lieber fünf Shilling geliehen statt zweieinhalb, wenn sie mir nur das Bild nicht wegnahm, aber in diesen ersten Jahren wollte sie anscheinend nie mehr als zweieinhalb Shilling von mir haben. Einmal warf ich hin, sie könne mehr haben, wenn sie wollte, sie gab aber keine Antwort. Ich glaube nicht, daß sie das Bild haben wollte, um es zu verkaufen und zu Geld zu machen, oder um es bei sich zu Hause aufzuhängen. Sie wollte es nur, um es zu versetzen, damit jemand anders es kaufte, so daß es keinem von uns mehr gehörte.

Aber schließlich hat sie mich doch direkt darum gebeten, und ich sah keinen vernünftigen Grund, darauf nein zu sagen. Genau wie vor sechs Jahren, als sie mich das erste Mal besuchte, staubte ich es ab, packte es sorgfältig in mehrere Bogen Packpapier, verschnürte es mit Bindfaden vom Postamt und gab es ihr. Sie war richtig froh, als sie es wieder unter dem Arm hatte, und konnte anscheinend gar nicht schnell genug aus dem Haus kommen.

Aber es war wieder genau dasselbe, denn ein paar Tage später sah ich es wieder bei dem Pfandleiher im Fenster unter all dem Trödel, der dort seit Jahren herumlag. Diesmal ging ich nicht hinein, um es zurückzuholen. Ich wünschte fast, ich hätte es getan, denn vielleicht hätte Kathie dann ein paar Tage später den Unfall nicht gehabt. Aber man kann das ja nie wissen. Wär's nicht das gewesen, dann wäre wohl was anderes gekommen.

Ich war nicht bei ihr, als sie starb. Sie war von einem Lastwagen um sechs Uhr abends überfahren worden, und als die Polizei mich ins Städtische Krankenhaus holte, war sie schon tot. Sie war übel zugerichtet und verblutete, bevor man sie ins Krankenhaus schaffen konnte. Der Doktor sagte mir, sie wäre nicht ganz nüchtern gewesen, als sie überfahren wurde. Unter den Sachen, die sie bei sich hatte, war auch das Bild mit dem Fischerboot, aber es war so kaputt und mit Blut beschmiert, daß ich es kaum wiedererkannte. Ich habe es noch am gleichen Abend in den knisternden Kaminflammen verbrannt.

Als ihre beiden Brüder mit ihren Frauen und Kindern gegangen waren und den unausgesprochenen Vorwurf gegen mich mit sich forttrugen, denn sie gaben mir die Schuld an Kathies Unfall, stand ich an ihrem Grab. Ich glaubte, allein zu sein, und hoffte, ich würde mir jetzt endlich die Augen aus dem Kopf weinen, aber das war mir nicht vergönnt. Wie ich plötzlich den Kopf hob, bemerkte ich einen Mann, den ich vorher nicht gesehen hatte. Es war ein sonniger, aber bitterkalter Winternachmittag, und das einzige, was mich von Kathie ablenken konnte, war der Gedanke, daß ein armer Teufel den hartgefrorenen Boden hatte aufhacken müssen und die Grube graben, in der sie jetzt lag. Da stand nun dieser Fremde. Tränen liefen ihm über die Wangen; ein Mann Mitte Fünfzig. Er trug einen guten grauen Anzug mit einer schwarzen Armbinde. Er bewegte sich erst, als der Totengräber, der genug von der Sache hatte, zuerst ihn und dann mich auf die Schulter tippte, um zu sagen, es wäre jetzt alles vorbei.

Ich hatte nicht das Bedürfnis, ihn zu fragen, wer er sei. Und ich hatte recht. Als ich in Kathies Wohnung kam, die auch seine gewesen war, packte er gerade seine Sachen und fuhr etwas später, ohne ein Wort zu sagen, in einem Taxi fort. Aber die Nachbarn, die immer alles wissen, erzählten mir, er und Kathie hätten die letzten sechs Jahre miteinander gelebt. Ist das zu glauben? Ich wünschte nur, er hätte sie glücklicher gemacht.

Die Zeit ist vergangen, und ich hab mich um kein anderes Bild für die Wand gekümmert. Vielleicht wär's mit einer Karte vom Kriegsschauplatz getan, denn so ist die Wand wirklich zu kahl; na, irgendeine Regierung wird schon dafür sorgen. Aber eigentlich ist im Moment dort wirklich nichts nötig, um die Wahrheit zu sagen. Der Teil des Zimmers wird von dem Büfett ausgefüllt, und auf dem Büfett steht immer noch das Hochzeitsbild, um das sie mich aber nie gebeten hat.

Und wie ich so an die paar Erinnerungsbilder denke, die ich im Gedächtnis behalten habe, wird mir klar, daß ich sie hätte festhalten sollen – und Kathie auch. Eine innere Stimme sagt mir, ich bin dumm und träge gewesen, daß ich sie fortgehen ließ, und wie's mein Pech nun mal will, bleibt mir von allem das Wort ›träge‹ im Kopf haften und sticht mich manchmal ganz wahnsinnig, wenn ich in der Nacht wachliege und nachdenke.

Ich begann zu glauben, mein Leben hätte überhaupt keinen Sinn, ich war auch schon zu weit, um noch fromm oder ein richtiger Säufer zu werden. Wozu hatte ich gelebt? das fragte ich mich. Ich wußte es nicht zu sagen. Was war der Sinn von alldem? Aber in den schlimmsten Minuten meiner mitternächtlichen Leere dachte ich weniger an mich selbst als an Kathie, und mir wurde klar, daß sie viel mehr gelitten hat als ich, viel Schlimmeres durchgemacht hat, und dann kam mir der Gedanke, der zwar nicht länger vorhielt als eine Aspirintablette bei unheilbaren Kopfschmerzen, der Sinn meines Lebens sei gewesen, auf meine bescheidene Art Kathie auf ihrem Lebensweg beizustehen.

Ich bin so träge geboren, sage ich mir immer wieder. Alle sind schließlich träge, antworte ich mir. Ja, so ist es, behaupte ich, aber die meisten merken es nicht, wie ich jetzt anfange, es zu merken, und es ist eine verfluchte Schande, daß mir diese Erkenntnis so spät gekommen ist, wo ich am wenigsten damit anfangen kann und wo es zu spät ist, um noch irgendwas Gescheites damit anfangen zu können.

Und dann taucht der Optimismus aus der Dunkelheit auf wie ein Ritter in seiner Rüstung. ›Wenn du sie lieb gehabt hast‹ – zum Teufel, natürlich hab ich sie lieb gehabt –, ›dann habt ihr beide das einzig Mögliche getan, wenn es in der Erinnerung als Liebe zurückgeblieben ist. Oder?‹ – Der Ritter in seiner Rüstung verschwindet wieder im Dunkel. Ja, weine ich dann, aber keiner von uns hat etwas damit anzufangen gewußt, und das ist eben so schade.

Frankie Bullers Niedergang und Fall

Ich sitze in meinem sogenannten Studierzimmer im ersten Stock eines verfallenen Hauses auf Mallorca, und meine Blicke gleiten über die Büchergestelle um mich herum. Die vielen Reihen von Büchern mit ihren bunten Rücken und staubigen Rändern verleihen nicht nur dem Zimmer, sondern auch der ganzen Wohnung einen Anstrich von Vornehmheit, und die Gedanken gelegentlicher Besucher lassen sich unschwer erraten, wenn sie sich zwischen zwei Schnäpsen diskret hinabbeugen und die Titel lesen:

›Ein griechisches Lexikon, Homer in der Ursprache! Er kann Griechisch! (Irrtum; diese Bücher gehören meinem Schwager.) Shakespeare, Der Goldene Zweig, eine Bibel mit verschiedenen Buchzeichen; er liest sie also sogar! Euripides und die übrigen, und ein Dutzend stockfleckiger Baedeker. Was für eine komische Idee, sie zu sammeln! Proust, alle zwölf Bände. Ich war nie imstande, mich durchzuarbeiten (ich übrigens auch nicht). Dostojewski. Um Gottes willen, wird der immer noch gelesen?‹

Und so weiter, und so weiter, Dinge, die ein Teil von mir geworden sind. Blattwerk, das gewachsen ist, um den kahlen Stamm meines wirklichen Ich zu verbergen, um zu verbergen, was ich gewesen war, bevor ich diese Bücher, oder überhaupt Bücher, je gesehen hatte. Oft möchte ich sie Stück für Stück mit Gewalt von mir lösen, ihre Schatten aus meiner Sprache und meinem Herzen ausgraben, sie mit einem Seziermesser sorgfältig aus meinem Proletenhirn herausschneiden. Unmöglich! Die Uhr läßt sich nicht zurückdrehen, die dich vom Marmorkamin aus angrinst. Es würde auch nichts nützen, das Zifferblatt kaputtzuschlagen und nicht mehr dran zu denken.

Gestern besuchten wir einen Freund, der weiter oben im Tal wohnt, weit weg vom Lärm der Stadt, so daß ich, als ich mit halbgeschlossenen Augen und zurückgelehntem Kopf in einem Liegestuhl auf der Terrasse saß, unter einem Baum mit halbreifen Mispeln, und den Geruch geschälter Apfelsinen noch an den Händen, den Ruf eines Kuckucks aus den Pinienwäldern am Berghang hörte.

Der Kuckuck brachte zuwege, was das Messer des Chirurgen nicht könnte. Ich wurde über all die Jahre hinweg in meinen natürlichen Zustand zurückversetzt, ohne Bücher und ohne das Wissen, das ich angeblich aus ihnen gewonnen habe. Der leise, deutliche, flötende Ruf des Kuckucks führte mich plötzlich über all die Erlebnisse und Bilder der unmittelbaren Vergangenheit hinweg, zurück in Frankie Bullers Reich.

Wir zogen in den Krieg, und ich gehörte zu seiner Truppe, einen Holunderstock an der Seite, die Taschen schwer von glatten, flachen, gut ausgesuchten Steinen, die leicht und schnell durch die Luft fliegen und die Stirnen der Feinde treffen würden. Meine verlatschten Schuhe drückten mich, und bestimmt hatte ich Flicken auf dem Hosenboden und Löcher in den Socken, denn ich kann mich bis zum Alter von vierzehn Jahren an eine Zeit erinnern, wo sie keine hatten.

Der Appell ergab, daß wir elf waren, aber Frankie war ein ausgewachsener Zenturio mit seinem sechs Fuß langen, spitzen Eisenstab von einem Staketzaun an der Seite und seinem rostigen Mülleimerdeckel als Schild. Damit unsere Zahl dem Feind übermächtig schiene, führte er uns von der Brücke hinunter und über das Feld in Zweierreihen, denn Frankie war ein guter Taktiker, da er die hiesigen Mannschaften angeführt hatte, seitdem er fünfzehn war.

Damals muß er zwischen Zwanzig und Fünfundzwanzig gewesen sein. Niemand schien es genau zu wissen, Frankie selbst am allerwenigsten, und seine Eltern hielten es wahrscheinlich für geraten, das Geheimnis streng zu hüten. Fragten wir Frankie, wie alt er sei, dann gab er die überaus unwahrscheinliche Antwort: »Hundertachtundfünfzig.« Dieser Antwort folgte logischerweise eine neue Frage: »Wann bist du dann von der Schule abgegangen?« Manchmal erwiderte er zornig darauf: »Ich bin überhaupt nie in die Schule gegangen.« Oder er antwortete hochmütig lachend: »Ich bin nicht abgegangen, ich bin abgehauen.«

Ich trug kurze Hosen und er lange, und so war es für mich unmöglich zu sagen, wie groß er war, in Fuß und Zoll gemessen. Er schien wie ein Riese. Mit seinen grauen Augen und dem dunklen Haar und den regelmäßigen Zügen hätte er ganz gut ausgesehen, wenn er nicht um die Augen und um die niedrige Stirn einen verschlagenen Ausdruck kindischer Unzuverlässigkeit gehabt hätte. An Wuchs und Körperkraft stand er einem ausgewachsenen Mann in nichts nach.

Wir einfachen Soldaten gaben ihm ganz selbstverständlich den Titel General, er aber bestand darauf, mit ›Feldwebel‹ angesprochen zu werden, weil sein Vater im Ersten Weltkrieg Feldwebel gewesen war. »Mein Papa wurde im

Krieg verwundet«, erzählte er uns jedes Mal, wenn wir ihn sahen. »Er hat 'n Orden und 'n Nervenschock gekriegt, und weil er den Schock abbekam, bin ich so, wie ich eben bin.«

Er war froh und stolz darauf, ›so zu sein, wie er war‹, denn deshalb brauchte er nicht den ganzen Tag in einer Fabrik zu arbeiten und sein Brot zu verdienen, wie andere junge Männer seines Alters. Er führte lieber die Bande der Zwölfjährigen in unserer Straße gegen die gleiche Altersgruppe einer anderen Gegend in die Schlacht. Unsere Straße bestand aus verstreut liegenden, Rücken an Rücken gebauten alten Häusern am Stadtrand, und das Revier des Feindes war eine neue Siedlung von drei langen Straßen, die sich so weit ausgebreitet hatte, daß für uns nur ein kleines Stück Land übrigblieb, in dem wir noch herumtollen konnten, ein paar Felder und Gartenparzellen, und das war für uns Grund genug, einen ewigen Groll gegen die Jungen aus der Siedlung zu hegen. Leute aus den Elendsvierteln im Stadtzentrum wohnten dort, so daß unsere Feinde nicht weniger wild waren als wir, nur hatten sie keinen zwanzigjährigen zurückgebliebenen Burschen wie Frankie, der sie in die Schlacht führte. Die Siedlungsbewohner hatten ihre Gewohnheiten aus den Elendsvierteln nicht abgelegt, und so war ihr Bezirk bei uns in der Straße als ›Sodom‹ bekannt.

»Heute wollen wir Sodom überfallen«, sagte Frankie, als wir zur Parade aufgestellt waren. Er hatte keine Ahnung von der biblischen Bedeutung des Wortes, er glaubte, die Stadtverwaltung habe der Gegend den Namen offiziell gegeben.

Und so gingen wir zu zweien und dreien die Straße hinunter und sammelten uns wieder an der Brücke über den Lean. Frankie befahl uns, jeden Jungen, dem wir unterwegs allein begegneten, zu umzingeln, und wenn er sich uns nicht freiwillig als Rekrut anschloß, gab es für ihn drei Möglichkeiten: erstens konnte er ihn mit einem Stück Wäscheleine binden lassen und mit Gewalt mitnehmen; zweitens drohte er, ihn so lange zu martern, bis er einwilligte, aus eigenem freien Willen mit uns gemeinsame Sache zu machen; drittens ihm mit seiner furchtbaren Pranke auf den Kopf schlagen und ihn heulend nach Hause schicken, während der Junge ihm aus sicherer Entfernung Flüche nachschleuderte. Ich hatte mich seiner Bande nach Punkt zwei angeschlossen und war bei ihr geblieben, weil sie Spaß und Abenteuer versprach. Mein Vater sagte oft: »Wenn ich dich mit dem verrückten Frankie Buller rumziehen sehe, schlag ich dir den Schädel ein!«

Obgleich Frankie oft mit der Polizei in Konflikt geriet, konnte man ihn doch nie richtig als einen jugendlichen Verbrecher bezeichnen, selbst wenn man sein Alter unberücksichtigt ließ. Die Polizei drohte zwar ständig, ihn in eine Fürsorgeanstalt zu schicken, aber seine Streiche brachten ihm keinen höheren Ruhm, sie waren nur ›öffentlicher Unfug‹ und hielten ihn so von den Klauen derartiger Anstalten fern. Sein Vater bezog eine Rente für seine Kriegsverletzungen, die Mutter arbeitete in der Tabakfabrik, und von diesem kombinierten Einkommen konnten die drei anscheinend besser leben als wir andern, deren Väter ständig stempeln gingen. Die Tatsache, daß Frankie einziges Kind in einer Gegend war, wo einige Familien es auf ein halbes Dutzend brachten, wurde gerüchtweise so erklärt, daß der Vater, als er Frankie bei der Geburt gesehen hatte, den Entschluß faßte, kein

Risiko mehr einzugehen. Ein anderer Grund, den man sich zuflüsterte, betraf die Art der Verwundung Mr. Bullers, für die er die Rente bezog.

Wenn wir in den Wäldern lagerten und um ein Feuer herumhockten, auf dem nach siegreichem Kampf geklaute Kartoffeln brieten, fragten wir Frankie manchmal, was er tun würde, wenn es zu einem zweiten Weltkrieg käme.

»Ich werde Soldat«, sagte er zurückhaltend.

»In welchem Regiment, Frankie?« fragte dann jemand respektvoll, denn Frankies Alter und Körperkraft galten viel mehr als die Tatsache, daß wir andern ein wenig lesen und schreiben konnten.

Frankie reagierte, indem er ein Stück Holz auf den Frager schleuderte. Er war in jeder Art des Werfens ein Meister und verfehlte nur selten die Schulter oder die Brust. »Du hast mich ›Sir‹ zu nennen!« brüllte er, und seine Arme zitterten in berechtigtem Zorn. »Dafür kannst du an den Waldrand gehen und Wache schieben!« Der leicht angeschlagene Schuldige schlich durch die Büsche fort, seinen Stock und die Steine festhaltend.

»Zu welchem Regiment würden Sie sich melden, Sir?« fragte einer von uns, der schon gewitzter war. Solcher Respekt stimmte Frankie freundlich.

»Zu den Sherwood Foresters. Das ist das Regiment von meinem Papa. Er bekam seinen Orden in Frankreich, weil er 63 Deutsche an einem einzigen Tag abgeschossen hat. Da lag er im Schützenloch, versteht ihr«, – seitdem Frankie ›Im Westen nichts Neues‹ und ›Das Leben eines Bengali-Lanzers‹ gesehen hatte, konnte er das alles mit wirkungsvollem Realismus darstellen, – »hinter seinem Maschinengewehr, und die Deutschen kommen im Morgengrauen an, mein Papa sieht sie und fängt an zu schießen. Sie gehen immer weiter vor, aber der Alte schießt immer weiter – tak-tak-tak, auch als alle seine Kameraden schon gefallen sind. Mein Papa wurde auch von 'ner Kugel getroffen, er bleibt aber bei seinem Maschinengewehr, und rundum fallen die Deutschen wie die Fliegen. Als der Rest vom Sherwood Regiment ihm zu Hilfe kommt und die Deutschen am weiteren Vorgehen hindert, zählt er 63 Tote vor seinem Maschinengewehr. Da haben sie ihm 'n Orden gegeben und ihn nach England zurückgeschickt.«

Er sah sich im Halbkreis um. »Wie findet ihr das?« fragte er aufgeregt, als wäre er selbst der Held und wir hätten das bestritten. »Also gut!« sagte er, als wir die verlangte Hochachtung vor den Heldentaten seines Vaters bezeugt hatten. »Jetzt werdet ihr Holz sammeln, damit das Feuer nicht ausgeht.«

Frankie hatte leidenschaftliches Interesse an Kriegen. Oft steckte er mir einen Penny zu und sagte, ich solle ihm eine ›Evening Post‹ holen und ihm die letzten Kriegsberichte aus China, Abessinien oder Spanien vorlesen. Dann lehnte er an der Mauer seines Hauses, seine grauen Augen auf die Dächer der andern Straßenseite gerichtet, und wenn ich innehielt, um Atem zu holen, sagte er: »Weiter, Alan, lies noch 'n Stück weiter. Lies das über Madrid noch mal.«

Frankie war ein Koloß und ein tapferer Mann, der uns in Reihen aufstellte und in den Mulden eines Feldes gegenüber dem Bahndamm hinlegen ließ, der den Zugang zu den Straßen von Sodom schützte. Dort warteten wir wohl eine Stunde, zwölf Mann hoch, die Gesichter auf den Boden gedrückt, umklammerten unsere Stöcke und versuchten zu verhindern, daß die Steine in unseren Taschen klapperten. Bewegte sich einer, dann flüsterte Frankie eine Drohung: »Der nächste, der sich rührt, bekommt eins mit meinem Knüppel.«

Bis zum Bahndamm waren es dreihundert Meter. Das Gras unter uns war weich und schmeckte süß, und Frankie kaute es mit vollem Mund, ordnete aber strengstens an, kein anderer dürfe das tun, denn es sei giftiger als Tollkirschen. Würden wir es kauen, dann sei uns der Tod in fünf Sekunden sicher. Ihm jedoch schade es nicht, fuhr er fort, weil er gegen jede Art von Gift gefeit sei. Er besaß einen Zauber, der verhütete, daß er daran starb, aber jedem andern, der kein Zauberer war, würde das Gras die Eingeweide verbrennen.

Ein Eilzug kam aus dem Bahnhof, fuhr nach der Biegung schneller und versperrte uns die Aussicht auf die roten Dächer Sodoms, während wir den Kopf hoben und die Wagen zählten. Dann sahen wir unsere Feinde, mehrere Gestalten, die Stöcke schwingend auf den Geleisen standen und mit verspielter Wildheit Steine in einen Tümpel am Fuß des Abhangs warfen.

»Die Sodom-Bande!« flüsterten wir.

»Still!« zischte Frankie, »wie viele seht ihr?«

»Ich kann's nicht sagen.«

»Acht.«

»Es kommen noch mehr.«

»Denkt, daß es Deutsche sind«, sagte Frankie.

Sie schlichen den Abhang hinunter und stiegen einer nach dem andern an unserer Seite wieder herauf. Solange sie auf dem Bahndamm waren, hörte man sie schreien und einander zurufen, aber im offenen Feld gingen sie dicht aneinandergedrängt, ohne viel Lärm zu machen. Ich sah, daß sie zu neunt waren, und ein paar weitere kamen noch mutig über die Geleise, wo das doch verboten war. Ich dachte daran, daß wir ja elf waren, und während ich auf das Zeichen zum Angriff wartete, sagte ich mir unaufhörlich vor: »Es dauert jetzt nicht mehr lang, es kann jetzt nicht mehr lang dauern!«

Frankie murmelte seine letzten Befehle: »Ihr hier geht nach links, ihr andern nach rechts. Wir greifen von vorne an. Sie müssen umzingelt werden.«

Der einzige militärische Triumph, den er gelten ließ, war Umzingeln und Gefangennahme.

Er war jetzt aufgestanden, schwang seinen eisernen Speer und schwenkte seinen Schild. Wir standen ebenfalls auf, bildeten eine Schwarmlinie, rückten langsam vor und warfen, so schnell unsere Arme sich nur bewegen konnten, Steine in den konzentrischen Ring der feindlichen Bande.

Es war ein typisches Scharmützel. Da sie keinen David gegen unsern Goliath hatten, schleuderten sie ein paar Steine, die ihr Ziel verfehlten, liefen Hals über Kopf über die Eisengeländer und stiegen zum Bahndamm hinauf. Mehrere waren getroffen.

»Gefangene!« schrie Frankie, aber sie nahmen im letzten Augenblick Reißaus und entkamen. Minutenlang flogen Steine zwischen dem offenen Feld und der Bahnstrecke hin und her, und unsere Flanke war nicht imstande, vorzugehen und die andern zu umzingeln. Dann frohlockten die Feinde von den Geleisen aus, weil sie dort zwischen den Schienen besonders geeignete Steine fanden, während wir Gras unter den Füßen hatten und keine Aussicht, unsere Munition zu ergänzen, wenn unsere Taschen leer waren. Wenn sie sich sammelten und wieder gegen uns loszogen, würden wir eine halbe Meile zurückweichen müssen, bevor wir an der Brücke neue Steine fanden.

Frankie erfaßte all das im Nu. Die gleiche taktische Situation hatte sich früher auch schon ergeben. Einige von uns waren jetzt auch getroffen, ein paar blieben zurück. Einer hatte ein verletztes Auge. Mein Kopf war blutüberströmt, aber das kümmerte mich im Augenblick nicht, denn ich hatte mehr Angst vor der Tracht Prügel von der starken Faust meines Vaters, weil ich in eine Rauferei geraten war, und so machte mir das Blut und das bißchen Schmerzen nichts aus. (»Hast dich wieder mit diesem Frankie Buller rumgetrieben, was?« Patsch! »Hab ich dir nicht gesagt, du sollst dich nicht mit ihm einlassen, was?« Patsch! »Und du tust nicht, was ich dir sage!« Patsch! »Du strolchst immer weiter mit diesem Frankie Buller rum, bis du so'n Dachschaden hast wie er, was?« Patsch, patsch!)

Unsere Reihen wankten. Meine Taschen waren leicht, es waren fast keine Steine mehr drin. Die Arme taten mir weh vom Schleudern.

»Wollen wir angreifen, Jungens?« rief Frankie.

Auf diese Worte gab es nur eine Antwort: Wir standen zu ihm und hätten uns in den feurigen Schlund eines Schmelzofens gestürzt, wenn er es von uns verlangt hätte. Vielleicht führte er uns in diese mißlichen Situationen, aus denen es keinen Rückzug gab, nur um das herrliche Gefühl zu haben, zu siegen oder ruhmvoll unterzugehen.

»Jawohl!« schrien wir alle zusammen.

»Also los!« brüllte er, so laut er konnte. »Zum Angriff – marsch!«

Seine langen Schritte trugen ihn in ein paar Sekunden über die hundert Meter, und schon kletterte er am Geländer hinauf. Steine von der Sodom-Bande klapperten und klirrten gegen seinen Schild. Da uns anderen der symbolische Speer und Mülleimerdeckel des Anführers fehlten, gingen wir langsamer vor, während wir mit unseren letzten Steinen nach der Bande oben auf dem Bahndamm zielten.

Als wir links und rechts von Frankie auf das Geländer kletterten, war er den Abhang schon halb hinaufgeklettert, nur noch wenige Meter vom Feind entfernt. Er trieb die Flügel seines Heeres die ganze Zeit zu größerer Eile an und forderte sie auf, den Feind zu umzingeln, während er jetzt seinen gefährlichen Eisenstab vor ihren Gesichtern schwenkte. Bisher hatten wir etwas gezögert, jetzt aber stürzten wir uns auf beide feindlichen Flanken und erreichten die Bahnstrecke in einem einzigen Ansturm, um unsern Munitionsvorrat aufzufüllen. Frankie bearbeitete sie unterdessen unaufhörlich von vorne.

Sie brachen zusammen und liefen den andern Abhang hinunter und verstreuten sich in den Zufluchtstätten ihrer rosa Häuserreihen, deren Türen bereits voller Kratzer und Schrammen waren und wo angeblich in den Badezimmern Kohle aufbewahrt wurde. Man machte sich darüber lustig, aber im stillen beneideten wir sie um diese praktischen Kohlenkästen, so schön nahe an der Küche. Es wurde auch erzählt, daß sie in ihren Hintergärten heimlich Schlingen auslegten.

Wenn Frankie die Kinder in Schlägereien verwickelte, die zu blau geschlagenen Augen, zerrissenen Kleidern und blutigen Köpfen führten, und den Frauen in unserer Straße gar keine anderen Schimpfworte mehr einfielen, nannten sie ihn einen Zulukaffer, aber Frankie hielt diesen Beinamen für einen Ehrentitel, denn für ihn war er identisch mit Tapferkeit und Unerschrockenheit. »Was hast du mit diesem verdammten Zulukaffer rumzulaufen?« fragte wohl eine Mutter ihren Jungen, während sie eines von Vaters alten Hemden zerriß, um einen Verband oder einen Lappen draus zu machen. Und sofort sah man im Geist Frankie vor sich, eine wilde, speerschwingende Gestalt mit einem Mülleimerdeckel, auf und ab springend, wie er seine Bande in die Schlacht führte. Wenn Gefangene gemacht wurden, ließ er sie an einen Baum oder einen Zaunpfahl binden und befahl dann seiner Bande, einen Kriegstanz aufzuführen. Nach dem wilden Tanz, an dem er in seinem kriegerischen Schmuck manchmal teilnahm, ließ er in unmittelbarer Nähe ein Feuer anmachen und brüllte, er würde jetzt die Gefangenen zu Tode martern lassen. Einmal kam er der Ausführung seiner Drohung so nahe, daß einer von uns nach Hause rannte und Frankies Vater anflehte, mit seinem Sohn zu verhandeln und die Gefangenen freizulassen. Und so kamen Mr. Buller und zwei andere Männer, von denen einer mein Vater war, die Stufen der Brücke herunter. Sie gingen rasch über das Feld, der kleine untersetzte Chris mit dem schwarzen Haar und der kahle Buller mit seinem Walroß-Schnurrbart. Aber derselbe Junge, der die Väter alarmiert hatte, schlich in Frankies Lager zurück und warnte ihn, so daß die drei Männer, die gekommen waren, um Frankie tüchtig zu vermöbeln und nach Hause zu jagen, nichts mehr vorfanden als ein ausgetretenes Feuer und zwei erschreckte, aber unversehrte Gefangene, die noch an einen Baum gebunden waren.

Tatsache war, daß Frankies Gewalttaten kurz vor Ausbruch des Krieges zunahmen, obwohl viele infolge der bedenklichen und lähmenden Atmosphäre dieses Sommers unbemerkt blieben. Er führte seine Bande in Laubenkolonien, brach in die Hütten ein, verstreute Geräte und Blumensamen mit der Energie eines Verrückten im ganzen Garten, fuhr mit einer Rasenmähmaschine über Salatköpfe und Petersilie, und nach seinem Wüten war der Boden mit abgeschlagenen Chrysanthemen bedeckt. Sein liebster Sport war, vor einer Laube stehend seinen Speer mit solcher Wucht auf das Häuschen zu schleudern, daß die Eisenspitze durch das dünne Holz drang.

Schon lange hatten Gasmasken für uns den Reiz der Neuheit eingebüßt. Eines Tages führte uns Frankie mit Masken vor den Gesichtern zu einem Angriff über die Felder. Er hatte behauptet, die weiße Wolke über dem Wald sei mit Senfgas gefüllt, das von den Schützengräben der Deutschen an der andern Seite des Kanals stammte. Die Masken kamen dann in dem Scharmützel so sehr zu Schaden, daß wir sie alle feierlich ins Feuer warfen, bevor wir nach Hause gingen, denn wir wollten lieber sagen, wir hätten sie verloren, als die schmählich zerrissenen Überbleibsel vorweisen.

Es wurden so viele Fenster eingeschlagen, Mülleimer umgestürzt, Fahrradreifen aufgeschnitten und Köpfe bei Pyrrhussiegen der Bandenangriffe eingeschlagen (denn seine militärische Begabung schien Frankie plötzlich im Stich zu lasen), daß es für ihn allmählich gefährlich wurde, sich bei uns in der Straße sehen zu lassen. Wenn er zum Beispiel pfeiferauchend mitten auf der Straße daherkam – er stopfte den Tabak, den wir in Form von Kippen sammelten, in eine alte Pfeife seines Vaters –, konnte es passieren, daß plötzlich eine wütende Frau aus einem Hauseingang herausstürzte und, einen Kleiderbügel schwingend, heftig auf ihn einschlug.

»Ich hab gestern gesehen, wie du meinen Mülleimer

umgekippt hast, du verdammter Zulukaffer, du dämliches Wechselbalg! Da hast du, da und da!«

»Ich war's ja gar nicht, ich schwöre bei Gott, ich war es nicht!« protestierte er, laut schreiend und die Arme schützend über den Kopf haltend, und er rannte fort, um den Schlägen zu entgehen.

»Laß du dich bloß noch mal hier blicken«, schrie sie ihm nach, »dann gibt's aber 'n Eimer Wasser übern Kopf, sollste mal sehen!«

Außer Reichweite blickte er sich nach ihr um, empört, zornig, kochend vor Wut. Er brüllte die schlimmsten Flüche, die er kannte, und verschwand in der väterlichen Wohnung, die Tür hinter sich zuschlagend.

Nicht der Ausbruch des Krieges allein verursachte Frankies Sturz. Zum Teil war er darauf zurückzuführen, daß Frankie eine romantische Seite hatte, die sich auf andere Art äußerte als in Kriegsspielereien. An vielen Sommerabenden stand er am Ende der Straße und wartete auf die Mädels, die aus der Zigarettenfabrik kamen. Es arbeiteten dort zweitausend Mädchen, und ungefähr der vierte Teil ging auf dem Heimweg jeden Abend dort vorbei.

Meist stand er dort allein in seinen schwarzen Kordhosen, seinem geflickten Rock und einem kragenlosen Hemd seines Vaters, aber auch wenn ein älteres Mitglied seiner Bande ihm Gesellschaft leistete, behinderte das in keiner Weise seine besondere Art der Liebeswerbung. Er konnte am lautesten von uns allen pfeifen und machte sehr musikalischen Gebrauch von dieser Fähigkeit, wenn die Mädels zu zweien und dreien untergehakt vorbeigingen.

»Hallo, Täubchen!« rief er. »Wie geht's?«

Ein Schulterzucken, ein Kopfschütteln, Gelächter, oder auch eine scharfe Erwiderung.

»Kann ich heut abend mit dir ausgehen?« rief er mit lautem Lachen, »soll ich dich ins Kino einladen?«

Manchmal ging ein Mädel auf die andere Straßenseite, um ihm auszuweichen, und die war dann die Zielscheibe seines besonderen Witzes.

»Hallo, schönes Fräulein! Kann ich dich mal besuchen kommen?«

Von viel Gelächter begleitet, flogen die Antworten zurück: »Das kostet dich fünf Pfund!«

»Du bist nicht recht bei Trost, mein Lieber, du mit deinem Wasserkopp!«

»Ich warte um acht am Grand Hotel auf dich. Vergiß es aber nicht!«

Es war seine große Stunde, in der er sich wie ein Erwachsener vorkam. Aber obwohl er schon zwanzig war, machte er doch nur das nach, was andere Zwanzigjährige in der Gegend taten, und das auf sehr übertriebene Art. Die Fortsetzung dieser einzigartigen Liebeswerbung fand im Gebüsch statt, im Sumpfgebiet zwischen dem Lean und der Bahnlinie, wohin Frankie seine Bande nur selten führte. Er stolzierte allein dahin (ein Mädel, dem er gepfiffen hatte, begleitete ihn nur als unklares Bild seiner Phantasie), ging über versteckte Wege, wo man Kaulquappen fangen konnte, und lag dann allein in irgendeinem Versteck, wo niemand ihn sehen konnte, Herr von eigenen Gnaden über Weiden, Holunder und junge Eichenpflanzungen. Von einem solchen Ausflug kam er blaß und mit unsteten, schuldbewußten Blicken, aber erfüllt von angenehmen Erinnerungen zurück.

Er stand den ganzen Sommer über jeden Abend an der

Straßenecke, zuerst mit vielen von der Bande, später allein, denn seine Zurufe, die den vorübergehenden Fabrikmädels galten, waren nicht länger harmlos, so daß eines Abends ein Polizist erschien und ihn für immer von der Straßenecke vertrieb. Während dieser Monate fuhren Hunderte von beladenen Lastwagen Tag für Tag an den Rand des Sumpfes und luden Schutt und Steine ab, bis Frankies heimliches Versteck verschwunden war. Darüber lag jetzt der Unterbau für eine weitere Zweigstelle der Zigarettenfabrik.

An jenem Sonntag morgen, als mein Vater und meine Mutter über Chamberlains melancholische Stimme den Kopf schüttelten, die aus dem herzförmigen, stoffbezogenen Lautsprecher unseres Radios kam, traf ich Frankie auf der Straße.

Ich fragte ihn, was er jetzt tun würde, wo doch Krieg sei, denn ich nahm an, er würde ebenso wie alle andern eingezogen werden, da er ja im wehrfähigen Alter war. Er schien apathisch und traurig, und ich dachte, es sei wegen des Krieges, eine Maske schicklichen Ernstes, wie man sie schließlich jetzt von jedem erwartete, wenn ich auch auf meinem Gesicht nichts dergleichen spürte. Ich merkte, daß er stotterte. Er saß auf dem Trottoir und lehnte mit dem Rücken gegen die Mauer eines Hauses. Instinktiv wußte er wohl, daß heute niemand daran denken würde, ihn mit einem Kleiderbügel zu verprügeln.

»Ich warte nur noch auf den Stellungsbefehl« antwortete er. »Dann melde ich mich zu den Sherwood Foresters.«

»Wenn sie mich holen, gehe ich zur Marine«, warf ich ein, als er keine Anstalten machte, eine Geschichte über die Heldentaten seines Vaters zu erzählen.

»Das Landheer ist das einzig Wahre, Alan«, sagte er mit tiefer Überzeugung, dann stand er auf und nahm seine Pfeife heraus.

Plötzlich lächelte er, seine trübe Stimmung war fort. »Ich will dir was sagen: Nach dem Essen wollen wir die Bande sammeln, über die Neue Brücke gehen und Manöver abhalten. Ich muß doch zusehen, daß ihr alle in Form seid, jetzt, wo wir Krieg haben. Wir wollen ein bißchen exerzieren. Vielleicht treffen wir ein paar von der Sodom-Bande.«

Auf unserem Marsch an diesem Nachmittag entwickelte Frankie seinen Zukunftsplan für uns: Sobald wir ungefähr sechzehn wären, sagte er, wenn dann noch immer Krieg sei – und das sei sehr wahrscheinlich, denn die Deutschen waren zäh, wie sein Alter ihm erzählte; gewinnen würden sie letzten Endes aber nicht, weil ihre Offiziere die Mannschaften immer zuerst opferten –, dann würde er mit uns zum Bezirkskommando in der Stadt gehen und uns zusammen einstellen lassen, alle zugleich. Auf diese Art würde er – Frankie – unser Zugführer werden.

Es war ein wundervoller Plan. Alle Hände gingen hoch.

Das Feld jenseits der Neuen Brücke war frei vom Feind. Wir standen in einer Reihe am Geländer und sahen wortlos auf den neuesten Beweis der Ausbreitung unserer Stadt. Das Weideland und die Laubenkolonie waren jetzt von der großen Weite des bäuerlichen Landes durch eine Hauptverkehrsstraße abgeschnitten, die zwischen den Sodom-Häusern herauskam und auf der schon Wagen und städtische Autobusse mit Oberdeck entlangfuhren.

Von der Sodom-Bande war keine Spur zu sehen. So befahl Frankie dreien von uns, in den Abflußgräben und Mulden zu verschwinden, damit die übrigen sie suchen sollten. Der nächste Punkt seines Trainingsprogramms war Scheibenschießen. Eine Konservenbüchse wurde auf einen Baumstumpf gestellt und mußte aus einer Entfernung von fünfzig Metern getroffen werden. Nach einigen Fechtübungen und Ringkämpfen erschienen sechs von der Sodom-Bande auf der Bahnstrecke, und nach raschem, hitzigem Kampf wurden sie zu Gefangenen gemacht. Frankie wollte sie aber weder dabehalten noch ihnen etwas tun und ließ sie laufen, nachdem er ihnen den Treueid auf die Sherwood Foresters abgenommen hatte.

Um sieben Uhr wurden wir in Doppelreihen zum Rückmarsch aufgestellt. Einer von uns murrte, es sei spät, zum Abendbrot nach Hause zu kommen, und dies eine Mal gab Frankie nach, wo es doch meiner Meinung nach ein klarer Fall von Ungehorsam war. Er hörte auf den Einwand und beschloß, unseren Marsch abzukürzen, indem er uns über die Seitenlinie der Bahn führte, die dort zur Kohlengrube abzweigte. Die Fabriken und armseligen Straßen auf der Anhöhe hatten eine düstere Ockerfarbe angenommen, als ob nachts ein Sturm losbrechen würde, die Wolken über der Stadt waren rosig und erweckten den unwirklichen Eindruck tiefster Stille, so daß wir uns wie preisgegeben vorkamen, als ob der Streckenwärter im fernen Stellwerk uns sehen und jedes von uns gesprochene Wort hören könnte.

Wir kletterten einer nach dem andern auf den eisernen Zaun. Frankie kauerte im Gebüsch und sagte es uns, wenn er meinte, daß die Luft rein sei. Er ließ uns einzeln hinüberspringen, aber wir überquerten die sechs Geleise doch mit gebeugtem Rücken, als müßten wir an einem Maschinengewehrstand vorüber. Zwischen dem letzten Geleis und dem Zaun stand ein Hindernis in Gestalt eines abgestellten Eisenbahnwagens, der für Reparaturen und als Geräteschuppen diente. Frankie hatte uns versichert, es wäre niemand drin, aber als wir alle schon drüben waren und die vordersten schon durch das Gelände und auf den Weg hinaufstürmten, drehte ich mich um und sah einen Eisenbahner aus der Tür treten und Frankie anhalten, als er gerade auf den Zaun zulief.

Ich konnte nicht verstehen, was er sagte, sondern hörte nur die gedämpften Laute eines Wortwechsels. Ich hielt mich zwischen den Weidenbüschen versteckt und sah, wie der Eisenbahner Frankie mit dem Finger vor die Brust stieß, als gäbe er ihm einen wirklich ernst gemeinten Rat. Dann begann Frankie mit den Händen in der Luft herumzufuchteln, als könne er es nicht dulden, daß man ihm so in den Weg trat, denn er dachte, die Blicke der ganzen Bande wären vom Feld aus auf ihn gerichtet.

Dann, im Bruchteil einer Sekunde, sah ich, wie Frankie eine Bierflasche aus der Rocktasche zog und den Eisenbahner damit über den Kopf schlug. In der großen Stille hörte ich den Aufschlag und einen empörten, wütenden Schmerzensschrei des Mannes. Jetzt wandte Frankie sich um und lief in meine Richtung. Er sprang wie ein Zebra über den Zaun. Als er mich eingeholt hatte und mich sah, rief er aufgeregt: »Lauf, Alan, lauf! Er hat mich herausgefordert, es war nur seine Schuld!«

Und wir liefen.

Am nächsten Tag wurden meine Geschwister und ich in Autobusse verfrachtet und nach Worksop gebracht. Wir wurden evakuiert, unsere paar Habseligkeiten in Papiersäcke gesteckt, es ging fort von den Bomben, die man erwartete, gemeinsam mit den meisten Kindern der Stadt. Mit einem einzigen schicksalhaften Schlag wurde Frankies

Bande ihm entrissen, und er selbst wurde zur Polizei abgeführt, weil er den Eisenbahner mit der Flasche über den Kopf geschlagen hatte. Auch wegen unbefugten Betretens des Bahnkörpers wurde Anklage gegen ihn erhoben.

Es kann sein, daß der Ausbruch des Krieges mit dem Ende von Frankies sogenannten ›Jünglingsjahren‹ zusammenfiel, obgleich auch später noch immer wieder Spuren davon in seinem Benehmen zu bemerken waren. Zum Beispiel ging er immer noch, ungeachtet der Einnebelung und der Verdunklung, von einem Ende der Stadt zum andern in der Hoffnung, ein Kino zu finden, in dem ein guter Cowboy-Film zu sehen war.

Ich habe Frankie dann zwei Jahre lang nicht mehr getroffen. Eines Tages sah ich einen Mann, der einen Handwagen die altvertraute Straße hinaufschob, in der wir nun nicht mehr wohnten. Der Mann war Frankie, und der Handwagen war mit Holz beladen, Brennholz, wie es die Hausfrauen über einer zerknüllten ›Evening Post‹ ausbreiten, um am Morgen das Feuer anzumachen. Wir wußten nicht recht, worüber wir sprechen sollten, und Frankie schien in seiner Haltung mir gegenüber herablassend, als ob er sich schämte, im Gespräch mit einem so viel Jüngeren gesehen zu werden. Das war zwar nicht ohne weiteres erkennbar, aber ich fühlte es, und da ich dreizehn war, nahm ich es übel. Die Zeiten hatten sich grundlegend geändert. Wir waren eben keine Freunde mehr. Ich versuchte noch einmal, in die Atmosphäre früherer Zeiten zurückzufinden, indem ich sagte: »Hast du versucht, Soldat zu werden, Frankie?«

Heute ist mir klar, daß das eine Taktlosigkeit war, die ihn hätte verletzen können. Damals merkte ich es nicht, aber mir fiel seine Empfindlichkeit auf, als er antwortete: »Was meinst du eigentlich? Ich bin ja Soldat, schon seit einem Jahr. Mein Alter ist auch wieder beim Kommiß, als Feldwebel, und ich bin in seiner Kompanie.«

Wir wußten weiter nichts zu sagen, und Frankie schob seinen Karren zur nächsten Haustür, wo er seine Holzbündel abzuladen begann.

Dann sah ich ihn über zehn Jahre nicht. In der Zeit war ich auch Soldat gewesen, in Malaya, und ich hatte die kindlichen Spiele vergessen, die wir mit Frankie Buller spielten, und die regelrechten Schlachten, die wir der Sodom-Bande jenseits der Neuen Brücke geliefert hatten.

Ich lebte nicht mehr in derselben Stadt. Ich glaube, man könnte sagen, ich war aus dem Mannschaftsstand aufgestiegen, ich war eine Art Schriftsteller geworden. Aus einem unbegreiflichen Grund hatte ich nach der Evakuierung und während der späteren Bombenangriffe Bücher zu lesen begonnen.

Nun kam ich nach Hause zurück, meine Familie besuchen, und an einem Winterabend gegen sechs Uhr, als ich durch die Straßen ging, hörte ich jemand rufen:

»Alan!«

Ich erkannte die Stimme sofort, drehte mich um und sah Frankie vor einem Kinoplakat stehen, das er zu lesen versuchte. Jetzt war er ungefähr fünfunddreißig, nicht mehr der speerschwingende Riese, als der er mir damals erschien, sondern etwa so groß wie ich selbst, magerer, mit einem unverkennbaren Ausdruck von Sanftmut auf dem Gesicht, fast respektabel mit seiner Mütze, dem schwarzen Überzieher und einem sorgfältig umgelegten weißen Schal. Ich bemerkte das grüne Ordensband auf dem Aufschlag des Mantels, und das bestätigte mir, was ich während der letzten zehn Jahre von Zeit zu Zeit über ihn gehört hatte. Er, der zuerst Feldwebel unserer Bande gewesen war, wurde dann einfacher Soldat in der Bürgerwehr, Meldegänger, und zwar in seines Vaters Kompanie. Den Stahlhelm auf dem schwitzenden Kopf mit der niedrigen Stirn war Frankie mit Meldungen durch das Gelände geschlichen, auf dem er jeden Grashalm kannte.

Er war jetzt nicht mehr mein Anführer, und diese Tatsache wurde uns beiden sofort klar, als wir einander die Hand gaben. Frankies Holzgeschäft, das er allein betrieb, hatte sich gut entwickelt, und er fuhr jetzt mit Pony und Wagen durch die Straßen. Er war nicht reich, aber sein eigener Herr. Und in unseren Kreisen war das der größte Wunsch jedes einzelnen, sein eigener Herr zu sein. Er wußte, daß er nicht mehr der Anführer verwandter Geister war, und fragte sich wahrscheinlich, während wir miteinander sprachen, ob ich's jetzt vielleicht wäre, was eine Erklärung für seine Schüchternheit sein mochte.

Wir waren nicht nur, jeder auf seine Art, herangewachsen seit den Tagen, als er mit Mülleimerdeckel und Zaunpfahl sein Bataillon in erbarmungslose Steinschlachten führte. Es war noch etwas anderes mit ihm vorgegangen, wovon ich nichts wußte. Da wir aus derselben Gesellschaftsklasse kamen und sozusagen dieselbe Kinderzeit gehabt hatten, hätte zwischen uns eine gemeinsame Wurzel des Erfühlens sein müssen, trotz der Tatsache, daß das äußere Blattwerk unseres Lebens infolge der verschiedenen Wege, die wir gingen, welkte, bevor es sich in Farbe und Schattierung entfalten konnte. Aber wir hatten keinen Kontakt mehr, und da ich mit ›erhöhtem Bewußtsein‹ behaftet war, wie die Welt, in der ich mich jetzt bewegte, das nannte, wußte ich, daß der Grund genauso in Frankie lag wie in mir selbst.

»Wie geht's dir denn immer so, Frankie?« fragte ich und schwelgte in dem alten Tonfall, obwohl ich wußte, daß ich nicht mehr das Recht dazu hatte.

Sein Stammeln war beinahe das, was wir ehemals spottend ›Stottern‹ genannt hatten. »Jetzt geht's mir gut, viel besser, nach dem Jahr im Krankenhaus.«

Ich sah schnell und verstohlen an ihm hinunter, um einen lahmen Fuß, ein gebrochenes Glied, eine Narbe an ihm zu entdecken. Denn warum sonst ging man in ein Krankenhaus?

»Weshalb warst du dort?« fragte ich.

Sein Stottern wurde schlimmer, als er antwortete. Ich fühlte sein Zögern, denn einen Augenblick lang wußte er nicht, welchen Ton er anschlagen sollte. Als er dann endlich sprach, war es fast mit Stolz und sicherlich mit Nachdruck: »Schockbehandlung. Dafür war ich dort.«

»Weshalb haben sie dir Schockbehandlung gegeben?« Ich fragte das ganz ruhig, es war mir wirklich unmöglich, zu begreifen, was er sagte, bis das ganze furchtbare Erlebnis, das Frankie durchgemacht haben mußte, mir plötzlich bewußt wurde. Und da wünschte ich mir Macht, die Macht, diese Wahnsinnigen in ihren weißen Kitteln, die sich in Frankies Kohlengrubenwelt einmischten, niederzuschlagen, ihren Haß und ihre Anmaßung auszumerzen.

Er schlug den Mantelkragen hoch, weil es in der Dämmerung zu regnen angefangen hatte. »Weißt du, Alan«, begann er, und sein Gesicht war, wie ich jetzt erkannte, ein biederes Dutzendgesicht, »ich hatte eine Schlägerei mit meinem Alten, und danach verlor ich das

Bewußtsein. Ich hatte meinen Vater verletzt, und er schickte nach der Polizei. Die holten einen Doktor, und der sagte, ich muß in die Heilanstalt.« – Sie hatten ihm sogar beigebracht, ›Heilanstalt‹ zu sagen, in früheren Zeiten hätte er vor Lachen gebrüllt und ›Klapsmühle‹ gesagt.

»Ich freu mich, daß es dir jetzt besser geht«, sagte ich, und in der langen nun folgenden Pause wurde mir klar, daß letzten Endes Frankies Welt unantastbar war, daß die gewissenhaft-wissenschaftlichen Spürnasen sie zweifellos erreichen, sie in ein Versteck treiben, die körperliche Hülle, die sie umgab, töten konnten, daß sie aber auf die Dauer machtlos waren, einem derartigen Geist etwas anzuhaben. Es gibt einen Teil der Natur, den das Seziermesser nie erreichen wird.

Er wollte gehen. Der Regen störte ihn. Dann erinnerte er sich, weshalb er mich gerufen hatte, und wandte sein Gesicht den großen schwarzen Buchstaben auf dem gelben Hintergrund zu: »Ist das vom Savoy, Alan?« fragte er und deutete auf das Plakat.

»Ja«, sagte ich.

Er sagte wie zur Entschuldigung: »Ich hab nämlich meine Brille vergessen. Kannst du mir mal vorlesen, was heute abend gegeben wird?«

»Natürlich, Frankie.« Ich las vor: »Gary Cooper in ›Saratoga Trunk‹.«

»Ob es wohl ein guter Film ist?« fragte er. »Was meinst du: Ist es ein Cowboy-Film oder 'ne Liebesgeschichte?«

In diesem Punkt konnte ich ihm helfen. Ich fragte mich, welchem von diesen beiden er nach der Schockbehandlung den Vorzug geben würde. In welche Kreise seiner dunklen, von Teufeln bewohnten Welt waren die elektrischen

Stöße eingedrungen? »Ich habe den Film gesehen«, sagte ich, »es ist eine Art Cowboy-Film. Am Schluß gibt es einen großartigen Eisenbahnzusammenstoß.«

Und dann sah ich es. Ich glaube, er war überrascht, daß ich ihm so fest die Hand schüttelte, als wir auseinandergingen. Meine Erklärung der Hauptpunkte des Films wirkte wie 'n Zauber auf ihn. In seine Augen kam das gleiche Leuchten, das ich vor Jahren gesehen hatte, wenn er sich mit Speer und Schild aufrichtete und uns zurief: »Zum Angriff – marsch!« und sich dem Hagel der Stöcke und der geschleuderten Steine entgegenwarf.

»Klingt gut«, sagte er. »Das ist 'n Film für mich. Den will ich sehen.«

Er zog die Mütze tiefer in die Stirn, versicherte sich, daß sein Mantelkragen Hals und Nacken bedeckte, und ging mit erregter Phantasie in den strömenden Regen hinein.

»Auf Wiedersehen, Frank!« rief ich, als er um die Ecke bog. Ich fragte mich, was von ihm übrig sein würde, wenn die Behandlung beendet war. Würde es ihnen gelingen, das riesengroße Reservoir seines dunklen, phantasiereichen Geistes anzuzapfen und auszutrocknen?

Ich sah ihm nach. Er kümmerte sich nicht um die Verkehrsampeln, ging schräg über die breite, nasse Straße, dann lief er einem Autobus nach und sprang wohlbehalten auf die leere Plattform.

Und ich mit meinen Büchern habe ihn seither nicht wiedergesehen. Mir war, als hätte ich einem großen Teil meines Ichs für immer Lebewohl gesagt.

Bevor der Schnee kommt

Die Lichter unten leuchteten rot wie Reihen von Erdbeeren. Schnee war angesagt worden, und als er fiel, dachte er, sie würden begraben werden. Der Geruch von Frost und Rauch hatte nachgelassen, und er schmeckte den Schnee schon auf den Lippen, bevor ihm die erste Flocke aufs Haar segelte.

Trinken war das einzige, Trinken und Trinken und versuchen, nicht zu vergessen. Mit jedem Glas erstand ihr Gesicht ihm deutlicher, als er es bei Nüchternheit zu sehen vermochte. Im gewöhnlichen, trüben Alltagslicht blieb sie verschwommen und weit weg, außer Sicht und dem Gedächtnis entglitten. Doch auch in der Erinnerung war sie nie nahe genug, um sie berühren zu können.

Er erkannte den Garten an dem Rosenstrauch, der darin wuchs. Der Lattenzaun hing so schief, als würde er nie wieder hochkommen. Kein harmloser Trunkenbold hatte ihn umgerempelt, denn dann hätte man ihn mit Vergnügen wieder aufgerichtet haben können, sondern er hing durch, als hätte jemand im Vorbeigehen ihn absichtlich umgetreten, weil das Leben ihm zum Hals heraushing, obwohl gar kein Anlaß dazu bestand. Den Zaun sollte man ganz herausreißen und fürs Sonnenwendfeuer aufheben. Dann würd ich 'n paar von diesen frischriechenden Brettern und Latten vom Holzplatz beschaffen und einen guten Zaun für diesen Rosenstrauch bauen. Neue Stahlnägel würde er besorgen und diese Latten und Schwartenbretter aufstellen, die er billig kriegen konnte, weil ein Kumpel von ihm da arbeitete, und von jedem Brett würde er liebevoll das Sägemehl abstreifen und fühlen, wie es sich als hölzerner Goldstaub des Lebens in seiner Hand sammelte und ihm durch die kräftigen Finger rieselte. Dieser dahängende, halb umgesunkene Zaun verlangte nach einem ordentlichen Fußtritt, gefolgt natürlich von ein bißchen fürsorglicher Fertigkeit ihr zuliebe.

Er hatte sein Fett weg, denn er war geschieden. Sein Lebensmut stand Kopf, der Sand in seinem Hirn rann wie in alten Zeiten durch zum Körper und Herzen, eine Eieruhr, die ihre Trunkenheit in Haut und Haar, Mark und Bein eindringen ließ. Er arbeitete und arbeitete, und machte zwischen Erhobensein und Niedergeschlagenheit einen Schritt nach dem andern. Auf der Arbeit galt er als ein fröhlicher, zuverlässiger Kollege, doch jeden zweiten Abend vergaß er seine Uhr aufzuziehen und mußte morgens bei einem Nachbarn anklopfen, um die Zeit zu erfragen, sonst wäre er zu spät zur Arbeit gekommen (oder überhaupt nicht aufgestanden), und das ging schließlich nicht.

Er hatte vier Brüder und zwei Schwestern, alle verheiratet und alle geschieden, bis auf einen, der bei einem Autounfall ums Leben gekommen war. Nicht, daß seine Familie vom Pech verfolgt oder schlecht angepaßt war, sie waren durchaus normal und gesund und Konformisten wie die übrige Welt auch und folgten der Familientradition mit solcher Sturheit, daß er schlimmstenfalls lachen mußte und bestenfalls sonntagmorgens in Hauslatschen hinausging, um eine Zeitung zu kaufen und zu lesen, was anderen Familien widerfuhr. Was sonst konnte er tun und denken, wenn die Rasierklinge des Schicksals einen nicht zerschnippeln und von noch mehr Leid verschonen sollte? Manchmal dachte er, er sollte wohl eine Bibel kaufen und Gebetsmühlen basteln, um deren Surren in den Weltraum zu senden, was die einzig mögliche Alternative zum Sichtotsaufen zu sein schien, was er sich nicht leisten konnte. Aber die Welt dreht sich weiter, und es hatte keinen Sinn zu fragen, was aus all den guten Zeiten geworden war. Das Meer war so tief und groß, daß kein Entkommen war von der Insel, auf der er sich befand.

Sie pflegte ihre Rosen gut, und er äußerte sich dazu, als er an dem Hintergärtchen vorbeiging, dessen Zaun dabei war, sich hinzulegen, um nie wieder aufzustehen, obwohl er noch lange nicht der schlechteste war in der Häuserreihe. Sie lehnte auf dem Tor, rauchend, eine junge Frau mit kurzem, dunklem Lockenhaar und blassem, rundem Gesicht. Ihre Augen, ein klares Hellblau, gaben ihrem Ausdruck etwas Lichtes, Erleuchtetes, das alles in ihrem Inneren wahrzunehmen schien, ohne von der Außenwelt Notiz zu nehmen. Warum sie dort stand, wußte er nicht, denn es gab nichts zu sehen als eine zwei Schritt entfernte Backsteinwand. Er blieb stehen, mit nichts im Sinn als: »Schön, die Rosen da. Sie duften bis hierher.«

»Naja, die feinsten Wheatcrofts sind's nicht gerade«, sagte sie, ohne zu lächeln.

»Wo haben Sie die her?«

»Mein Bruder lebt in Hertfordshire, der hat mir 'n paar Stecklinge aus seinem Garten gegeben. Einer ist nur aufgegangen, aber schaun Sie, wie er blüht!«

»Ja wirklich, toll«, sagte er. Keinem von beiden fiel noch etwas ein, was man hätte sagen können.

»Auf Wiedersehn, meine Dame.«

»Wiedersehn dann.«

Lange Zeit sah er sie nicht, dachte aber an sie. Er arbeitete als Schreiner in einer Fabrik, machte eine Woche lang Türen, die nächste Glasrahmen, reihenweise Türen, reihenweise Glasrahmen. Den ganzen Tag kreischten von der Abteilung nebenan die Bandsägen wie die größte, todankündigende, tausendtonnige Atombombe, die auf den Erdmittelpunkt zielte, der sein Hirn zu sein schien. Hobelmaschinen liefen wie vier Panzermotoren, die ihn die Steinwand ansehen ließen, als würde sie gleich auf ihn kippen und ihn unter sich begraben, und dann die Fräsen, die herumsummten wie Spähwagen auf der Suche nach den Antworten auf alle Fragen . . . Es war noch einmal wie das Schlachtfeld der Normandie, als er achtzehn gewesen war, nur daß der Tod nicht herumzuckte. Nicht, daß Lärm ihn störte, aber oft bemängelte er an sich selbst, daß er leicht reizbar war und Katastrophen gelassen betrachtete. Es war wie sich selber ins Bein kneifen, um sich zu vergewissern, daß man noch lebte.

Er gab ihr Namen, doch keiner schien zu ihr zu passen. Ihr Gesicht war ihm deutlich vor Augen, aber er konnte sich nicht erinnern, was sie angehabt hatte. Es war kurz nach der Mittagszeit gewesen, und er quetschte sein Gedächtnis wie nasses Sperrholz bei dem Versuch, sich zu erinnern, ob irgendwelche Kochgerüche aus ihrer Küche gekommen waren oder ob sie dortlehnend darauf gewartet hatte, daß ihr Mann von der Fabrik die Straße heraufkäme. Er vermutete, daß dies der Fall gewesen war, obwohl es nicht weiter wichtig schien.

Nach starken Frühlingsgüssen floß der Trent schnell bei Gunthorpe, als würde jemand ihn mit unsichtbaren Rippenstößen durch die Engstellen treiben und zum Wehr schubsen, das fast ausgeglichen war. Aber nach dem

Regen schien die Sonne, und er radelte den Berg hinauf. Bei dem Dörfchen Kneeton stand er mit seinem Rad oben auf dem Berg und blickte hinunter durch das düstere Farnkraut in den zur Fähre hinabführenden Heckentunnel und hinüber zum flachen Ufer gegenüber. Um einen besseren Ausblick zu haben, machte er kehrt, lehnte sein Fahrrad an eine Mauer und ging auf den Friedhof von Kneeton. Der Fluß war grau wie Schlachtschiffarbe, keines der weißen Wölkchen am Himmel war darin zu sehen. Die wurden eher von den glänzenden Feldern dahinter und den rotgedeckten Dächern verschiedener Gehöfte und Dörfer reflektiert.

Über durchnäßtes Gras ging er auf dem kleinen Friedhof umher. Der Grabstein von Sarah Ann Gash war in der Mitte gespalten und umgefallen. Sie war am 1. September geboren, aber es war nicht ersichtlich, in welchem Jahr, weil der Riß in der Platte genau durch es hindurchgegangen war. Wo war Sarah jetzt? fragte er sich, Sarah, die nicht mehr durch diese hohen Wälder wandelte und hin und wieder über den Trent blickte, um Ausschau zu halten nach Anzeichen für Sturm und Sonnenschein.

Er hatte sein Zimmer früh verlassen, weil er das volle Strahlen des Sonntags mitbekommen wollte, bevor der Himmel wieder seine Pisse ausschüttete. Er blickte über das Tal, wie er es schon zigmal getan hatte, und sann über es nach wie immer, ein Tal so untadelig und untief wie er selber. Er sagte sich, daß es jetzt anders sei, ohne im Moment sehen zu können, warum. Eingeschlossen in sein Zimmer in Nottingham, dachte er über die Vergangenheit nach, doch unter diesem blauen Himmel und vor so viel offenem Land faßte er die Zukunft ins Auge, wenn auch auf eine Weise, die seinem Sinnen keine nützliche Antwort entlocken konnte. Er bezweifelte, ob es überhaupt eine Antwort gab, wollte aber, so unbefriedigend das auch war, nicht zurück in sein Zimmer und ohne das Wohltuende einer so guten und friedlichen Szenerie dort vor sich hinbrüten.

Er war ein Mann von vierzig, der meinte, daß bis jetzt noch nichts passiert sei in seinem Leben – abgesehen vom Tod seiner Eltern und dem Verlust von Frau und Kind durch Scheidung, die sie gewollt hatte und die sie bereitwillig gewährt bekam. Ebenso wie er glaubte, daß ein Angestellter nicht arbeitete, weil dessen Hände keine Schwielen und das Gesicht keine Mitesser aufwies, so glaubte er, daß er nicht gelitten hatte, weil er nicht körperlich verwundet, verkrüppelt oder erblindet war. Es schien, daß ein Sinn für Realität hinsichtlich der Welt und was sie einem antun und man auch ihr antun konnte, verhindert hatte, daß er voll ihren Zorn zu spüren bekam, und immer, wenn er etwas wie Frieden empfand – wie jetzt bei allzu langem Starren auf den sich dahinschlängelnden Trent und die sacht ansteigenden Felder auf der anderen Seite –, schaute er eher ratlos drein als zufrieden. Der Wind blies ihm gegen das Jerseyhemd, und er fühlte ihn bis auf die Haut. Alles, was er fühlte, bemerkte er, und wenn schon nichts anderes, so brachte wenigstens das ein Lächeln auf sein Gesicht.

Der Weg zum Fluß hinunter führte durch hohe Hecken mit spitzen Knospen, die über sie verteilt waren wie grüner Schnee, und machte eine leichte Biegung, bevor er bei dem schmalen Wiesenstreifen längs des Ufers herauskam. Ein Geruch von nassen Wolken und Feldern stieg aus den Büschen. Er wollte zum Fluß hinunter, aber nicht mit Fahrrad und Stiefeln durch Schlamm waten, wenn ein gepflasterter Weg ein Stückchen weiter ihn zwar nicht so schnell, aber weit müheloser dort hinbringen würde.

Vier große Maschinen donnerten himmelwärts, und hinter den Bäumen zu seiner Rechten hob ein riesiges Flugzeug von einem Rollfeld ab und trug seinen grauen Bauch weit über die flachen Felder gegenüber, plötzlich steigend und ganz mit dem Himmel verschmelzend wie ein Vogel. Etwas in ihm erwartete eine blauweiße Stichflamme längs des Rumpfes, eine lautlose, unaufdringliche, verdichtete Explosion, die es für immer von der Welt und vom Himmel verschwinden lassen würde, als hätte es kein Daseinsrecht da oben, wo nur Vögel aus Fleisch und Federn reisen konnten. Doch als es seinen Flug fortsetzte, war er froh und erleichtert, daß ihm nichts passiert war. Es gibt etwas Größeres als Liebe, dachte er; etwas viel Größeres. Ich fühle es, etwas, das die Liebe primitiv erscheinen läßt. Ich kann nicht sagen, was es ist, aber ich weiß, daß es existiert, obwohl man nur durch Liebe da hingelangen kann.

Er radelte über die lange, asphaltierte Brücke und überlegte, ob er auf dem Gehsteig haltmachen und einen Blick über das Geländer auf die Flußströmung werfen solle, wußte aber, daß dies eigentlich nur ein Kind interessieren konnte, und so kreuzte er durch den Verkehr und bog ein in den Weg, der hinabführte zu Feldern und Kieselsteinen, die den Hang zwischen dem Wirtshaus und dem Wasserrand bedeckten. Das Wehr in der Nähe war fast ausgeglichen, doch seinen Tiefen entstieg noch immer das Donnergebrüll des Wassers, an dem sich aber die Angler an den verschiedenen Nebentümpeln des Flusses nicht weiter störten. Er legte das Fahrrad hin, um ein bißchen spazierenzugehen.

Hinter der ersten Buschgruppe picknickten eine Frau und zwei Kinder, ohne sich dabei sonderlich zu amüsieren. Als Schutz gegen den nervösmachenden Wind, der in Böen über den Fluß gesprungen kam und Butterbrotpapier und Salz wegblies, war an zwei Stöcken eine khakifarbene Plane befestigt worden. Unter der kauerten sie, und er hörte das Gezeter unzufriedener Stimmen. Sich bei so tückischem Wind eine Zigarette anzuzünden, war schwierig, und er mußte die Jacke aufmachen und sie als Schutz vorhalten. Um ihr Privatfest nicht zu stören, wollte er hinter ihnen vorbei, doch als er herangekommen war, wußte er, daß er die Frau schon einmal gesehen hatte, und zwar hatte sie hinten am Gartentor eines Hauses in Radford gelehnt. Ein siebenjähriger Junge holte unter einer Decke ein Transistorradio von der Größe einer 50-Gramm-Tabaksdose hervor und schaltete dünnes Musikgeplärr an. Vom Wald flogen Enten herüber, und als ihre Schnäbel während eines tiefen Gleitfluges nach hinten zu den Anglern vorbeizogen, hörte er wegen des Radios keinen Ton.

Die Mutter machte es aus: »Du kannst es wieder anmachen, wenn du was gegessen hast« – und gab ihm und seiner Schwester ein hartgekochtes Ei. Er hörte das leise Knacken von Schale auf einem Stein, was ihn daran erinnerte, daß er nicht gefrühstückt hatte. Ihr dicker pflaumenfarbener Mantel war offen und ließ einen blaßgrünen Pullover sehen. Sein Blick zog ihr den Kopf herum und nun, da er ihr Gesicht ganz sehen konnte, staunte er, wie sehr es sich verändert hatte oder wie sehr sein Gedächtnis es mit Zügen verschönert hatte, die es wahrscheinlich nie gehabt hatte. Die gelbliche Blässe lag über schwächeren und kleineren Knochen, und die Augenschatten waren dunkler. Aber sie zog ihn mit derselben Gewalt an wie ein Mädchen, das er als Heranwachsender geliebt und eines Tages zufällig wiedergetroffen hatte, was ihm plötzlich noch einmal die Jugend, Naivität und die unvergeßliche Tiefe und Frische der ersten Liebe nahebrachte, von der er wußte, daß niemand sie zweimal erlebt. Es machte ihn betroffen, daß er immer das Gefühl hatte, seine Jugend wiederzuerlangen, wenn er an etwas dachte, was vor ein paar Jahren passiert war.

Er trat zurück, doch als sie ihn fest ansah, sagte er: »Ich kam eben vorbei und hab Ihr Gesicht wiedererkannt. Sie wohnen unten in Radford, nicht?«

»Wer ist das, Mama?«

»Sei still und iß.« Sie machte ein fragendes Gesicht und schien nicht erfreut über seine offenkundige Zudringlichkeit.

»Ich erinnere mich an Ihren Rosenstrauch«, sagte er lächelnd. »Wie entwickelt er sich?«

»Nicht so besonders. Ich hab nicht gewußt, daß Sie mich kennen.«

»Ich bin an Ihrem Tor vorbeigekommen, und Ihr Garten war der einzige mit Rosen drin.«

Sie gab jedem Kind einen Rettich, und das Mädchen, das den größeren bekommen hatte, hielt ihn wie eine Puppe, packte ihn dann beim grünen Kraut und kaute ihn mit nachdenklichem Blick auf den Fluß.

»Wie heißen Sie?«

»Jean«, sagte sie, »wenn Sie wollen.«

Er lächelte. »Komisch, wie Sie das sagen.«

»Also Jean, ob Sie wollen oder nicht.«

»Wir haben über Ihre Rosen gesprochen, wissen Sie nicht mehr?«

Sie zog ihren Mantel zu. »Putz dir die Nase, Paul. Sonst läuft's dir noch aufs Essen. Es ist eine Menge passiert seitdem.« Sie aß nicht, ging mit dem Essen achtsam um und gab es ihren Kindern. Eine Gruppe Jungen ging vorbei, Stöcke schwenkend und an Seilen hängende Einmachgläser mit Kaulquappen schwingend.

»Das bringt Glück«, sagte er, »auch wenn's Pech ist.«

»Mir egal, das eine wie das andere.« Doch ihre Züge hatten sich fast zu einem Lächeln aufgehellt nach den wenigen Worten, die gewechselt worden waren.

»So geht's aber auch nicht«, sagte er. »Wissen Sie, was man sagt über Mir Egal?« Der Junge und das Mädchen sahen zu ihm auf, etwas interessierter als ihre Mutter. Das Mädchen lächelte erwartungsvoll.

»Es geht, glaub ich, so:

›Mir Egal hatt goldnes Haar
Mir Egal war grün vor Neid
Mir Egal war lahm und schmal
Mir Egal trug Spitzenkleid
Mir Egal zum Henker kam
Mir Egal ward aufgehängt
Mir Egal, nun war's soweit:
Der Teufel briet sie gar!‹«

Er kam sich albern vor nach seiner Rezitation, was aber gemildert wurde, als er sah, daß alle drei belustigt waren.

»Wo haben Sie denn das her?«

Er zwinkerte. »Aus einem Buch.«

»Was für einem Buch?« fragte der Junge.

»Irgendeinem. Nein, das ist gelogen. Mein Vater hat es mir aufgesagt, als ich klein war.«

»Nicht gerade was für Kinderohren«, sagte sie. Nasse blaue Wolken kamen ostwärts über den Waldgipfel, die Ränder kalt und grau, aber noch trennte ein Sonnenstrahl die Mutter von ihren Kindern, mal das eine, mal das andere wärmend.

»Hoffentlich fängt's nicht an zu regnen«, sagte sie.

»Ja, hoffentlich. Ich bin von Nottingham hochgeradelt und mache jetzt einen kleinen Spaziergang. Wie ist es Ihnen denn so ergangen in den letzten zwei Jahren?« Er sah, daß sie wohl nicht darüber sprechen wollte, fragte aber trotzdem, denn sie hatte zu entscheiden, nicht er.

»Das ist eine lange Geschichte«, sagte sie und strafte ihn mit dem Schweigen, das folgte.

Eine verdammt schlimme muß es sein, dachte er, so wie sie guckt. »Ich sag Ihnen aber trotzdem eins: Keine Geschichte hat ein Ende. Sie hören nie auf. Vielleicht wird sie also gar nicht so einen schlimmen Verlauf nehmen, wie Sie denken. Nehmen Sie zum Beispiel mich. Ich bin nur dann wirklich glücklich, wenn ich arbeite.«

Seine Art zu sprechen hatte ihr Interesse erweckt, so als wäre sie es nicht gewohnt, überhaupt Menschen sprechen zu hören. Sie fragte, ob er alleine lebe.

»Ja«, sagte er.

»Ich auch; aber ich habe zwei Kinder. Für einen Mann, der alleine lebt, sehn Sie recht ordentlich und sauber aus.«

Er lachte: »Na, so schwer ist das doch nicht.«

»Für manche Männer schon.«

»Ich zieh dann mal weiter.«

»Wie heißen Sie übrigens?«

»Mark«, sagte er. »Vielleicht komm ich wieder mal bei Ihnen vorbei und guck mir die Rosen an. Ich hab noch nie so schöne gesehn in Radford.«

Er stieg über ein Gatter und bahnte sich den Weg durch nasse Brennesseln, die ihm bis an die Knie reichten und die Hose über den Schäften seiner Lederstiefel streiften. Längliche Pfützen auf dem Weg, in denen sich ein Stück der gelben, runden Sonne spiegelte, behinderten ihn beim Gehen. Der Himmel war blau und schwer, gefleckt, gerändert und gestreift von grauen, sich lichtenden Wolken. Immer, wenn er zu einem längeren Spaziergang loszog, fing er an, sich zügellos zu fühlen, wäre am liebsten gar nicht erst aufgebrochen und dachte nach, wann er den Punkt erreicht haben würde, wo es keine Rückkehr mehr gäbe. Die Felder erstreckten sich in die Ferne, widerwillig durch Nebel ansteigend in die Berge hinter Southwell. Er stand am Rande eines dichten Jungwäldchens, das ihm den Weg versperrte. Dunkle Stämme und Tannengehölz bildeten auf seinem Pfad einen undurchdringlichen Kern. Es war eine Lähmung in seinen Beinen, die es nicht zuließ, einfach dieses Dickicht zu umgehen und seinen Streifzug fortzusetzen. Welchen Sinn hatte es weiterzugehen, wenn der Kern unzugänglich blieb? Vom Feld flogen zwei Tauben auf und senkten sich mühelos in ihn hinein. Es sah schwerer aus, da hineinzukommen als in die eigene Seele, tausendmal schwerer.

Es fing an zu regnen. Die Seele war eine im Rauch flatternde Motte, unten am Betonboden seiner Persönlichkeit, manchmal mit den Flügelspitzen ihn streifend, darüber hinfliegend, doch stets sich bewußt, daß sie sich da in Rauch und Dunkelheit bewegte und niemals durchkommen konnte zu den fruchtbareren Gefilden darunter, wo es einen Zusammenhang gab mit dem Universum und wo der Schlüssel lag zum wahren Sinn des Lebens. Er konnte diesen Beton nicht aufbrechen, wie andere es vermutlich getan hatten, konnte sich mit dem Dynamit der Not und des Leidens keinen Durchgang sprengen zu seiner Seele. Es war ihm schleierhaft, wie man das machte. Wo fängt man an? Welches Geheimnis oder welche Naturanlage mußte man dazu in den Knochen haben? Die zwei Tauben flogen aus dem Unterholz auf und durch den Regen zum Fluß, und ohne nachzudenken, trat er den Rückweg in dieselbe Richtung an. Jean und ihre Kinder hatten eingepackt und waren gegangen – was ihn nicht überraschte, denn der feine anhaltende Regen drang ihm bereits durch auf die Haut. Er wischte die Wasserperlen vom Lenker seines Fahrrads und fuhr mit gesenktem Kopf über die Landstraße nach Nottingham zurück.

Die Rosensträucher waren restlos hin: Irgendein organisches Übel hatte sie an der Wurzel befallen und jedes Lebensfünkchen ausgelöscht. Ein Pesthauch hatte sie verkrüppelt, trotz aller Hoffnung und immer wieder liebevollen Pflege zwischen heftigen und nutzlosen Streitereien mit ihrem Mann. Sein Abgang war das Tagesgespräch der Nachbarschaft gewesen, und jeder hatte natürlich gleich von Anfang an gewußt, daß ihre Ehe auf tönernen Füßen gestanden hatte und eines Tages zerbrechen würde. Und jetzt, da alles vorbei war, wußte es auch Jean. Sogar die Kinder hatten nach wenigen Wochen aufgehört, nach ihm zu fragen, weil sie wußten, daß es sie stundenlang unerträglich gereizt machen würde, wenn sie das fortsetzten.

Sie versuchte, sie wiederzubeleben, kaufte verschiedene Komposterden beim Haushaltswarenhändler und grub den steinhart gewordenen Boden um jeden herum auf, doch sie schienen es nicht riskieren zu wollen, in der stickigen Stadtluft noch einmal Blüten zu treiben. Ihre Dornen blieben rostig im Sommer und leuchteten unter dem blauen, selbstgefälligen Himmel.

Als sie den Kindern das Frühstück machte, mußte sie an den Mann denken, der bei ihrem letzten Ausflug nach Gunthorpe mit ihnen gesprochen hatte. Wenn es nur so ein schöner Tag gewesen wäre wie heute, dachte sie, aus dem Fenster zu einem klaren, warmen Himmel aufblikkend, dann wär mir mehr nach Quatschen zumute gewesen und ich hätt ihn nicht vertrieben mit meinem Trübsinn. Sie konnte Ausreden dafür finden, aber keine Gründe, obwohl die Erinnerung daran sie keineswegs bedrückte, als sie den Haferbrei umrührte und Würste in den Grill legte. Sie bekamen eine Mahlzeit in der Schule und dann einen Imbiß zum Tee, wenn sie um sechs nach Hause kam. Was Männer betraf, so war es ihr gleich, ob sie bis zum Ende ihres Lebens noch einmal einen um sich haben würde oder nicht. Ken hatte sie zweimal dickgemacht, und daran hatte sie auch keine Freude gefunden. Egal was, sie konnte es selber schaffen, ebenso wie die meisten Frauen es mußten, die noch Selbstachtung besaßen.

Janice kam herunter, schon angezogen, aber Paul hatte noch seine Schlafanzughose an und hielt seine Sachen zusammengerollt unter dem Arm wie eine Bombe. In zwei Minuten hatte sie ihn zu einem angezogenen Geschöpf zurechtgezerrt und -gezupft, und Janice goß ihm kalte Milch in den Haferbrei, als sie schon zur Hintertür hinausging, um den Bus zur Arbeit zu kriegen.

Mark kam in seiner Mittagspause herübergeradelt, aber sie war nicht da. Er zeigte sich zwar nicht gern in seinem

Overall, konnte aber einen Blick auf ihre Hintertür werfen und eine Zigarette rauchen, wobei er sich hütete, sich an den durchhängenden Zaun zu lehnen, der aussah, als würde er nie kaputtgehen, so heruntergekommen war er. Die Nachbarn hielten ihn für ihren Liebhaber und konnten nicht verstehen, daß jemand, der sich hin und wieder bei Dunkelheit in ihr Haus geschlichen haben mußte – obwohl niemand ihn wirklich gesehen hatte –, so trottelig sein konnte, mitten am Tag herzukommen, bloß um dazustehen und ihr Küchenfenster anzustarren.

Ich sollte den Zaun da reparieren, sagte er sich. Ein paar gute Pfosten und eine Reihe tiefe Löcher, mit Beton gefüllt, und ich würde die Stempel reinrammen, daß sie halten, bis die Slumsanierungskolonne kommt. Würd ich keinen Tag für brauchen.

In seinem Leben hatte er meistens daran gekrankt, Fragen zu stellen, bevor die Zeit dazu reif war – sofern sie es überhaupt je war –, und sich damit um jede Freude zu bringen, die zu empfinden ihm bestimmt gewesen sein mochte, wenn er das Unmögliche getan und sein Herz verschlossen gehalten hätte. Aber um halb neun am selben Abend (und da es noch hell war, hielten die Nachbarn ihn für dreist) klopfte er mit einem konkreten Vorschlag im Sinn an ihre Hintertür.

Ein großes weißes Handtuch war um ihren triefenden Kopf geschlungen, den sie soeben nach der letzten Spülung am Küchenwasserhahn erhoben hatte. »Ich kam gerade vorbei und dachte, ich sag mal guten Tag.« Die zwei oberen Knöpfe ihrer Bluse waren offen, und er wurde rot.

Hinter seinem Kopf stand leer und klar das grünäugige Zwielicht der Dämmerung, und so hatte sie ihn nicht gleich erkannt. »Oh, Sie sind's! Ich hab gedacht, es würde Flo Holland sein. Was wollen Sie?« Die abstoßende Grobheit dieser unvermittelten Frage wurde gemildert durch ihren Ton, der nahelegte, daß er das Recht habe, herzukommen und etwas zu wollen, und daß sie ihn aus irgendeinem Grunde durchaus nicht als einen gänzlichen Fremden betrachtete. Ihr Gesicht kam ihm weniger blaß vor und mit dem dunklen Haar unter dem Handtuch ein wenig gesünder, die Züge etwas hart, wie bei einer Frau mit Badekappe und ohne Make-up oder Lippenstift. Durch das Hauptfenster sah er den Widerschein des fahlen, elektrischen Lichts vom Fernseher. »Ich hab mir gerade das Haar gewaschen«, sagte sie. »Man spart ein paar Shilling, wenn man's bei sich überm Spülbecken macht. Sie können gleich auf 'ne Tasse Tee reinkommen.«

Sie machte die Tür zu, und es sah ihm ganz danach aus, daß sie ihn rein zufällig absichtlich vergessen würde. Er stand rauchend am Zaun, nur diesmal auf ihrer Seite des Tors, und es war erstaunlich, wie stark dieses Tor aussah im Vergleich zu den morschen, altersschwachen Lattenreihen zu beiden Seiten.

Als er sich anschickte zu gehen, wurde die Tür aufgemacht. Das Tuch, das ihr trocknendes Haar zusammenhielt, gab ihr ein zigeunerhaftes Aussehen, ließ ihre Augen dunkler und das Gesicht schmaler erscheinen. »Kommen Sie«, sagte sie, »ich hab den Kessel aufgesetzt.« Manchmal, auf dem Fahrrad, versank er für Meilen tief in Gedanken, bis er dann plötzlich merkte, daß er sich nicht erinnern konnte, an irgendeinem der vertrauten Merkpunkte an der Straße hinter ihm vorbeigekommen zu sein. Nicht anders erging es ihm jetzt, wo er, beglückt statt nachdenklich, nicht mehr zusammenkriegte, wie im einzelnen er von seinem traurigen Posten am Gartentor zu ihr an den Tisch gekommen war.

»Warum ich vorbeigekommen bin«, sagte er, »das ist wegen dem Zustand von dem Zaun da draußen.«

»Ich dachte, wegen mir«, sagte sie.

»Wer wird denn gleich sarkastisch werden? Ich bin so'n Holzwurm und kann Ihnen den in Ordnung bringen.«

»Wieviel wollen Sie dafür?« fragte sie.

»Ich mach's aus Spaß an der Sache.«

Mit einer langen Gabel hielt sie eine Scheibe Brot ans Feuer. »Ich würd mir die Mühe nicht machen. Der ist jetzt schon so lange in dem Zustand. Wenn wir wieder so'n Winter kriegen wie den letzten, würd ich ihn sowieso als Feuerholz nehmen, um mir oder den Kindern das Schlangestehn beim Koksplatz zu ersparen.«

»Das Brot brennt an«, sagte er. Sie strich Butter darauf und goß Tee ein. »Ich ess immer erst, wenn die Kinder im Bett sind. Sie machen solchen Blödsinn, daß mir der Appetit vergeht. Als Paul vorhin eine Tasse zerschlagen hat, hab ich aufgeschrien, als hätte jemand mit dem Messer nach mir geworfen. Das arme Kerlchen hat sich zu Tode erschreckt.«

»Hat keinen Zweck, nervös zu werden«, lachte er.

»Hat auch keinen Zweck, mir das zu sagen. Ich bin so geboren.«

»Wer nicht? Zigarette? Manchmal legt sich's.«

»So in den mittleren Jahren«, sagte sie, »ich warte schon darauf.«

»Das ist aber noch lange hin«, sagte er.

Sie beugte sich vor, um sich Feuer geben zu lassen. »Gehn Sie manchmal in Kneipen?«

»In der Regel nicht. Sie?«

»Eigentlich nicht. Wahrscheinlich würd ich ein bißchen mehr rauskommen, wenn ich's täte.«

»Wo fahren Sie im Urlaub hin?« sagte er.

»Dort haben Sie mich getroffen.«

»Oben in Gunthorpe?«

»Da fahr ich mit den Kindern ab und zu hin. Voriges Jahr waren wir für einen Tag in Matlock, Bootsfahrt auf dem Derwent und dann in die Höhlen. Erfreulicherweise hat's den Kindern Spaß gemacht. Es geht uns besser, seit Ken weg ist, obwohl wir nicht mehr so mit dem Geld rumschmeißen können.«

»Er kommt bestimmt zurück«, sagte er, als wäre er sehr froh bei diesem Gedanken.

»Als die Kinder mich fragten, wo er hin ist – so sehr mochten sie ihn gar nicht, haben ihn anfangs aber doch vermißt –, hab ich gesagt, er wär eine Weile weg, nach London, zur Arbeit. Aber sie wissen, daß er nicht zurückkommen wird. Vor ein paar Wochen war ich mit Janice in der Stadt, und als wir am Slab Square über die Straße wollen, hält da ein Bus an der Ampel, und durch die Scheibe hör ich diese Stimme rufen: ›Wie geht's, Jean, mein Schatz?‹, und als ich hinguckte, sitzt er da in Lebensgröße mit 'nem andern Weibsstück! Janice hat mich gefragt, wer das ist, und ich hab gesagt, das könnte uns egal sein, und hab sie rumgezogen, als sie hingucken wollte. Nein, der kommt nicht mehr zurück zu mir. Würd ihm auch nicht besonders bekommen, wenn er's versuchen täte. Noch Tee?«

»Bitte. Ich mach den Zaun am Samstag. Ich geh da oft arbeiten, aber ich kann ja mal die Überstunden sausen lassen.«

Die Nachbarn blieben stehen und guckten ihm in den Steiß, wenn sie am Garten vorbeikamen, oder sie wandten an dessen Ende die Köpfe, um zu sehen, was er da trieb. Die Wolken hingen tief, und über den Küchen und Reihen der Außentoiletten lastete eine drückende Sommerschwüle. Hatte er eine Arbeit einmal angefangen, wollte er nicht damit aufhören, bevor sie fix und fertig war. Es war eine Abwechslung von den ewigen Türen und Fenstern, die er in der Fabrik machte. Er riß die morschen Latten ab und zog die rostigen Nägel heraus, so daß er jedes Stück überflüssiges Holz für die Winterfeuerung vorne unter das Fenster stapeln konnte. Der Abstand der Erdlöcher wurde mit einem Zollstock festgelegt und für die Zeit des Betonmischens mit Stöcken markiert. Er hatte die neuen Pfosten am Abend zuvor in zwei Fuhren auf dem Fahrrad herangeschoben, und knurrig hatte sie nachgegeben, als er darauf bestand, sie die Nacht über in der Küche zu verwahren. Im Garten draußen würde sie bestimmt jemand geklaut haben, so wie er es getan hatte.

Janice und Paul sahen zu und kauten dabei Karamelbonbons, die er ihnen zugesteckt hatte. »Sie machen das aber sehr ordentlich«, sagte Jean, als sie ihm einen Becher Tee brachte.

»Naja, wenn schon, denn schon.«

»Ich geh einkaufen. Es dauert nicht lange« – als könnte es ihm unangenehm sein, in einem fremden Garten alleingelassen zu werden.

Er richtete sich auf und trank den Tee. Die ersten drei Pfosten waren drin und wurden senkrecht gehalten durch darumgepackte Backsteine. »Wenn Sie fürs Wochenende einkaufen, können Sie vielleicht etwas Geld brauchen. Nehmen Sie das« – womit er ihr ein paar Pfund hinhielt.

»Nein«, sagte sie, mit einer Endgültigkeit, gegen die er machtlos war, »das geht schon in Ordnung.«

Er zerknüllte die Scheine in der Hand, knetete sie mit den Fingern, daß die Knöchel weiß wurden, und hoffte, sie würden verschwinden und so beweisen, daß er nicht so dumm gewesen war, sie anzubieten.

»Ich bin sonst nicht so«, lächelte sie, »aber ich brauch's einfach nicht. Sie tun so genug für mich.«

»Der Tee ist gut«, sagte er, »den konnt ich gerade gebrauchen. Ich dachte nur, ich könnte aushelfen, weiter nichts.« Er nahm die Mütze ab und wischte sich den Schweiß ins Haar zurück. »Spielen Sie Dame?«

Die unter ihren Brüsten verschränkten Arme zogen die Bluse stramm. »Schon seit Jahren nicht mehr, aber ich kann's.«

»Dann machen wir ein Spielchen heut abend.«

»Na schön. Ich bring Zigaretten mit.«

Das konnte er nicht ablehnen, so wie sie ihn wegen des Geldes zurückgewiesen hatte; im Gegenteil, ein derart liebenswürdiges Feingefühl von ihrer Seite durchfuhr ihn mit solcher Wonne, als hätten sie sich insgeheim einem unerwarteten Kuß hingegeben.

Als der Zaun schließlich stand und die Kinder ins Bett gepackt waren, ließen sie sich nieder zu einem geruhsamen Abendessen aus Bratenaufschnitt, Bauernbrot, Kaffee, eingelegtem Gemüse, Maiskolben und Marmelade. »Sie haben schwer gearbeitet«, sagte sie, »und ich bin froh über das, was Sie getan haben.«

»Schwer gearbeitet«, sagte er mit vollem Mund. »Schwer oder leicht, das ist alles dasselbe. Mich haut's jedenfalls nicht so schnell um, garantiert nicht.«

Sie lieferten sich drei Partien Dame, und er schlug sie

jedesmal, obwohl das letzte Spiel nicht so leicht war. »Ich glaube, wir hören lieber auf«, lachte er und erhob sich, um seine Jacke anzuziehen. Er suchte in der Tasche nach seinen Hosenklammern. »Schon mal daran gedacht, einen Untermieter ins Haus zu nehmen?« fragte er und sah sie forschend an.

Sie hatte daran gedacht, wollte es aber nicht sagen. Es war zu früh. Er näherte sich ihr, um sie zu küssen, doch sie drückte ihn sanft weg und brachte ihn zur Tür. Sie mochte ihn, weil er an alles zu denken schien und nichts für selbstverständlich nahm. Vor allem war er freundlich und hilfsbereit, und solche Männer waren selten. Der Himmel war klar, aber Sterne fanden sich nur wenige darin. Nichts als Fernsehantennen und Schornsteine gab es zwischen einem selber und dem Himmel, und das trug dazu bei, daß man sich geborgen fühlte.

»Ich werd's mir mal überlegen«, sagte sie und berührte kurz seinen Arm.

Es schien ihn traurig zu stimmen, daß der schönste Tag, den er seit Jahren verbracht hatte, nun zu Ende war und er das Hintergärtchen durch seinen neuen Zaun verlassen mußte.

Als das Tor zugeschlagen war, machte sie die Haustür zu und ging den Tisch abräumen.

Er ließ sich einen Monat nicht blicken, doch jeden Tag erwartete sie ihn. Sie sah ihren Mann mehrmals in verschiedenen Teilen der Stadt, doch kein einziges Mal lief ihr Mark über den Weg. Warum kommt er nicht? fragte sie sich. Baut einen nagelneuen herrlichen Zaun und denkt, er kann dann einfach abhaun wie irgend so'n Lackaffe und damit hätte sich's. Wahrscheinlich kann er's, dachte sie, als sie eines Abends alleine dasaß. Es muß ihn beleidigt haben, daß ich kein Geld zum Einkaufen von ihm annahm, aber das ist typisch Mann, gleich sind sie überheblich, wenn sie einen nicht in fünf Minuten zu 'ner abhängigen Frau gemacht haben. Entweder sie tun gar nichts, oder sie wollen alles zu schnell machen.

Aber er war bei ihr, so nahe, daß sie ihn manchmal deutlich sehen konnte, obwohl er dann wieder verschwand, wenn sie ihn anfassen wollte. Sie wartete auf ihn, doch er schien für immer gegangen zu sein, entweder weil er Angst hatte vor ihr und zwei Kindern, oder weil er entmutigt worden war durch ihre Kälte. Sie hielt sich für heißblütiger, als er wußte, und als Beweis dienten ihr die vielen Male, wo das Wissen, daß ihr Mann mit anderen Frauen ins Bett ging, ihr unerträglich gewesen war, bis sie den letzten Rest Liebe zwischen sich weggeräumt hatten. Sogar Ken büßte seinen Frohsinn ein, und oft verging ihm die Lust auf diejenige, der er zu der Zeit gerade nachstellte. Ihr ständiger Krieg wurde mit derart planlosem, unbewußtem Haß geführt, daß sie beide von so etwas wie Schicksalsgläubigkeit und Heldentum befallen wurden, so erpicht darauf waren sie geworden, die emotionalen Stützpunkte des anderen dem Erdboden gleichzumachen. Keiner war Sieger, keiner Verlierer – es sei denn, man wollte behaupten, Ken habe verloren, weil er derjenige war, der das Feld geräumt hatte. Oft hatte sie während solcher Schlachten gedacht, daß es, je länger zwei Menschen zusammenlebten, umso weniger möglich wurde, das fortzusetzen. Wenn sie zwei Tage nicht mit ihm sprach, wenigstens kein zivilisiertes Wort, schien die Atmosphäre regelrecht die Hirnzellen zu beschädigen, so als würde sie ohne verzweifelte Anstrengung nie wieder fähig sein, irgend etwas klar zu sehen. Und wenn sie nichts anderes tat, als zwei Tage mit ihm zu reden, war das ebenso qualvoll, und der angerichtete Schaden wurde noch größer, weil keiner mehr ein gutes Haar am andern ließ.

Aber diese Erinnerungen verblaßten, sobald sie an Mark dachte, und fast fühlte sie sich wieder glücklich. Da kam er zurück.

Er fühlte die linde Wärme des Mittsommers und einen angenehmen Wind, dessen mildes Wehen unterging im sachten, steten Brausen der hereinkommenden See. Zum erstenmal in seinem Leben hatte er nicht nur mit der Welt, sondern auch mit denen, die sie bevölkerten, Frieden geschlossen. Irgendwo hinter seinen geschlossenen Augen wurden scheppernd die Kinderschippen in die Steine gestoßen. Es war unmöglich, darüber nachzugrübeln, wie aus einem Jammertal so ein Glück erwachsen konnte. Die See schloß alle unnötigen Überlegungen aus. Ihre Rhythmen schnitten ihn ab von allen hinter ihm liegenden Maschinen, die ihn vielleicht einmal beherrscht hatten. Die Stelle, wo er lag, war ein Brückenkopf des Landes, und die unter ihm seinen Körper drückenden Steine waren alles, was er besaß. Er streckte den Arm aus und berührte Jeans Oberschenkel, ging höher, bis er ihre Hand nehmen und zärtlich drücken konnte. Man näherte sich der See, so daß sie Anspruch auf einen erheben konnte, was sie freilich nie tat und es auch nicht wagte, mit einem Arm hochzulangen und zu versuchen, einen vom steilen Riff des Lebens und Glückes, das man gerade durch ein Wunder gefunden hatte, abzupflücken und zurückzuschleppen zu ihren tödlichen Tiefen, denen man entstammte. Das konnte sie nicht. Davon waren sie beide fest überzeugt. Man träumte vor sich hin und hatte sich jedenfalls einen ruhigen Sommertag ausgesucht, um dort zu liegen, wenn es völlig ungefährlich war.

Jean setzte sich auf, um das Mittagessen auszubreiten, und er hörte, wie die Kinder ihre Schippen hinwarfen und ohne aufzustehen angerobbt kamen. »Mark«, sagte sie, »ich krieg diese Flaschenverschlüsse nicht auf.«

»Hau mit 'nem Stein drauf. Das macht sie locker.«

Sie warf einen Kiesel, der ihn am Schuh traf. »Wenn du dich nicht bewegst, küß ich dich, du fauler Nichtsnutz.«

»Küß mich.«

Sie beugte sich über ihn, Salz auf den Lippen, und ihr Haar machte das Licht aus, als er die Augen aufschlug. »Im Bett letzte Nacht warst du nicht so faul.«

»Die Matratze war hart.« Mit einem Schrei fuhr er hoch, getroffen von einem kräftigen Rippenstoß, dann erhob er sich auf die Knie, um die Flaschen aufzuschrauben. Er brachte es nicht über sich, die Augen nach unten zu richten auf eben die Steine und Erde, auf denen sie saßen, sondern starrte beim Ausüben seiner Kraft unverwandt auf die grauen Wellenbrecher in der Ferne, die eine blaßblaue See von einem blaßblauen Himmel trennten und deren einer Arm aus grauem Kieselstrand und weißlichen Klippen kam. Mit den hundert Pfund, die er gespart hatte, waren sie für vierzehn Tage hergekommen und hatten, eine halbe Stunde vom Strand entfernt, aber mit gutem Seeblick, zwei Zimmer in der Oberstadt genommen.

Abends, wenn die Kinder eingeschlafen waren, gingen sie zum Strand, daran entlang und zurück, während der Himmel noch glühte und das Meer blutschwarz und flach dalag. Barfuß gingen sie zur Wasserkante und standen Hand in Hand unter dem Schrei nächtlicher Vögel.

Als sie nackt im Bett zusammenlagen, das Licht der

Glühbirne direkt über ihnen, er in ihr und beide eingehüllt in die Ruhe nach dem Liebemachen, meinte er zu sehen, daß sie die Augen vor Schmerz nach oben verdreht hatte, bis er merkte, daß es das Licht von oben war, das durch die Strähnen und Linien ihres Haars fiel und Schatten auf ihre geschlossenen Augenlider warf. Die Nächte wurden zu einer Nacht, die Tage zu einem Tag, nun da die Ferien zu Ende gingen. Die Kinder würden sich an die Tage erinnern, doch sie würden nur an die Nächte zurückdenken. Sie fühlte das warme Polster seiner Schultern und seines Rückens, das entspannte Fleisch seiner Hinterbacken. Alles war Behaglichkeit und Liebe und Stille, und sie fragte sich, wann das ausbrechen würde in die schrillen Töne des Chaos. Dann lächelte sie über ihren Pessimismus und sog tief an der Hoffnung, daß dies nie geschehen werde.

»Glücklich, Liebes?« sagte er, da er es spürte, denn nie würde er sich trauen, das zu fragen, wenn er wußte, daß sie es nicht war.

»Oh, ja. Und du?«

Sie drehten sich jeder auf seine Seite. »So glücklich war ich noch nie«, sagte er. »Das weißt du.«

»Ja, das weiß ich.«

Es regnete, als sie tags darauf in den Zug stiegen, eine sanfte, laue Sommerdusche aus niedrigen Wolken, die sie glücklicher machte, als wenn sie bei immer noch strahlender Sonne die See verlassen hätten. »Ich werde wieder sparen«, sagte er, »und nächstes Jahr kommen wir wieder her.«

»Wieviel Monate sind das?« fragte Paul und grub seine Schippe in den Waggonboden.

Mark sagte es ihm.

»Und wieviel Wochen macht das?«

»Bißchen mehr als fünfzig.«

»Wieviel Minuten?«

Er nahm einen Kuli heraus und schrieb auf den Rand seines ›Daily Mirror‹. »Einundzwanzigtausend«, lachte er.

»Ich werd sie zählen«, sagte Paul, als der Zug anruckte und er gegen seine Mutter fiel.

Der Zaun stand aufrecht da und ebenso der Rosenstrauch, jeder Zweig gewappnet mit verborgenen Dornen zwischen den Restbeständen verwitternder Blüten. Über ein Jahr war vergangen, und auf Fabrikhallen und Wohnhäusern lag der rußige Reif des Winters. Das Fabrikgelände war größer als das Wohnviertel. Hinter der Ilkeston Road waren ganze Straßen abgerissen worden, und ein Grundnetz von Kopfsteingassen war zutage getreten. Hochhäuser, lang und dünn, zogen sich den Berg nach Canning Circus hinan, steif wie Haarbüschel, die sich sträubten beim Anblick irgendeiner Erscheinung am Horizont, die kein menschliches Wesen ansehen konnte, weil sie nicht aus Zement und Trägern, Fenstern und abgelagertem Holz bestand. Solche Wohnungen ersetzen jetzt die Bruchbuden, die hundert Jahre lang dafür gesorgt haben, daß die Gänseblümchen nicht überhand nehmen, dachte er, als er zum Essen nach Hause fuhr.

Sein Zuhause war da, wo Jean samt Kindern einst mit ihrem Mann gelebt hatte und ihm nun erlaubte zu wohnen, wenn auch nicht im Sinne von Mann und Frau, denn sein Bett stand im Wohnzimmer. »Mir ist schleierhaft, warum wir nicht im selben Zimmer schlafen können«, sagte er.

»Ganz einfach«, erwiderte sie, »weil ich meinen Privatbereich haben möchte.«

Nach ihren unvergleichlichen zwei Wochen an der See zeigte sich, daß die Rückkehr nach Nottingham das Gegenteil von dem bewirkte, was er sich erhofft hatte. Die Glückseligkeit der Urlaubstage schien das wenige, das sie von einander brauchten, aufgezehrt zu haben. Er sah in ihrem Urlaub nicht mehr den Beginn eines erfüllten, reichen Zusammenlebens, sondern betrachtete ihn als den Höhepunkt der Zuneigung und Intimität, von dem sie, wegen irgendeiner Verdrehtheit Jeans, bergab zu gehen begannen. Obwohl sie sich nicht scheute, die Nachbarn denken zu lassen, sie lebe mit Mark zusammen, hinderte Scham sie daran, es in die Tat umzusetzen.

Manchmal bereute sie es, »einen Untermieter genommen« zu haben, so nützlich und liebenswert er auch war. Er war ruhig und aufmerksam, nichts brachte ihn auf, weder die Tatsache, daß er seinen Tee zu spät bekam, noch daß die Kinder wie die Verrückten über ihn herfielen, wenn er nach Überstunden schwitzend und ausgelaugt endlich nach Hause kam. Er war die Güte selber. Irgendwann in seinem Leben mußten silberne Löffel für ihn gedeckt worden sein, ganz gleich, aus welchen Verhältnissen er stammte. Seine Güte verstärkte die Schuldgefühle, die sie darüber empfand, daß sie ihren Mann aus dem Haus getrieben hatte – obwohl sie im Innersten wußte, daß sie zumindest nicht mehr Schuld daran hatte als er.

Wenn Mark abends nach Hause kam und sie strahlend anlächelte, versuchte sie, es ihm gleichzutun, stand vom Tisch auf, um ihn zu begrüßen, war dabei aber verzweifelt schüchtern, wenn die Kinder im Raum waren. Spielten sie draußen, stand sie nicht einmal auf. Weil er froh war, waren alle ihre Verstimmungen ihm eine Qual. Wenn er fragte, was ihr fehle, und sie keine Antwort hatte, bewies das nur, daß er überflüssig war im Haus.

»Ich werde dann eben gehen«, sagte er spät eines Abends.

Sie sprang auf. »Nein, nicht, Mark, tu das nicht.«

»Was soll ich denn sonst tun?«

»Bleiben, bleiben. Ich sterbe, wenn du mich verläßt.«

Er nahm sie in die Arme. »Ich will ja nicht weg. Mein Gott, nein. Ich könnt es gar nicht. Aber warum bist du nicht glücklich, Liebes?«

»Du bist zu gut«, sagte sie, und ihre Tränen netzten sein Gesicht. »Du bist zu gut zu mir, Mark. Ich verdiene das nicht.«

»Doch, das tust du«, sagte er, sein eigenes trostloses, inneres Weinen unterdrückend. Er fragte sie aus, was sie meine mit seiner Güte, aber es schien nicht der Zeitpunkt zu sein, darüber zu streiten. »Du verdienst alles Gute, was dir nur passieren kann«, fuhr er fort, sie bekniend, doch anzunehmen, was immer er ihr geben konnte. Doch sie fuhr fort zu weinen, als hätte sich für den Rest ihrer Tage ein moosüberwachsener Mond der Verzweiflung in ihrem Herzen eingenistet. Sie war kaum zu trösten, und es war unmöglich, zu ihr durchzudringen, aber er blieb bei ihr, streichelte ihr das Haar und sagte, daß er sie liebe, liebe und schön finde und wundervoll, und daß sie die einzige Frau sei in seinem Leben. Aber er fühlte sich leer, wußte, daß er das alles im falschen Augenblick sagte, daß nichts davon durchkam, denn jede Hilfe, jedes Mitgefühl prallte ab an ihr, sie war unerreichbar. »Laß mich«, jammerte sie, »laß mich.«

»Das kann ich nicht, niemals.«

»Laß mich in Ruhe. Geh.« Es war nicht das erste Mal, daß sie so aus der Fassung geriet, aber jetzt war es derart schlimm, daß er dachte, das Herz werde ihm brechen, so litt er selber an der Kundgabe ihres tiefen Unglücklichseins darüber, daß er ihr in keiner Weise helfen könne. Sie hatte so viel, eigentlich alles, wenn man wußte, daß es nichts mehr gab, was sie erreichen oder anstreben konnte.

Manchmal kam ihre Schwester, um auf die Kinder aufzupassen, dann sahen sie sich einen guten Film an oder bummelten Hand in Hand und plaudernd durch die Straßen und gingen später in eine Kneipe, um dort allein und verloren im eigenen gemeinsamen Wohlsein zu sitzen. Jedes Wochenende fuhren sie mit den Kindern entweder nach Beeston zum Wehr, wo sie ein Boot mieteten, oder sie machten drüben am Catstone Hill ein Picknick. Er tat nicht nur sein Bestes für sie, sondern hatte selber Freude daran, so daß er eigentlich gar nichts zu tun schien. Sie fühlte das und hoffte, daß er, wenn er alles daran setzte, Wunder vollbringen und ihr Leben schließlich doch noch lebenswert machen werde. Wenn sie nicht alles haben konnte, dann war die Welt eine Wüste in tiefer Nacht, aus der kein Herauskommen war.

Er war ihrer Verzweiflung nicht gewachsen. »Laß doch den Kopf nicht so hängen, Jean. Was ist denn? Was kann ich tun für dich?«

Allein die Tatsache, daß er fragen mußte, bedeutete, daß er nichts tun konnte. »Ich weiß nicht«, sagte sie, »ich hab immerzu Angst. Irgendwas stimmt nicht, und ich weiß nicht, was es ist. Ich weiß nicht mal, warum ich auf dieser Welt bin.«

»Was macht das schon? Wozu willst du das denn wissen? Mich stört es nicht, daß ich's nicht weiß.«

»Ich weiß; darum bist du ja so gut!« Ihre Schreie erscnütterten das Haus, als würde ein gänzlich fühlloser Mensch sie bewußt quälen. Aber es kommt alles aus ihr selber, dachte er und drückte sie fester. Die Tortur der Hilflosigkeit übertrug sich auf ihn, die Tatsache, daß seine selbstlose Liebe nichts vermochte gegen die qualvolle Finsternis ihres Kummers – das ging ihm an die Nieren. Es erschütterte ihn in seinen Grundfesten, und er vergoß selber Tränen, voller Gewissensbisse, weil er Jean dort nicht mehr verstand, wo irgendein Schmerz, zu dem der Zugang ihm verwehrt war, sie ihm geradezu abspenstig gemacht hatte.

Sie hielten einander umschlungen, saßen auf dem Fußboden und weinten laut.

Eines Morgens stand er auf und briet sich ein Ei zum Frühstück. Jean ging nicht mehr arbeiten, und er brachte ihr eine Tasse Tee hoch, bevor er ging.

In der Dämmerung draußen ging ein düsterer Dauerregen nieder und rüttelte an dem losen Fensterrahmen. Es war eine Schande, aus dem Haus zu müssen, doch er ging gern zur Arbeit, wo er den ganzen Tag in Lärm und Holzstaub damit beschäftigt war, reihenweise Türen und Fenster zusammenzufügen. Die Arbeit war nicht mehr so eintönig, weil er jetzt ein Vorarbeiter in der Abteilung war, allerdings noch nicht offiziell, weil die Leitung seine Lohnerhöhung hinauszögern wollte. Aber die würde kommen, obwohl er bereits jetzt dafür zahlte, denn er konnte sich nicht mehr so ungezwungen mit seinen Kumpels unterhalten wie vorher. Trotzdem, es war ein besseres Leben, auch wenn er immer wieder mal eine Extraschicht beim eigentlichen

Holzschnitt einlegen mußte, damit das Tagessoll gesichert war.

Die Stufen knarrten, als er mit dem Tablett hochging. Die Kinder waren für eine Woche bei ihrer Schwester, und sie hatten die letzten paar Nächte zusammen in ihrem Bett geschlafen. »Ich muß los«, sagte er, über ihr Ohr gebeugt.

Ihre weißen Schultern und die rosa Träger des Nachthemds glänzten unter der Bettlampe, das dunkle, lange Haar lag gelöst über das Kissen gebreitet. Sie schlug die Augen auf und erblickte sein schmales Gesicht, auf dem ein unsicheres Lächeln lag, denn nie konnte er wissen, in welcher Stimmung sie aufwachen würde. Ihre Gesichter waren wie die zwei Deckel eines Buches, und wenn die zusammengeklappt waren, war alles zwischen sie gepackt und nichts fiel heraus. Sie küßten sich mehrmals, was selten war am Morgen. »Gut geschlafen?« fragte er und goß ihr Tee ein.

»Und wie«, lächelte sie.

»Dann wirst du dich heute besser fühlen.«

Sie dachte, wie gut sein Gesicht war, so schön und schmal, klug und gefühlvoll, mit allem, was eine Frau sich wünschen konnte, um glücklich damit zu leben. »Geh nicht arbeiten.«

»Ich kann mich nicht von einem bißchen Regen abhalten lassen«, lächelte er.

»Na schön. Aber küß mich erst noch mal.«

Als er abends heimkam, sah er vom Hofende her, daß die Rolläden herunter waren. Das Tor war mit Vorhängeschloß und Riegel gegen ihn abgesichert. Es dämmerte, und ein scharfer, frischer Wind fuhr zwischen die Häuser, als wollte er die Hinterhöfe reinfegen. Im erleuchteten

Haus nebenan spielte ein Radio. Er starrte, als wollte er die Backsteine durchdringen, und stand versunken in verzweifeltes Nachdenken. Gleich würden die Lichter erstrahlen, und er würde die dumpfe Stimme des Fernsehers hören, und wenn das Schloß seinen kalten Fingern entglitte, würde er die Hintertür aufmachen und sie dort in der Wärme sitzen sehen, die sie sich geschaffen hatten.

Ein Mann und eine Frau gingen schweigend an ihm vorbei und verschwanden in einem Haus weiter unten. Er stieß gegen das Tor, als wollte er es aus den Angeln reißen. Es hielt stand. Dann warf er sich mit ganzem Gewicht gegen den Zaun, um jeden Pfosten und jede Latte niederzubrechen. Ächzend und stöhnend wütete er gegen ihn, bis er sich die Schulter verstaucht hatte. Der Zaun stand aufrecht, unbeugsam. Als er in den Garten blickte, sah er, daß der Rosenstrauch bis in die Spitzen seiner Zweige verdorrt und abgestorben war, doch er wußte noch, wie schön er gewesen war, und als die Blüten abfielen, hatte sich auf dem Boden ein Kranz aus Blättern und rosa Tupfen gebildet.

Er ging zum Nachbarhaus und klopfte an die Tür. »Wo ist denn Jean?« fragte er, als das Küchenlicht auf ihn fiel.

»Tut mir leid«, sagte Frau Harby. »Ihr Mann hat sie heute nachmittag mit 'nem Taxi abgeholt. Den Koffer von Ihnen hat sie hier abgestellt. Möchten Sie 'ne Tasse Tee?«

»War sonst noch was?«

»Ich hab Ihnen schnell 'ne Tasse Tee gemacht, wenn Sie möchten.«

»Nein danke.«

Sie zog einen Brief aus ihrer Schürzentasche. »Das hier sollt ich Ihnen noch geben. Es ist 'ne Schande, wenn Sie mich fragen.«

Er balancierte den schweren Koffer auf der oberen Rahmenstange seines Fahrrads. Warum war sie so fortgegangen, und ohne ihm etwas zu sagen? Wenn er mit ihr gesprochen hätte, würde sie das nie getan haben. Sie hätten einander allezeit lieben können, doch an der Schwelle eines ausgefüllten und erträglichen Lebens waren sie davor zurückgeschreckt. Aber er wußte nicht. Man wußte nie, und er fragte sich, ob man sein ganzes Leben so unwissend bleiben mußte, und während er sich das fragte, dämmerte ihm, warum sie ihre gemeinsame Welt in die Luft gesprengt und ihn verlassen hatte.

Er lehnte das Fahrrad an eine Mauer und stellte den Koffer daneben. Straßenlaternen brannten längs der Kopfsteinstraße. Nichts war ihm je so total beendet vorgekommen. Das Summen der Fabrik flutete in ihn ein, eine kleine Linderung des Schmerzes.

Er ging zu einem anderen Laternenpfahl und zerriß den ungeöffneten Brief in so viele Stücke, wie er Kraft dazu hatte, hielt sie hoch über den Kopf und fest in der Faust. Als ihm der Arm wehtat, spreizte er die Finger. Der Wind schnappte die Papierstückchen weg und wirbelte sie hoch in die dunklere Luft über dem Laternenlicht, so schnell wie hundert Vögel verschwinden, bevor der Schnee kommt. Er blieb eine Zeitlang so stehen, dann ballte er die Hand wieder zur Faust. Nach einer Weile ging er weiter.

Der Zauberkasten

I

Fred steuerte die Parkbank an. Obwohl es schon weit über elf war, hatte er die Stechuhr noch nicht passiert, und er dachte auch nicht daran, es noch zu tun. Es gab ein paar Dinge, für die man gern arbeiten würde, doch an diesem Morgen hatte er den Kopf voll mit Gedanken, die ihn dazu gebracht hätten, sich aufzuhängen, wenn damit etwas gewonnen worden wäre.

Es setzte sich, zog zwei Fleischpasteten aus ihren Zellophanhüllen und setzte sie dem Tageslicht aus. Halb die Augen schließend (als hätte er seinen Gaumen da oben und nicht im Mund), biß er in die erste Pastete. Das Fleisch war nicht schlecht, der Teig miserabel. Während die zerknüllte Tüte im Gefängnis des halbvollen Abfallkorbes Wohnung bezog, kaute er, bei einem längern Blick auf den dekorativen Teich und die Parkmauer, und hörte, wie der Verkehr mit atemberaubendem Gängeschalten sich draußen den Berg hinaufkaute.

Der Vormittag war die schlimmste Zeit. Er haßte es, zu Bett zu gehen, und das Aufstehen haßte er noch mehr, da aber beides zum Leben und Arbeiten notwendig war, stand er lieber auf – und zwar alleine. Weiß Gott, warum Nan sich heute morgen mit ihm erhoben hatte, aber sie hatte es getan, und das, neben allem anderen, war der Grund gewesen für den Krach, der vom Zaun gebrochen worden war – von ihr. In sechs Jahren Ehe hatte er gelernt, daß ein Streit beim Frühstück immer zu einer Explosion führte. Es war besser, abends zu streiten (wenn man sich's aussuchen konnte), denn früher oder später ging man zu Bett.

Obwohl es in mancher Hinsicht angenehm war, einen halben Tag blauzumachen, war dies keine Sache, die er Nan verheimlichen konnte, da sie am Freitagabend seine Lohntüte sah. Nicht, daß sie überall ihre Nase hineinsteckte, doch ihre haushälterische Begabung wollte es, daß auf Heller und Pfennig abgerechnet wurde. Seine Arbeitskollegen hätten ihn ausgelacht, wenn sie das gewußt hätten, obwohl es bei den meisten nicht anders gehalten wurde, das stand fest. Aber wie sollten sie es schon herausfinden? Nan würde nicht in einem Lautsprecherwagen vorbeikommen, um es ihnen mitzuteilen, denn oft genug hatte sie gefordert: »Meine Aufgabe ist es, einzukaufen und das Haus sauberzuhalten und nicht, vor dieser stinkigen Fabrik auf dich zu warten. Wenn wir freitags ins Kino gehn, kannst du mir einen Platz in der Schlange freihalten, und wir treffen uns dann da.«

Er hoffte nur, daß Nan eines Tages erkennen werde, was für einen guten Mann sie im Vergleich zu vielen anderen hatte, einen Kerl, der es nicht verdiente, so herumgestoßen und gequält zu werden. Aber sie haßte die Fabrik, als wollte sie ihn nicht allein dafür strafen, daß er sie geheiratet, sondern kurz darauf auch noch verlangt hatte, daß sie aufhöre, arbeiten zu gehen. Er hatte nur deswegen darauf bestanden, weil er sie liebte und dachte, sie wünsche es, daß er sie dazu zwinge und so eine noch größere Liebe beweise als er tatsächlich aufbringen konnte. Nicht viele würden eine Frau derart geliebt haben, um es so sehen zu können. Doch mit dem Stumpfwerden des ersten Glanzes war sie verbittert darüber geworden, daß sie ganz aufgehört hatte zu arbeiten, und meinte, sie würde es inzwischen zur Vorarbeiterin gebracht haben, wenn sie geblieben wäre. Eigentlich war sie auf sein männliches Drängen nur eingegangen, um ihm zu zeigen, daß sie ihn mehr liebte als vielleicht normal war, und er war so blind und eigensinnig gewesen, sie beim Wort zu nehmen.

»Na gut«, sagte er jetzt um des lieben Friedens willen, »warum gehst du nicht hin und fragst, ob sie dich wieder einstellen, wenn dir danach ist? Ich kann doch verdammt noch mal keine Gedanken lesen.«

Das heizte den Krach erst richtig an, wie er gewußt hatte, aber er war nicht so klug, sich hinzusetzen und nichts zu sagen oder pfeifend aus dem Haus zu gehen. »Wie kann ich denn?« rief sie. »Ich müßte doch wieder an einer Maschine anfangen. Ich würde nie wieder den alten Posten kriegen, den ich hatte, als ich so bekloppt war, auf dich zu hören und meinen guten Job hinzuschmeißen.«

Er wußte nicht, wie es angefangen hatte heute morgen. Und sie wußte es wahrscheinlich auch nicht. Er hätte nichts dagegen gehabt, daß sie noch immer darüber nachgrübelte, was sie aber bestimmt nicht tat. Kaum war die Tür ins Schloß gefallen, da hatte sie die Tasse zerschmettert, aus der er getrunken hatte, obwohl er sein letztes Kleingeld verwettet hätte, daß sie jetzt einkaufen war und mit anderen Frauen lachte, als wäre nichts gewesen.

Das Wetter war allerdings auch so schön, daß jeder seine Sorgen dabei vergessen konnte. Herbstsonne erwärmte die grünen Parkbänke, und unter saftigen Grashalmen waren Ameisen und Käfer mit der Fortpflanzung beschäftigt. Kleine Vögel pickten an einem weggeworfenen Stück seiner Fleischpastete, und durch das Rhombengitter des Abfallkorbes sah das aus, als wäre ein Dutzend rasch hingeworfener Skizzen zum Leben erwacht. Zwei Tauben, riesig im Vergleich zu den Drosseln, gesellten sich zu dem Festmahl, doch es gab keine Rauferei. Weder die Tauben noch die Drosseln schienen sich irgendeines Größenunterschiedes bewußt, und die Tatsache, daß sie alle etwas vom selben Stück Pastete abhaben wollten, machte sie im Grunde sehr gleichartig.

Er rauchte eine Zigarette. Ein junger Mann spazierte mit einer straff frisierten Selbstmordblondine vorbei, die in ihrem schwarzen Lackmantel furchtbar verhungert aussah und gerade wütend sagte: »Den mach ich fix und fertig, wenn ich ihn seh, da kannste Gift drauf nehmen« – und so haßerfüllt und rachsüchtig klang es, daß Fred Mitleid empfand für denjenigen, den sie meinte. Bei sowas gedeiht die Welt, dachte er, ich aber nicht, und das Leben ist ja auch nicht immer so. Pech oder Glück, es ist wie eine Schaukel auf einem Kinderspielplatz, immer das eine oder das andere. Wir haben allerdings mehr als unsern Anteil Pech abgekriegt, verdammte Scheiße, ja, zuviel, um daran zu denken, und das letzte bißchen Glück hat fast nur Ärger eingebracht. Er dachte daran zurück, wie vor einem Jahr zu Beginn der Fußballsaison eines Morgens ein Scheck über zweihundertfünfzig Pfund ins Haus geflattert war, und wenige Stunden später hatte seine Fratze (neben Nan ihrer) lebensgroß vom Titelblatt der Zeitung gegrinst. Sie hatte sich so gefreut, daß er natürlich nicht darauf gekommen war, sie daran zu erinnern, wie oft sie gedroht hatte, diese blöden Totoscheine zu verbrennen, für die er so viel Zeit und Geld verschwendet habe. Nein, sie hatten einen Kasten Bier und eine Schlachtplatte besorgt und an jeden Manna verteilt, der aus Anstand oder Gier vorbeigekommen war. Der Mann von der ›Post‹ hatte gefragt: »Was werden Sie machen mit dem Geld?« Fred wunderte sich über das ganze Theater, wo er doch nur Enttäuschung darüber empfand, daß er nicht die sechs Richtigen geschafft und Hunderttausende eingesackt hatte. Zweihundertundfünfzig Scheinchen schienen ihm so wenig, daß er, bevor sie dem Reporter irgendein Garn entwickeln konnte, Nan ins Wort fiel: »Och, ich denke, wir machen einfach fifty-fifty und nehmen's als Taschengeld.« Was prompt in den Tagesausgaben erschien (*Totogewinn: Taschengeld für Nottingham-Paar*), so groß aufgemacht, daß Nan zwar noch den Mut besaß, Fred zu sagen, er hätte die Klappe halten sollen, aber nicht mehr die Courage hatte, ihn dazu zu bewegen, das Geld anders als angekündigt auszugeben, so sehr fürchtete sie sich, den Fettdruck einer Tageszeitung zu mißachten, die ihres Wissens jeder gelesen hatte.

Hundert Pfund in einem einzigen Anfall von Kaufwut auszugeben, erforderte Tapferkeit, und Fred war jemand, bei dem Tapferkeit – insofern er überhaupt welche hatte - alles andere als spontan war. Trotzdem, er hatte Dinge gesehen, die es wert waren, gekauft zu werden, was immerhin mehr war, als man von Nan sagen konnte. Bei einem Stadtbummel hatte er ein Empfangsgerät für alle Wellenbereiche entdeckt, einen Apparat aus Armeebeständen, der ihn aus einem Schaufenster heraus anstarrte. Mit genau so einem Ding hatte er während seiner Kriegsschicht in Ägypten bei der Nachrichtentruppe gearbeitet. Es blieb monatelang im selben Fenster, wahrscheinlich weil es so teuer war, daß keiner hineinspazieren und einfach sagen konnte: »Das da will ich.« Er nahm sich also Zeit, um sich Mut zu machen und dieses Aufgebot an Röhren und Morsetasten abzuschreiten und dadurch einen imaginären Kauf zu tätigen, daß er zwischen Herzschlägen auf das Schaufenster zeigte.

Viele Nachmittage stand er vor dem Fenster, in Bann geschlagen von dem schwarzen Kasten des Nachrichtenempfängers, und bei so vielen regelmäßigen Abwesenheiten begann Nan sich zu fragen, ob er sich auf ein Stück Liebhaberarbeit eingelassen habe, das ihm womöglich in der Fabrik über den Weg gelaufen war – und das sagte sie ihm auch, als er einmal mit unsicherem, belämmertem Gesicht nach Hause kam. Er hatte es noch immer nicht fertiggebracht, den Laden zu betreten und das Gerät zu kaufen, und so jämmerlich war ihm deswegen zumute, daß er auf sie zuging und sie küßte: »Tag, mein Engel, wie geht's uns heute?«

Sie wandte das Gesicht ab. Ein halbes Dutzend Bücher stapelte sich nach einem Gang zur Bücherei auf dem Sideboard. »Was soll das? Was willst du?«

»Gar nichts will ich.«

»Ist auch besser so, jedenfalls solange du mir nicht sagst, wo du samstagnachmittags immer hingehst und was du da so treibst.«

Das also war es, was sich bei ihr zusammengebraut hatte und was ihm so fernlag, daß er nur noch sagen konnte: »Ich bin in der Stadt gewesen und hab mir Geschäfte angeguckt.«

Sie zog die Vorhänge vor und deckte den Tisch, während Fred sich im Kaminsessel vergrub und ihr zusah. Ihr Gesicht hatte sich verändert, war in den letzten ein, zwei Jahren strenger geworden, so als hätte es sich genug mit der Welt herumgeschlagen, seit Ivor ertrunken war. Doch mit dreißig sah sie noch immer gut aus, fast hübsch mit ihrem schmalen, ebenmäßigen Gesicht und der reinen Haut. Die Wangen waren angenehm rund, die Augen kühl und offen, wenn sie nicht gerade ängstlich oder unruhig war. Er lächelte, als sie in den Küchenschrank griff. Das Beste hatten sie vielleicht noch vor sich. Wie kann sie nur denken, daß ich je eine andere Frau angucke? Wir haben eine Menge zusammen durchgemacht, am schlimmsten war die schreckliche Art, wie Ivor von uns ging. Wenn es was Schlimmeres gibt, als mir die Schuld dafür zu geben, daß Ivor beim Kaulquappenfangen in diesen Kanal gefallen ist, dann sind es Selbstvorwürfe, die sie sich macht, obwohl es jetzt drei Jahre her ist und ein Unfall war. Wenn man bedenkt, daß wir diesem bekloppten Mädchen jedesmal eine halbe Krone gezahlt haben, wenn sie ihn ausführte, und sie das dann geschehen ließ. Mein erster Gedanke, als ich von seinem Tod hörte, war: ›Der kleine Blödkopp. Na warte, wenn ich den in die Finger kriege, der kriegt Senge.‹ Ich konnte es da noch gar nicht glauben, aber jetzt kann ich's – so einigermaßen.

»Hast du dir die Geschäfte angeguckt und überlegt, wie du dein Fußballgeld ausgeben sollst?« fragte sie in etwas freundlicherem Ton und reichte ihm eine Tasse Tee. Geheiratet hatten sie sechsundvierzig nach der Truppenauflösung, und vorausgegangen waren lediglich acht Tage heißen Küssens fünf Jahre davor und dann vierhundert Briefe, vermittels deren sie in unerschöpflichen Varianten jeden Aspekt der üblichen romantischen Liebe miteinander ausgetauscht hatten. Die Entfernung hatte beide Herzen nur noch mehr entflammt, und aus den Augen aus dem Sinn war, abgesehen von den langen Briefen, wiederlegt worden durch häufiges Mitschicken von Fotos, die tausendfach die ferne Liebe bezeugten, welche Fred und Nan für einander hegten. Es war, als hätten sie nach den ersten drei Monaten Trennung geheiratet, hätten ihre Flitterwochen in Matlock bereits hinter sich, wären nach dem ersten Jahr aus ihnen herausgerissen worden und nach dem vierten in den gedankenlosen Trott der Ehe verfallen. Sie schrieben von Häusern und Arbeit und Kindern, und als sie vor der Kirche für ihr erstes gemeinsames Foto posierten, hatte Fred irgendwie das Gefühl, die beginnende Ehe sei im Gegensatz zu dem fadenscheinigen und flüchtigen Negativ der vorangegangenen Jahre ein solider Schwarzweißdruck auf Positivpapier.

Nan sah das anders, ihrer Meinung nach waren die Zeit des Briefwechsels und ihr neuer Stand als Hausfrau zwei ganz verschiedene Dinge. Nach ihrer Woche in Matlock nahm sie es Fred mehr und mehr aus der Hand, die Alltagsprobleme anzupacken. Blaß, jung und nachdenklich im naßkalten Nebel eines Dezembermorgens einkaufen zu gehen, war wirklichkeitsnäher als Freds tägliches Hetzen in sein Fabrikgefängnis, wo warm die Maschinen summten und Männer ihn noch immer mit seiner kürzlich verbrachten Flitterwoche aufzogen. Nan hatte den Krieg in einem kalten, strengen Klima verbracht, während Fred in seinem abgeschlossenen Armeedasein verträumt an Funkgeräten herumgespielt hatte. Fasziniert vom Niltal, hatte er mit seinen Kameraden einen Ausflug zu den Pyramiden gewagt, wo sein schmales, junges Gesicht unsicher vom hohen Rücken eines Kamels herabblickte – so auf einem Schnappschuß mit der Brownie-Box, den er Nan geschickt hatte, die, festsitzend in den Schwierigkeiten der Bombennächte und Rationierungen, einen Abenteurer in ihm sah, der die Wüste mit einer Unabhängigkeit durchstreifte, die nur Gutes bedeuten konnte für ihre Ehe.

Nicht, daß sie groß zu klagen gehabt hätte; im Gegenteil, während ihrer Schwangerschaft sei Fred einfach Gold wert gewesen – hatte sie zu ihrer Mutter gesagt. Und als Ivor dann kam, war er noch mehr wert gewesen, so daß sie jetzt zwar wußte, daß etwas nicht in Ordnung war, sich aber nicht beklagen konnte, ein Zustand, den sie nur ihm zum Vorwurf zu machen vermochte und der zu wilden, unsinnigen Streitereien führte, die er wiederum nur ihren ›Launen‹ anlasten konte.

»Immer willst du wissen, wie ich meinen Anteil vom Fußballgeld ausgeben werde«, sagte er, »aber deinen Batzen bist du auch noch nicht losgeworden. Was hast du denn damit vor?« Bei Antworten auf diese Frage wurde kein Gift verspritzt, denn Geld war jetzt das einzige diskutierbare Thema, welches das wackelige Bett ihrer Emotionen nicht ins Wanken brachte. Sie blickte von der Zeitung auf: »Ich hab noch nicht viel darüber nachgedacht, aber ich glaube, ich werd's bald tun.«

Ein Wasserhuhn schwamm vom nahen Ufer los und glitt so gleichmäßig durchs Wasser, als würde ein Junge auf der anderen Seite es an einem unsichtbaren Faden ziehen. Sein Kopf mit Knopfauge und gelbem Schnabel war vollkommen regloser Stolz, und seine grünblauen Rückenfedern glichen den Farben von Flammen, wie sie über einem Feuer erscheinen, das sich mausetot gestellt hatte. Die Sonne tat gut, und er dachte nicht daran, vor der Mittagspause zur Arbeit zu gehen, auch wenn das wieder einen großen Krach mit Nan geben würde. Der Lärm der Maschinen würde jeden Gedanken verkrüppeln, und deren produzierende Zähne, die ihn wie eine Bulldogge zurückreißen würden zum Verdienen des Lebensunterhalts für sich, Nan und ein mögliches künftiges Kind, kamen ihm in diesem unverhofften Sonnenschein entsetzlich vor – ebenso wie die Vorstellung, nach dem schrecklich sinnlosen Zank von heute morgen zu Nan heimzukehren.

Es war das erste Mal gewesen, daß so etwas passiert war, und es nagte an seinem Seelenfrieden, weil er gar nicht die Absicht gehabt hatte, sie so hart gegen das Sofa zu stoßen. Seine Hand hatte sich von der heißen Tasse gelöst und sie getroffen, bevor er etwas dagegen tun konnte. Es machte ihm Angst. Wenn ich's wenigstens absichtlich getan hätte, gewußt hätte, was in mir war. Der erloschene, starre Ausdruck ihrer Augen hatte ihn aus dem Haus getrieben, und er wußte nicht, ob er sich da wieder sehen lassen konnte. Womöglich hatte sie es bis zum Abend aber auch vergessen, was nur beweisen würde, wieviel Eindruck so ein Streit auf sie machte. Er war nicht einmal sicher, ob er überhaupt wieder nach Hause wollte. Draußen tat es nicht so weh, und sich im Park mit zwei Fleischpasteten im Bauch von der Sonne bescheinen zu lassen, machte alles fast ungeschehen – abgesehen von gelegentlichen Stichen, die das Messer der Erinnerung ihm versetzte.

Er verließ den Park durch das Haupttor und steuerte das Radiogeschäft an, das auf mittlerer Höhe an der Hauptstraße der betriebsamen Stadt lag. Sein Totogewinn nahm die Gestalt eines Wertes an, ein Batzen Geld von über hundert Pfund sollte endlich eingereicht werden für ein erstklassiges Rundfunkgerät, das ihn in Kontakt bringen würde mit der Welt der Kurzwelle, ihm etwas zu tun gäbe und ihn vielleicht daran hinderte, so biestig zu Nan zu sein. Wenn er es jetzt bestellte, würde der Firmenwagen es morgen liefern, und nach der Mittagspause würde er die Arbeit wieder aufnehmen, da er sonst, denn es war Freitag, keinen Lohn bekäme.

II

Die Kopfhörer aufgesetzt, saß er allein in Ivors Zimmer, eingepegelt ins Dritte Programm wie ein Funker des Widerstandes, der aus dem Ausland Instruktionen empfing, die das Herzblut seiner Sache waren. Mit mäkeliger Stimme redete jemand unverständliches Zeug über Bücher, und als bekäme er nichts für sein Geld, schaltete Fred um auf Kurzwelle und ließ die Nadel über Hunderte von Morse-Stationen reiten. Töne zwitscherten und pfiffen wie eine Wolke gequälter Vögel, die versuchten, ins Freie zu kommen, doch dann hielt er einen Sender fest, und wie von flatternden Flügeln, die in der Mitte aufgespießt waren von der haarfeinen Nadel des Frequenzanzeigers, entzifferte er den Rhythmus als: ANKOMME DONNERSTAG 24STEN TILBURY DOCK STOP STERBE VOR SEHNSUCHT STOP ALLES LIEBE SCHATZ – MARY.

Alistair Crossbanks, 3 Hearthrug Villas, Branley, war der Glückliche, wenn auch nicht der einzige, denn Fred vernahm noch mehrere solcher Nachrichten. Sie kamen von Linienschiffen und waren an Liebende gerichtet, die in den Qualen des Getrenntseins schmachteten – obwohl er bezweifelte, daß auch nur einer von ihnen dieselbe lange Zeit überbrückt hatte wie er und Nan vor ihrer Ehe. Doch der Gedanke an Schiffe, die durch ein Meer dampften, das beim plötzlichen Eintritt der Dunkelheit in den Tropen breite Streifen bekam, bewirkte, daß er auf weitere Telegramme nicht mehr achtete. Er stellte sich ein elegantes Linienschiff vor, wie es inmitten von tausend Meilen See eingeschränkt war in seiner Geschwindigkeit durch einen gewaltigen Kreis, der es tagein, tagaus weiterkriechen ließ auf unsichtbarer Spur gen Aden oder Kapstadt. Leise fühlte er dessen telegraphischen Pulsschlag in seinem Ohr, als hätte er es durch das Hören schon irgendwie unter Kontrolle, und die Abgeschiedenheit dieses benebelten Käfers im Ozean ließ ihn empfinden, wie isoliert er war in diesem meerähnlichen Vorort, der sich in Häuserzeilen und Straßenzügen um sein Zimmer herum erstreckte.

Es war Ivors Zimmer gewesen, als er noch lebte. Die Tapete mit den Häschen und Bäumen, Eisenbahnen und Flugzeugen legte das nahe, ebenso das Einzelbett und der Spielzeugschrank, den beide sich noch immer nicht getraut hatten auszuräumen. Ivor hatte dunkles Haar und braune Augen gehabt und war bis zum Alter von vier Jahren hell und aufgeweckt gewesen, dünn, gefräßig, quirlig, dauernd am Rennen und Kämpfen, Habenwollen und Kaputtmachen. Doch einige Wochen, bevor er in die kalte Tasche des Kanals rutschte, hatte er dieser unnatürlichen Lebendigkeit den Rücken gekehrt, als hätte die Welt, in der ein solches Leben keinen Anklang fand, es versäumt, zu ihm durchzudringen, Kontakt aufzunehmen mit seinem Geist auf eine Weise, die er verstehen konnte. Fred konnte sich nicht einmal vorwerfen, ihn schlecht behandelt zu haben – dann hätte er sich jedenfalls besser an ihn erinnern können. Alles, was er sah, war, wie sein wilder Junge einen Wecker aufbrach und schreiend in eine Ecke rannte, als das Klingeln ihm unerwartet in die Ohren schrillte. Doch das bleibende Bild von Ivors Gesicht war sein Ausdruck der Entbehrung, und den konnte Fred sich nicht erklären, denn es war kein Mangel an Essen, Kleidung, Spielzeug oder gar Geld, was ihn so sonderbar dreinschauen ließ, sondern es war – das sah er jetzt deutlich – ein in seiner Seele wurzelnder Ausdruck, der es Ivor unmöglich machte, Zugang zu ihnen zu finden.

Er warf den Hauptschalter herum und saß in der Abendstille, überwältigt von der niederschmetternden Wucht dieser negativen Rückkopplung. Typisch, daß ich einem unschuldigen toten Kleinkind anlasten will, was nur meine und vielleicht Nans Schuld gewesen sein kann. Schiffe glitten durch ungetrübte Meere, geborgen in solcher Weite und Wärme, daß für die Menschen auf ihnen der Baum der Verzückung noch Wirklichkeit war. Er schaltete ein, und der haarfeine Mechanismus des Zauberkastens machte es möglich, aus dem Äther Gedichte zu filtern. Ein Telegramm von *Elizabeth* lautete: DU HAST HOFFENTLICH EIN ZIMMER FÜR UNS RESERVIEREN LASSEN STOP KANNS NICHT MEHR ERWARTEN und um solcher Qual ein Ende zu machen, drehte er weiter zur Nachrichtenagentur TASS, die irgendeine revolutionierende Methode der Ölerschließung im Kaukasus erklärte – ein kalte Dusche von Morsezeichen, die ihm jede Leidenschaft aus dem Gemüt wusch.

Er war ungestört in Ivors Zimmer, denn er wußte, daß Nan im Fernsehen schwelgte, bis sie ihn um halb zehn zum Abendessen herunterrufen würde. Ihm war seltsam zumute heute abend; eine schwere Erkältung quälte ihn. Seine Sinne knüpften dann stets an ähnlich schwere Erkältungen in der Vergangenheit an, so daß gewisse Szenen aus solchen Zeiten ihm derart lebhaft vor Augen traten, daß er sie verblüfft wie ausgepackte Bilder sah.

Ägypten war ein Land der Erkältungen, die der Nil mit

sich brachte, wenn er mit seiner jährlichen Überschwemmung sein Tal zu einem Meer aus Wasser und Schlamm ausweitete. Die Dreiecksspitzen der dunklen Pyramiden, die bräunlich dahinter aufragten, wirkten schmuddelig wie altes Strandgut von Kartons, die irgendwie in so seltsamer Form angespült worden waren und aus dieser Entfernung aussahen, als könnte ein stärkeres Windchen, wenn ein längere Brise sie von Regen und Flutwasser getrocknet hätte, sie herausreißen und in die offene Wüste pusten wie einen Haufen Abfall. In Kairo war er ein Meister im Morsen gewesen, hatte zweiunddreißig Worte pro Minute geschrieben und sechsunddreißig gelesen. Sein Gehirn, perfekt im Aufnehmen, sog stundenlang Morsezeichen in sich hinein, die von seinen fliegenden Fingern ohne Denkbarriere dazwischen in Stenogramme umgesetzt wurden, eine Arbeit, die andere, weniger hingebungsvolle Funker stotternd und mit glasigen Augen in irgendein Erholungslager an den knackig heißen Sonnenufern des Suezkanals brachte. Fred genoß seinen Ruhm als Geschwindigkeitskönig, der, obwohl er eine gewisse yogaartige Leere des Geistes voraussetzte, doch auch einen scharfen Verstand und eine leichte Hand erforderte. Dabei sah er überhaupt nicht flink aus. Durch sein bleiches Gesicht wirkte er immer tief in langsames Denken versunken, das die Begriffe seiner lauteren Kameraden, die als Funker weniger tüchtig waren, weit überstieg. Sie hatten Respekt vor ihm nicht allein wegen seines ungewöhnlichen Morsetempos, sondern ebenso wegen seines Ernstes, was sich daran erwies, daß sogar die Küchenbullen, denen heldenhafte Funkerleistungen nichts bedeuteten, weniger laut brüllten, wenn zwischen Fred und dem Mann vor ihm, der gerade seinen Teller gefüllt bekam, eine Lücke entstanden war. Er war ein Priester der Stille unter Haudegen, die gemachte Betten herausrissen und soffen, sangen und brüllten und hurten. Mancher, der da nicht mitmachte, wurde schikanös gedrillt, doch Fred stand sich gut, ohne sich darum bemühen zu müssen. Man fand ihn irgendwie ebenbürtig, und oft brachte ihm jemand, der zu später Stunde von der Wache kam, aus der Kantine einen Tee mit. Wenn Fred diese Freundlichkeit erwiderte, wurde es um so höher geschätzt, da es unerwartet kam.

Meistens saß er für sich allein in der Bücherei und schrieb lange Briefe an Nan, doch dann wurde der einzige Freund, den er gewinnen sollte, von Kenia herauf eingeflogen – in einem Moskitojagdbomber, der seine Ersatztreibstofftanks irgendwo über der Wüste wie Kacke fallen ließ. Der Mangel an guten Funkern war so hoffnungslos (zu einer Zeit der Großoffensive oder des Rückzugs – was sich gerade tat, konnte keiner mehr sagen, da jeder Unterschied im allgemeinen Durcheinander aufgehoben war), daß Fred hundert Stunden die Woche arbeitete. Nicht, daß ihn das kaputt gemacht hätte, aber die Großoffensive hatte eingesetzt, und ein zusätzlicher Mann wurde gebraucht – hereinspaziert kam also Peter Nkagwe, ein großer Schwarzafrikaner aus Nairobi mit Zierleisten auf den Backen, frisch eingekleidet in sauber gebügeltem Khakidrillich und breit lächelnd, als er mit einem »Tag, Jungens« die Funkerbude betrat. Der Feldwebel wies ihm ein Gerät zu, und Fred, staunend, dann neidisch, sah, daß er die Taste wie ein Konzertpianist mit langgliedrigen Händen unerhört gleichmäßig und schnell zittern ließ.

Peter Nkagwe war kein asketischer Sender und Empfänger wie Fred, sondern schaute lächelnd um sich, wenn er mit präziser, spielerischer Leichtigkeit sein Können an der Taste sehen ließ. Nicht nur, daß er Reuters Kricketergebnisse aus Australien lesen konnte, seine Finger, und hier versagte Fred, seine Finger kamen auch beim Mitschreiben mit, so daß die Blätter mit seiner sauberen Handschrift auf dem Stützpunkt herumgereicht wurden, bis sie zerfleddert waren.

Eines Tages rief Fred etwas zu ihm hinüber, so spontan ihm von der Seele kommend, daß er die Worte gar nicht bedauerte, als sie heraus waren: »Du kloppst diese Nachrichten hin, Kumpel, als säßest du am Tamtam.«

Ungerührt beendete Peter die Nachricht in seinem gewohnten Tempo. Dann nahm er die Kopfhörer ab und stellte sich wortlos neben Fred.

Dem wurde das Schweigen langsam ungemütlich: »Was verloren?«

»Du guckst, *Kumpel*, als hättste bloß Scheiße im Kopf«, sagte Peter. Er ging wieder an sein Funkgerät, und fortan war Freds Meistertitel im Funken geteilt. Sie wurden Freunde.

Abend für Abend hoffte Fred an seinem Nachrichtenempfänger, Botschaften von seiner alten Einheit im Hauptquartier zu hören, das wohl schon lange dichtgemacht hatte, vielleicht aber auf magische Weise noch immer dieselben Signale an die vertrauten Stationen ausstrahlte. Womöglich würde er sogar die schnellen, melodischen Rhythmen von Peter Nkagwe heraushören, jenes verschwundenen Schattens von einem Freund, der noch irgendwo saß und hochnotwendige Funksprüche in den Äther tippte, die irgendein anderer codiert und verschlüsselt hatte und deren Inhalt und Bedeutung ihm nie mitgeteilt wurde. Langsam tastete er die Frequenzbereiche ab, in der Hoffnung, das Rufzeichen und den Sendeduktus seines alten Freundes wiederzufinden. Es war unmöglich, obwohl er auf diese Weise viel Zeit am Gerät verbrachte und sich dabei immer noch schämte, als würden diese verlorenen Stimmen, wenn er nur noch beharrlicher dranbliebe, Fangarme ausstrecken und ihn zurückziehen in den Sonnenglast der Mokattamberge.

Mit schmalem Gesicht und über den Stenoblock huschenden Fingern saß er vor seinem breitbandigen Altar, das ganze gerahmt vom Lichtschein einer Tischlampe mit Fransenschirm. Hätt ich dies Radio zu Ivors Zeit gehabt, lachte er, der kleine Lümmel würde sich daran zu schaffen gemacht haben, bis die Skalenbeleuchtung hingewesen wäre und die Röhren den Geist aufgegeben hätten. Apropos Zerstörung! ›Zerstörung, dein Name ist Ivor!‹ Er dachte an ihn, als würde er gerade unten Tee trinken oder vorm Feuer gebadet werden oder für ein paar Tage bei seiner Großmama sein. Alles, was mit Mechanik zu tun hatte, machte er kaputt. Einen Tag brauchte er, um dem Plattenspieler systematisch den Garaus zu machen, dann brachte er die Teile zu Fred, der vorschlug, er solle sie wieder zusammensetzen. Ivor versuchte es (das muß ich ihm zugute halten), aber ohne Erfolg, und als Fred ihn repariert hatte, war er so überglücklich, daß die Platte sich wieder laut und richtig drehte, daß er ihn als den einen Gegenstand ansah, der vor seinem Hammer sicher sein sollte.

Ivor, der mit großen, hungrigen Augen riesige Bissen lustvoll aus seinem Brot riß und sich Marmeladeflecken übers Hemd schmierte. Fred konnte den Spott in seiner Stimme nicht unterdrücken, als er ihm sagte, er solle aufhören damit, so daß es winzige Bissen wurden, bis Fred lachte und sie wieder zu riesigen zurückkehrten und die schiere Verzweiflung aus seinem robusten Gesicht wich. Solche Erinnerungen waren tief eingeprägt, gingen hinab wie die verschiedenen Flöze und Stollen einer Kohlenzeche. Während der letzten Monate vor seiner Geburt hatte Ivor sich in Nans Bauch bewegt, hatte gestrampelt vor Leben, so nachdrücklich, daß Fred nachts davon aufwachte – und lächelnd wieder einschlief.

Die kleine Lampe erhellte nur ein Zehntel des Zimmers, der Rest blieb im Dunkeln. Fixiert auf das murmelnde Radio und mit seiner raschen Sichel von Bleistift gelegentlich eine Nachricht einbringend, fühlte Fred, daß sein Gemüt in demselben Verhältnis gefangen war, daß dieses Zehntel Schimmer nicht wie eine Bombe platzen und den größeren Teil von ihm blitzartig erleuchten konnte. Ivor ließ ihn stumme Fragen formulieren, so als sendete er Telegramme und Funksprüche, auf die keine Antwort kommen würde. Warum bin ich geboren? Warum habe ich ihn nicht so geliebt, daß er am Leben blieb? Reicht meine Liebe aus, um zu bewirken, daß irgendwer am Leben bleibt und weiterstrampelt? Hätte es irgendeinen Unterschied gemacht, wenn ich ihn noch mehr geliebt hätte? Dunkelheit herrschte in seinem Hirn, und er konnte kein Licht da hineinbringen, kämpfte aber, um ins Freie zu gelangen, indem er wirkungslos an den Knöpfen und Pegelschiebern seines Radios hantierte und sich abmühte, das Zehntel Licht in seinem Bewußtsein gleichmäßig zu halten.

Er nahm den Radiodeckel ab und spähte hinein auf die Röhren – flammenblaues Glühen tief in gläsernen Knollen, als hätte er in seinem Zehntel Licht eine neue Art exotischer Zwiebeln angebaut. Gedanken gingen ihm durch den Kopf, einzeln oder in geschlossener Reihe, obwohl er sich an den gerade vergangenen nicht mehr erinnern konnte – es blieb nur die Empfindung, daß er dagewesen war. Er versuchte, das Bild oder den Gedanken, der seinem Geist entglitt, wieder zurückzuholen, um ihn verknüpfen zu können mit dem neu herandrängenden, den er dann, so hoffte er, im Zusammenhang mit dem nächsten würde sehen können. Er hatte aber, wie sich zeigte, überhaupt nichts mit den anderen zu tun.

»Schon gut, Schätzchen«, hab ich gesagt, als Ivor ertrunken war, »schon gut« – und hab sie geschüttelt, damit sie wieder zu Verstand kommt. Aber sie war auf ihn losgegangen mit Worten, die jetzt wieder brannten, als hätte er sie eben als Funkspruch notiert: »Immer mein Schätzchen«, hat sie geheult. »Nie sagst du ›Meine Frau‹.« Er war verletzt und verbittert gewesen, unfähig, sie zu verstehen, begriff aber jetzt, daß, nicht zu sagen »Meine Frau« und nie durchzudringen zu Ivor mit seiner Liebe, ein und dieselbe Sache waren.

Die Kopfhörer hielten jedes Geräusch von Kindern, vom Verkehr, vom Fernseher des Nachbarn ab, und er schrieb eine weitere Botschaft vom Mittelpunkt irgendeines Ozeans nieder, eine künstliche Pfeilspitze des Friedens, die von Land zu Land schwirrte: ANKUNFT DAHEIM AM 27STEN STOP KANNS KAUM ERWARTEN MEINE MAMA UND MEINEN PAPA ZU SEHN – HERZLICH JANET. Das große Schiff segelte weiter: feine Antennen, mächtige Schlote, glückliche Menschen – schlafend, essend, küssend oder, wenn zur Mannschaft gehörig, schwer arbeitend. Er sah sich auf einem kleineren Gefährt, ausgesetzt auf einem dunkler werdenden Meer, das nicht kartographiert war und wo niemand Botschaften sendete, denn er war der einzige Passagier, und es würde sowieso niemandem einfallen, ihm eine Nachricht zu telegraphieren. Auch konnte niemand ihm eine gute Reise wünschen, denn nie hatte er seinen Bestimmungshafen angegeben, und es wußte sowieso niemand, daß er an Bord war, und es gab niemanden, dem er seine baldige Ankunft kabeln konnte, weil, selbst wenn er irgendwo hinführe, er nicht einmal wüßte, wo und wann er dort ankäme, und die Aussicht, daß an dem Ende jemand sein würde, war noch geringer als die Chance, dort, wo er aufgebrochen war, jemanden anzutreffen. Es blieb ihm nichts, als gegen diese Vision anzukämpfen und statt ihrer das große, diamanten glitzernde Linienschiff im Auge zu behalten und zu lesen, welche Botschaften dort durchgegeben wurden.

Kopfhörer baumelten am Bananenstecker, und im vollen Licht der Deckenlampe riß er Ivors Schrank auf. Pferde und Eisenbahnteile, Teddybär und Spiele und Burgen und Dreirad lagen in einem Haufen, wo der Junge sie zuletzt hingeworfen hatte. Morsezeichen von seinem benebelten, sagenhaften Schiff hatten aufgehört, ihn zu treffen wie Schneeflocken. Blindlings schleuderte er jedes Spielzeug durchs Zimmer, zum Fenster, zur Tür, zum Kamin oder an die Decke, bis jedes gliedlose Stück eine neue Ruhestätte gefunden hatte. Er ging zurück zu seinem Gerät, und unten sprang die Tür zur Treppe auf, und schweres Stapfen schritt ein gegen seine Erregtheit.

Das Schiff blieb; noch immer gingen von ihm Funksprüche aus, Liebesbotschaften und Ankunftsangaben für die einen, Reisewünsche für die anderen, sowie Geburtstagsglückwünsche und das balsamische Öl gewöhnlicher Nachrichten. Doch derlei Worte aus dem schwarzen Kasten ergaben ein Bild, das er nicht zerstören konnte wie das gliedlose Spielzeug rings um ihn herum. Der Atem fuhr ihm ächzend aus der Lunge bei der realen und farbigen Vision, die nun gnadenlos vor seinen Augen erstand. Das Schiff war unscharf zu sehen, doch er konnte beobachten, wie es langsam sank, wie das kalmenstille graue Wasser der tropischen Dämmerung mit dem Hunger einer Katze an ihm herumleckte, der sehr gut gezügelt wurde von einem Gehirn, das niemandem begreiflich oder sichtbar war. Das Schiff sank bis an die Decks, und die endlose, glatte See wurde gelassener und höflicher, obwohl sie die verborgene Kraft, es hinabzuzwingen, beibehielt. Als das Schiff vollief, ließen die Menschen die Rettungsboote absaufen, bis nichts mehr übrig war als eine glatte, ungestörte graue Wasserfläche – so blank wie Blech, das man als Spiegel benutzen kann – und eine Stimme in den Kopfhörern, die etwas sagte, was Fred nicht gleich entziffern konnte. Es war ein bärbeißiger, gemütlicher, fast anheimelnder Ton, wenn auch einer, den er gewiß nie würde wiedererkennen können, ganz gleich, wie lange er sich darauf konzentrierte.

Das Schloß der Schlafzimmertür brach auf, und mehrere Personen versuchten ihn vom Radio wegzuziehen, wobei Nans flehende Stimme die der anderen übertönte. Finger zweier Hände – weiß und kräftig wie geschälte Zweige – hielten sich am Radio fest, das so schwer war, daß die an Fred Ziehenden meinten, es sei an die Bank genagelt, und die Bank sei an den Fußboden genietet. Fred hielt sich mit aller Kraft fest, wortlos, schlau genug, im entscheidenden Moment die Hände vom Radio zu lösen (bevor höhere Mächte ihn wegziehen konnten) und sie mit ebensolchem Stahlgriff an die Bank zu klammern, wobei seltsame Grunzlaute wie gefangene Tiere aus seinem Mund zu springen versuchten.

Schließlich hatten sie ihn losgerissen. Schweiß glänzte auf ihm, als er in der Mitte des Zimmers die Arme schwenkte: »Ich habe Gott gehört!« schrie er. »Laßt mich«, brüllte er, »ich habe Gott gehört!« – und fiel um.

III

Nan wollte keinen Arzt bemühen, und als sie ihr widersprachen, setzte sie sich durch, dankte allen vielmals und drängelte sie aus dem Haus. Nachbarn waren ein Gottesgeschenk, aber man mußte sie in die Schranken weisen, wenn ihre Fürsorglichkeit zu weit ging. Fred war ausgezogen und im Bett, und sie stand in Ivors Zimmer am Fenster und fragte sich nach dem Grund für seinen Anfall. War er nicht glücklich gewesen? Soweit sie wußte, mangelte es ihm an nichts, er hatte alles, was die meisten Männer hatten. Sie hielt eine Menge von ihm, trotz allem, und war sich ziemlich sicher, daß er eine Menge von ihr hielt, auch wenn er es nicht so zeigen konnte. Sie hatten einander nichts vorzuwerfen, und abgesehen davon, daß der arme Ivor ertrunken war, hatten sie ganz gut miteinander gelebt. Sie konnte natürlich nicht verstehen, wie er so gut über Ivors Tod hinweggekommen war, aber vielleicht hatten nur Tapferkeit und Selbstbeherrschung es verhindert, daß er sich anmerken ließ, was für ein mörderischer Schlag das für ihn gewesen war – was ja auch schön und gut war, aber so ein dumpfes Schweigen hatte für sie alles noch zehnmal schlimmer gemacht. Sie hatte dafür bezahlt, weiß Gott, und fast hätte es sie ins Grab gebracht. Es fiel ihr schwer zu glauben, daß er ebenso gelitten haben sollte wie sie, zumal er bei seinem Anfall als erstes die Spielsachen vom armen Ivor vernichtet hatte. Das war etwas, was sie nicht so mir nichts dir nichts vergeben und vergessen konnte, auch wenn er womöglich gar nicht gewußt hatte, was er da tat. Wäre er voll gewesen, hätte die Sache vielleicht anders ausgesehen, aber Fred trank nur zu Weihnachten oder an Geburtstagen viel. Trotzdem, so ein schrecklicher Tobsuchtsanfall war gar nicht seine Art.

Am nächsten Morgen rief sie einen Arzt. Die ganze Nacht hatte er gewütet, geschrien und in seiner unnahbaren Verzweiflung große Fetzen Tapete heruntergerissen. Während dieser langen Stunden hatte sie an ein kleines Baby denken müssen, das aus unerfindlichem Grund plötzlich von einem blindwütigen Anfall gepackt wird, bei dem man nichts machen kann, als seine ganze Geduld zusammenzunehmen und zu versuchen, es zu beruhigen. Dieser Gedanke half ihr, Ruhe zu bewahren und mit der Situation fertig zu werden. Im grauen Licht des frühen Morgens konnte sie ihn in wenigen Minuten dazu überreden, in eine Nervenklinik zu gehen. »Ich will das ja nicht, Liebling, aber alle halten's für das Beste. Und ich auch. Die wissen da, wie man mit so was umgeht. In zwei Monaten bist du wieder munter wie ein Fisch im Wasser.«

»Na gut«, sagte er, unfähig, sich um irgend etwas zu kümmern. Auf dem Meer treibend wie sein geliebtes ankerloses Schiff, wurde er dahingetragen von einer ruhigen, warmen Strömung, gegen die niemand ankonnte.

Sie packte einen Koffer, als ginge er nochmals auf eine Fünfjahreszecherei zur Armee. Sorge und Mitleid trieben ihr Tränen in die Augen, als sie mit zitternden Händen Taschentücher und Schlafanzüge aus Schubladen nahm. Fred saß im Sessel, den Kragen des Morgenmantels hochgeschlagen bis an sein weißes, starres Gesicht, und schnatterte vor Kälte, obwohl das Zimmer von einem großen, gutgeschichteten Feuer geheizt war.

Sie fuhr mit im Krankenwagen und war dabei, als er aufgenommen, untersucht, sediert und schließlich in voller Länge in ein schmales, makelloses Klinikbett gelegt wurde. Es ging alles so schnell, daß ihr Zweifel kamen, ob sie irgend etwas Gutes zuwege bringen würden. »Schön hier«, bemerkte sie, da seine Augen offen blieben und an die leere cremefarbene Decke der Station starrten. »Einen besseren Platz hättest du nicht finden können. Hier weiß ich, daß man sich um dich kümmert, und ich komm dich zweimal die Woche besuchen.«

»Gewiß«, bedankte er sich, wenn auch total abwesend.

»Ich muß jetzt gehn, Liebling, sonst verpaß ich den Bus.«

Anfangs gab es nichts weiter zu tun, als das Haus sauber zu halten. Sie wienerte das Glas auf den Bildern, polierte Messer und Gabeln, legte die Küchenregale mit neuem Papier aus und hoffte, daß er von seinem Nervenzusammenbruch bald kuriert sein werde, obwohl sie Tränen vergoß über den Schlag, der sie getroffen hatte wie eine Kanonenkugel: So seelische Sachen, die konnten Jahre dauern. Erst Ivor weg, und jetzt Fred; das war ein bißchen verdammt viel. Mit Schluchzern klagte sie dem leeren Haus ihr Leid. Sie suchte Trost bei Nachbarn. Eine Frau, die sie beim Einkaufen traf, sagte, als wäre er bereits begraben und vergessen: »Er war Gold wert, aber gerade solche Menschen trifft's am härtesten. Jammerschade. Trotzdem, Mrs. Hargreaves, wenn ich was für Sie tun kann, mein Herz, sagen Sie nur Bescheid.«

Bald war es nichts Neues mehr, allein zu leben. Sie fing an, sich wieder jung zu fühlen, aber es war eine andere

Jugendlichkeit als damals, wo sie während des Krieges jeden Donnerstag über die Straße ging, um auf der Post Freds vierzehn Shilling abzuholen. Es war eine einsame, irgendwie erregende Freiheit, die da zum erstenmal anbrach. Sie hatte etwas dagegen, dauernd von ihren beiden Familien heimgesucht zu werden, die meinten, sie wolle ständig aufgemuntert sein, und als sie ihnen lautstark eröffnete, daß dies nicht der Fall sei, zogen ihre eigenen Eltern sich zurück, indem sie der Hoffnung Ausdruck gaben, daß sie ja wohl kaum den Weg ›dieses armen Fred‹ gehen werde, während Freds Mutter und Vater abzogen und meinten, sie begriffen nun endlich, wer ihren armen Sohn so weit gebracht habe.

Auf jeder Abendzeitung stand ein neues Datum, und Monate vergingen. Männer begannen sie auf der Straße zu bemerken (oder sie merkte, daß sie wieder bemerkt wurde) und warfen ihr Blicke zu, die besagten, daß sie gern mit ihr ins Bett gehen würden. Ihr war das keineswegs angenehm, aber es verhinderte, daß die Misere, in die sie durch Freds Einkerkerung geraten war, sie zu einer alten Frau machte. Warum sollte sie sich eigentlich nicht freuen, wenn Männer sie anlächelten oder ihr im Vorbeigehen zuzwinkerten? dachte sie, als ihr klar wurde, wie straff ihre Figur an Busen und Hüften, wie samthäutig und blaß ihr Gesicht unter dem dunklen Haar war. Diese Gefühle überkamen sie ohne Vorwarnung, ebenso wie Fred von seiner Krankheit überrumpelt worden war. Allen anderen gegenüber kehrte sie die Witwe hervor, die darauf wartete, daß ihr Mann dem Grab entsteigt.

Zweimal wöchentlich fuhr sie mit dem Bus über kurvenreiche Landstraßen zu dem plötzlich auftauchenden Turm, der die lagerartig sich ausdehnenden geringeren

Gebäude beherrschte. Wenn sie mit ihren Bündeln und Illustrierten, Blumen und Weintrauben und den noch duftenden, frisch gebügelten Taschentüchern aus dem Bus stieg, war es ihr höchst peinlich, eine von so vielen zu sein, als würde ihr Besuch durch solche Menschenmengen, die ebenfalls gemütskranke Männer und Frauen besuchten, zu einer schamlosen und schändlichen Strafarbeit, mit der das Schicksal einen geschlagen hatte, so daß jeder besser danach trachtete, das eigene Mißgeschick und geistige Unvermögen vor anderen zu verbergen.

Mit gesenktem Kopf sputete sie sich, die erste auf der Station zu sein, eilte durch lange Gänge, deren niedrige Decken dermaßen mit reptilischen Rohren protzten, daß sie meinte, im Bauch eines dieser Unterseeboote zu sein, die sie im Kino gesehen hatte. Dann betrat sie ein Krankenzimmer, das immerhin so hell war, daß sie ihren Mann in einer vergeistigten Wachsfigur erkannte, die auch mit Nadeln nicht aufzuwecken gewesen wäre.

»Fred«, sagte sie noch im Stehen und breitete die Geschenke auf dem Bett aus, »das hier hab ich dir mitgebracht.«

»Gewiß«, antwortete er – ein Ausdruck der Zustimmung, den die Eltern benutzten und an dem er seit seiner Krankheit Gefallen fand.

»Fred, sie sagen, es wird dir bald besser gehn.«

»Gewiß« – schon wieder.

»Haben sie dir schon diese neuen Pillen gegeben?«

»Gewiß.«

»Solange du nur diese Schocktherapie nicht kriegst. Zuhause ist alles in Ordnung. Ich komm ganz gut zurecht.« Sie mußte sich setzen und ihn eine Stunde lang anschauen, denn früher zu gehen, selbst wenn es nichts mehr zu sagen gab, war undenkbar. Sein Geist war vielleicht tausend Meilen weit weg unter seiner Haut, aber er würde sich erinnern. Sie fragte sich, welche Macht sein Leben zu einem Halbschlaf gemacht hatte, der sich ihrem Zugang so verschloß. Er litt nicht, und das war eine gute Sache. Manchmal sahen sie Schlangen und Drachen und schrien stundenlang, aber Fred wirkte recht ruhig, obwohl man nicht sagen konnte, wie er an den Tagen war, an denen sie nicht kam. Seine braunen, friedlichen Augen beobachteten sie, und sie fragte sich, ob er noch immer diese Morsesignale hörte, auf die er so versessen gewesen war, als sie aus seinem teuren schwarzen Radio kamen. Natürlich, nickte sie in Gedanken, daran ist er ja durchgedreht, Nacht für Nacht diese schrecklich quäkenden Botschaften zu hören. Einmal hatte sie den Fernseher ausgemacht und an Ivors Tür gehorcht, und für sie hatten die schnellen Punkte und Striche geklungen wie Affengelächter – oder es versucht, was noch schlimmer war. Weiß der Himmel, was er aus diesem Lärm rausgehört hat, es war ja auch unmöglich rauszukriegen, weil er seine Zettel jede Nacht verbrannt hat. Funker, hat er gesagt in seinem rasend machenden allwissenden Ton, Funker müßten alle festgehaltenen Nachrichten geheimhalten, sonst würden sie Knast kriegen. Wenn sie eine von der eifersüchtigen Sorte wäre, hätte sie ihm den Marsch geblasen, von wegen so viel Zeit an seinem Kasten da zu sitzen, kaum zu Hause, will er schon seinen Tee, und dann schnell waschen und nach oben, und da klebt er dann die ganze Zeit. Trotzdem, die meisten Kerle hätten ihr Geld in 'ner Kneipe rausgeschmissen und sich Magengeschwüre eingehandelt. Alles kann man nicht haben, so viel steht fest.

»Nächste Woche bring ich dir 'n Pudding mit, Liebling«, sagte sie und fragte sich, womit sie ihn noch aufmuntern konnte.

»Gewiß.«

»Wenn du irgend etwas brauchst, schreib mir 'ne Karte.« Sie betrachtete ihn nicht als hilflos, behandelte ihn fast so, als hätte er es sich ausgesucht, da so zu liegen, und als könnte er nach Belieben da herauskommen – obgleich sich an seinem Lächeln ablesen ließ, daß er es nicht konnte. In seinem Schrank lag ein halbes Dutzend Taschenbücher, die sie ihm mitgebracht hatte, aber sie wußte, er hatte sie nicht gelesen. Trotzdem, an einem Ort wie dem hier machten sie sich gut, und vielleicht würde er sie bald brauchen. Man wußte nie, wann das Stahlband hinter seinen Augen aufspringen und ihn wieder freilassen würde. Sie hielt seine Hand, schüchtern, weil noch viele andere Besucher im Zimmer waren, die aber so beschäftigt damit waren, andere Hände zu halten, daß sie gar nicht darauf achteten.

Stets die erste in der Klinik, kam sie auch als letzte heraus und mußte folglich einen Platz auf dem Oberdeck des Busses suchen, wo in dicken Schwaden Pfeifen- und Zigarettenrauch waberte. Wallende, sich windende Bewegung schuf Erleichterung – der Bus fraß sich mit seinen Scheinwerfern durch die winterlich nahende Dunkelheit, beschleunigte, wenn die schwarze Schlucht der Bäume sich streckte. Krumm saß sie da nach diesem anstrengenden Tag, blickte die Sitzreihen entlang, auf denen andere Menschen sich über die Höhepunkte ihres Besuches ausließen. Bis jetzt war ihr Kummer zu frisch gewesen, als daß sie neue Bekanntschaften hätte machen oder einen Gruß mit mehr als einem Kopfnicken hätte erwidern können, doch als der Mann neben ihr fragte:

»Wie ging's ihm heute?« entgegnete sie:

»Ungefähr genauso«, und wurde rot wie die Sonne, die, auf den Feldern liegend, einer Runkelrübe glich, die ihre Existenz auf den Kopf stellt und zurücksinkt in die behagliche Düsternis der winterlichen Erde, der sie entwachsen war. Ich bin dumm, dachte sie, daß ich mich nicht traue aufzublicken. Warum hab ich dem frechen Kerl nur so eine Antwort gegeben? Aber sie sah ihn kurz an, während seine eigenen Augen die bleiche Tagesneige draußen aufnahmen, die ihn, nach seinem Lächeln zu urteilen, das Businnere als traute Gemütlichkeit empfinden ließ. Er war ein junger Mann, der zu nichts als Arbeit geschaffen schien, unbeholfen, wenn sein Sonntagsanzug sein Recht beanspruchte, ihn einen Tag in der Woche zu beherrschen. Er war etwa dreißig, schätzte sie, vielleicht unverheiratet, denn seine Annäherung war alles andere als versteckt gewesen.

»Ist 'ne lange Sache«, sagte er, »wenn die erst mal da drin sind. Wahrscheinlich länger als Tb.«

»Na ja«, sagte sie und dachte, bei dem gesunden roten Gesicht kann er kein Bergmann sein, »man wird sie aber auch nicht länger drinbehalten als nötig, nicht? Die kosten zuviel.«

Er nahm eine Zigarette heraus, und trotz ihrer schnippischen Antwort machte der Rauch ihren Ärger nicht größer, denn er steckte sich die Zigarette irgendwie gutgelaunt und aufgeräumt an, was zu ihrem Eindruck paßte, daß er sich in seinem Sonntagsstaat von der besten Seite zeigen wollte. Besser freilich als weißer Kragen und Krawatte stand ihm die Zigarette selber, und sie zweifelte nicht daran, daß ein großes Bier seiner Art noch mehr entsprechen würde. Vielleicht ist er nervös unter all seiner

Forschheit, dachte sie lächelnd. »Nein, vermutlich nicht«, sagte er, nachdem er sich Zeit gelassen hatte, über ihre Äußerung nachzudenken.

»An so was stirbt man ja auch nicht«, fügte sie hinzu.

»Dafür kann man schon mal dankbar sein. Oh, Entschuldigung«, – herauskam wieder seine Zwanzigerpakkung –, »rauchen Sie, Schätzchen?«

»Nein danke.« Was bildet der sich eigentlich ein? Und für was hält der mich? »Oder doch, ich will eine.«

»Ich rauch gern mal eine«, sagte er. »Leistet mir Gesellschaft.«

Die Eröffnung war auf zehn Meilen zu durchschauen, aber sie ging nicht darauf ein. »Wen besuchen Sie denn in der Klinik?«

»'n Kollegen von mir. Der liegt aber auf der Chirurgischen. Ist letzten Winter von 'nem Gerüst gefallen. Hat sich nur 'n Arm gebrochen – jedenfalls dachten wir das –, aber seitdem ist er im Kopf nicht mehr der Alte. Er ist Ire, so'n Patrick, wissen Sie, und keiner von seiner Familie kommt ihn besuchen, deswegen nehmen die Kumpels sich abwechselnd 'n halben Tag frei und kommen gucken, ob alles in Ordnung ist. Stecken ihm paar Zigaretten und so Sachen zu. In zwei Monaten soll er rauskommen, sagt der Doktor.«

Sic hörte kaum zu. »Dann sind Sie also Maurer?«

»Bauhilfsarbeiter. Wen besuchen denn Sie? Ich verdien aber ganz gut.«

»Meinen Mann.« Hinter Redhill hatten sie die Lichter von Nottingham vor sich. Sie sprenkelten den Himmel und zogen sie hinab zu dem Hufeisen über der heimatlichen Haustür. Sein Blick kam ihr zu naiv vor, um echt zu sein, und sie argwöhnte darin den Gipfel seiner Druchtriebenheit. »Ich bin froh, wieder nach Hause zu kommen«, sagte sie. »Es ist ein langer Tag bei diesen Entfernungen.«

Die Unmutsfalte verschwand, als er dachte, sie könnte sie sehen. »Man kann aber auch nicht dauernd zu Hause hocken. Ich geh gern ma' länger aus und amüsier mich.«

Sie sah, wo sein Blick hinging, und fing an, sich den Mantel zuzuknöpfen. »Das hat bestimmt auch was für sich.«

»Und ob«, grinste er.

»Ich hab schon lange keinen mehr getrunken«, behauptete sie, da ihr zur Verteidigung nur noch Selbstgerechtigkeit übrig zu bleiben schien.

»Kommen Sie doch mit mir einen trinken, bevor Sie nach Hause gehn. Das wird Ihnen Spaß machen.«

Sie wurde rot. Der denkt, ich will mit ihm bumsen, und diese Vorstellung machte sie so wütend, daß sie sagte – wenn auch nicht allzu laut wegen der anderen, die sie womöglich in einem falschen Licht gesehen hätten und nun erst recht hätten denken können, was das wohl für eine Kokette sei –: »Sie haben wohl Lust auf 'ne Ohrfeige, was?«

»Kann schon sein.« Sein Ton wurde traurig. »Tut mir leid, wenn ich Sie beleidigt habe, Schätzchen. Aber kommen Sie doch einen trinken mit mir, dann können wir's wiedergutmachen.«

Er war wirklich der Letzte. »Für was halten Sie mich eigentlich?« – eine Frage, die ihn verdutzte, da er die Antwort bis jetzt selber noch nicht wußte. »Damit Sie's wissen«, sagte sie, »ich bin verheiratet, solide verheiratet.«

»Ich auch«, antwortete er, »aber ich bin nicht engstirnig.« Dann hielt er die Klappe, während der Bus langsam durch helle Lichter und den Verkehr fuhr, haltend und wieder anfahrend wie mögliche künftige Antworten, die sich in Nans Kopf vorbereiteten für den Fall, daß er noch einmal die Frechheit besäße, etwas zu sagen.

An der Endstation stiegen sie hintereinander auf den Asphalt hinunter, und als er seinen Antrag in den dunkleren Schatten des Busbahnhofes wiederholte, waren sie beide erschrocken bei dem unzweideutigen »Ja«, das sie für wenige Sekunden getrennt hielt und dann leidenschaftlich aneinanderzog.

IV

Freds Hirngewitter verzog sich mit vorhersagbarem Tempo und hinterließ einen Geistesblick auf ein wolkenlos blaues Meer, von dem das große Schiff spurlos verschwunden war. Er verließ die Station mit einem Koffer in der Hand und einer Morgenzeitung unter dem anderen Arm. Sein heißer Kuß ärgerte Nan, aber sie konnte nur sagen: »Zu Hause bist du besser aufgehoben.«

»Ja, ich weiß. Und ich will da nie wieder weg, Liebes.« Mit großen Augen blickte er froh auf das üppige Grün der Frühlingsmitte, und der erregende Geruch von Gras und Weidenkätzchen drang stärker durch das offene Busfenster als die Benzinabgase. Unter der Landstraße hindurch schoß in ein mächtiges Rohr Wasser, ein geschwollener Silberarm, der auf der anderen Seite des Fahrdamms ein Feld bewässerte, von dem Kühe tranken. Er rieb sich die Sonne aus den Augen, als wäre er nach reichlicher Gefängnishaft zu beansprucht von seiner Fahrt, um viel sprechen zu können. Er freut sich, da rauszukommen und heimzukehren, dachte Nan, wie ich seine Abwesenheit genossen habe, sobald der Schock nach dem Zusammenbruch abgeklungen war.

Die ersten Bungalows lagen verstreut über die vorstädtischen Felder wie aufgedonnerte Hundehütten, und er wandte sich ab von ihnen: »Ich fühl mich gut, Liebes. Ich fühl mich maßlos.«

Sie lächelte. »Das dacht ich mir. Du siehst aus, als kämst du aus 'nem langen Urlaub.«

»Irgendwie war's ja wohl auch so.« Er nahm ihre Hand und drückte sie: »Laß uns heut nachmittag in die Stadt fahren. Wir bummeln ein bißchen rum und machen uns dann ein paar schöne Stunden im Kino. Von jetzt bis Montag können wir das zu 'nem richtigen Urlaub machen.«

»Einverstanden«, sagte sie und hatte ihre Zweifel.

Als er hinten den Hof entlangkam, hielten die Nachbarn ihn für einen von Nans Liebhabern, die in den letzten Monaten spät abends durch die Hintertür ins Haus gegangen waren und es früh am nächsten Morgen durch die Vordertür wieder verlassen hatten. Sie hatte das schlau angestellt, aber nicht schlau genug, schmunzelten sie. Nicht, daß Fred in Gefahr war, informiert zu werden, denn es bestand kaum Aussicht, daß er sie verdreschen würde: darüber war sie mittlerweile hinaus, und er wäre sowieso nicht Manns genug dazu. Und wenn er es eines Tages herausbekäme – was unvermeidbar war –, würde es keinen Sinn mehr haben, sie wegen etwas zu verprügeln, was längst Geschichte war.

Sie mußten zweimal hinsehen, um den Fred wiederzuerkennen, den sie seit Jahren kannten. Sein bleiches Gesicht war voller geworden, und er hatte die lebhaften Bewegungen seiner braunen Augen verloren, die, weil sie sich ihrer selbst nicht sicher waren, genügend Wärme und Mitgefühl gegeben und bekommen hatten, um gern gesehen zu sein. Sein bester Anzug hätte sich als zu eng erwiesen, wenn Nan nicht daran gedacht hätte, ihm seinen Regenmantel mitzubringen, der, schon immer etwas zu groß, das Gröbste seiner Gewichtszunahme vor neugierigen Augen verbarg. Am offensichtlichsten war sein Gesicht, das auseinandergegangen war. Der Ausdruck war schwer gezeichnet vom mittleren Alter, obwohl die Nachbarn hätten beeiden können, daß er viel besser aussehe und daß die gute Landluft ihm ausgezeichnet bekommen sei. »Es hat ihn fülliger gemacht«, sagten sie, »und es wird sich zeigen, daß es sie auch fülliger gemacht hat – nur daß es bei ihr nicht von der frischen Luft und vom guten Essen kommt.« Fred kriegte ihr Gelächter an der Hintertür mit.

Die Gerüche auf dem Hof waren ihm vertraut, Teeblätter und Kohlenstaub, Autotreibstoff und Mittagseintopf. Er schwelgte darin, konnte es kaum erwarten, am kommenden Montag zur Arbeit zurückzukehren und zwischen diesen heißen, ölverbrennenden Maschinen umherzugehen, was seine Heimkehr erst vollkommen machen würde. Nan hängte seinen Regenmantel auf, indes er sich dem Wohnzimmer zuwandte. Er dachte, sie seien ins falsche Haus geraten. »Was soll das denn?«

»Was soll was denn?« Sie lächelte über seine Unmutsfalte, obwohl sie sie als Beleidigung empfand. »Was soll was, Fred?«

»Na, all das« – wobei der den Arm schwenkte, als deute er damit auf etwas, was kein Streichholz wert sei. Er wechselte das Standbein, verunsichert durch die während seiner Abwesenheit stattgefundene Veränderung.

»Gefällt's dir nicht?«

»Doch –«, gestand er nach einer Weile zu. »Aber 'ne Überraschung ist es schon.«

»Gewiß.« Er sah genauer hin. Die alten Möbel, die alte Tapete, die alten Vorhänge und Bilder – alles weg, fortgewischt vom Zauberstab seiner sechs toten Monate. Das Zimmer war heller, modisch grüngetüpfelt, und glich (was ihnen allerdings nicht auffiel) eher der Klinik, aus der er gerade kam, als der früheren gemütlichen Ausstattung ihres ehelichen Nestes. »Dir gefällt's also nicht?«

Er sah Gewitterwolken heraufziehen, und das schon zehn Minuten nach seiner Rückkehr aus der Klinik. »Es ist lichter. Doch, ich denke, es ist okay. Es ist sogar wunderschön.«

»Danke«, sagte sie. »Dacht ich mir doch, daß du hüpfen würdest vor Freude. Ich mach dir erst mal 'ne Tasse Tee.«

»Muß ja ganz schön was gekostet haben«, rief er in die Küche und fühlte sich schon nicht mehr ganz so fremd.

»Ich hab mein Fußballgeld dafür ausgegeben«, sagte sie. »Alles, bis auf'n paar Pfund.«

»Wahrscheinlich konntest du dich deswegen so gut um mich kümmern und mir jedesmal was mitbringen.«

»Ja, genauso war's«, sagte sie.

»Und ich dachte immer, es liegt daran, daß du so gut haushalten kannst.«

»Laß den Spott. Ich habe oft überlegt, was ich damit machen soll, das weißt du, und jetzt kannst du's sehn. Vielleicht denkst du, ich bin bescheuert, alles ins Haus zu pulvern, wo du deinen Anteil für dich ausgegeben hast, für . . . ein Radio. Mag sein, vielleicht bin ich bescheuert, aber ich lege nun mal Wert auf 'ne schöne Wohnung. Wer sich zu Hause wohl fühlt, dem kann nicht viel passieren.«

»Wie wahr.«

»Man braucht Arbeit und Geld, damit's weitergeht, aber es lohnt sich ja auch. Es ist nichts Schlimmes daran, wenn man arbeitet.«

Er stand am Kamin und trank seine erste Tasse Tee. »Da hast du'n wahres Wort gesprochen. Ich bin froh, daß ich Montag wieder anfangen kann.«

»Das hält den Menschen am Leben«, fuhr sie fort, fast fröhlich, dachte er, »und dich auch, so wie ich dich kenne. Du hast schon immer gern gearbeitet. Es kann gar nicht ausbleiben, daß man auf den Gedanken kommt, 'ne Frau ohne Kinder hätte nicht genug zu tun. Deswegen sollten Frauen wie ich in 'ner Fabrik sein. Es bringt nix, den ganzen Tag rumzuwienern oder zu tratschen oder mit langem Gesicht vorm Kamin zu sitzen, weil man die Bücher aus der Bücherei schon alle kennt. Was man braucht, ist 'n handfester Job. Das bißchen Hausputz schafft man leicht nebenher, auch wenn es heißt, in der Praxis säh's anders aus.«

»Wozu erzählst du mir das eigentlich?« rief er.

»Weil ich Montag auch anfange zu arbeiten, bei meiner alten Firma.«

Da er nun wußte, was sie spielte, wurde er ruhiger. »Vielleicht brauchen die da gar keinen.« Sie setzten sich zum Essen: kalter Braten, frischer Salat und Brot, Sardinen und jeder eine Fleischpastete in Zellophanhülle.

»Die würden mich mit Handkuß wieder nehmen, sogar als Vorarbeiterin. Ich war neulich da, das Herstellungsverfahren hat sich kein bißchen verändert, seit ich da aufgehört habe.«

Er lächelte. »Das wird sich auch in hundert Jahren nicht ändern, genauso wenig wie bei mir in der Fabrik.«

»Nach ein, zwei Stunden werd ich mich fühlen wie'n Fisch, der wieder ins Wasser zurückkommt«, sagte sie frohlockend. »Ich hab ihnen nicht gesagt, daß es nur für etwa drei Monate ist, aber solange ich da bin, kann ich'n bißchen Geld auf die Seite legen.«

»Wir brauchen kein Geld«, sagte er, und langsam verging ihm der Appetit, »wir kommen nämlich sehr gut zurecht, wenn ich die ersten Lohntüten drinhabe.«

»Das seh ich anders. Wir werden alles brauchen, was wir nur kriegen können, denn ich bin schwanger.«

Er lächelte, dann verflüchtigte sich das Lächeln, und die Bedeutung dessen, was sie gesagt hatte, schlug ihm ihre Krallen ins Gesicht. »Schwanger?«

»Ja«, sagte sie. »Siehst du das nicht? Ich hab einen Bauch gekriegt. In sechs Monaten haben wir ein Kind im Haus. Du wirst es hier nicht mehr wiedererkennen.« Sie funkelte ihn an, als hoffte sie, er würde ihr widersprechen wollen. Aber die frische Röte von der gesunden Luft war ihm schon aus den Wangen gewichen. »Dann hast du also schon alles geregelt, ja?«

»Oft regeln die Dinge sich von selber, egal, was man macht.« Er konnte ihr Herz klopfen sehen, ihre Brüste gingen auf und ab, daß er meinte, ihre Bluse sei lebendig geworden.

»Von wem ist das Kind?«

»Von niemandem, was mich betrifft.«

Zitternd stellte er die Teetasse zurück auf ihren Untersatz. »Es betrifft aber *mich*, verdammt noch mal, und ob es mich betrifft!«

»Nach dem hier können wir beide ja noch eins machen, also reg dich schon ab.«

Er stand von seinem halb leeren Teller auf. »Das hast du

dir so gedacht. Du bist ja verrückt« – und daß er in seiner Enttäuschung so beängstigend langsam die Treppe hinaufstapfte, erfüllte sie eher mit Sorge um ihn als um sich selbst.

Sie hatte nicht gedacht, daß er nach ihrer Eröffnung gleich so klein beigeben werde, hatte gehofft, er werde mit ihr streiten, regeln, was geregelt werden mußte, und dann erst die Einsamkeit suchen, um seinen Schmerz zu lindern. »Vielleicht bin ich ja wirklich verrückt« – und obwohl sie sich nicht einbildete, daß ihm der Mumm fehlte für eine so lebenswichtige Rauferei, konnte es sein, daß sie allzu blind dem Rat gefolgt war, daß die Dinge sich von alleine besser regeln, als man denkt – was Danny ihr nahegelegt hatte, als sie ihm sagte, sie sei schwanger, und bevor er zu einer neuen Baustelle in Rotherham verduftet war. Sie mußte daran denken, wie er nach ihrer ersten gemeinsamen Nacht gesagt hatte, daß er, wenn er eine Frau kennenlerne, als erstes sich immer fragte: »Wenn ich mit der ein Kind habe, wem wird es ähnlich sehen?« »Und dachtest du das auch, als du mich im Bus angesprochen hast?« »Na was denkst du denn?« hatte er gelacht. »Natürlich, du kleines loses Ding du.« Aber jetzt war er weg, und nur sie würde sehen können, wie das Kind werden würde. Vielleicht ist er deshalb erst auf die Frage gekommen – weil er wußte, daß er nicht da sein würde, um es zu sehen. Der Saukerl – obwohl ihm ja nicht viel anderes übrig blieb, als sich dünnezumachen. Trotzdem (es war ein trauriger Seufzer) die letzten paar Monate waren herrlich gewesen, eine einzige wilde Zecherei mit dem Rest ihres Fußballgeldes. Sie hatte mit Danny gesoffen und gesungen, irgendwo in einer Kneipe am anderen Ende der Stadt. Schon lange hatte sie nicht mehr so viel gelacht,

Darts gespielt und sich gekabbelt mit den jungen Männern (manche nicht älter als Teddyboys), die alle ein schönes Geld in der Gedlinger Zeche verdienten und sich ein gutes Leben machten, solange sie noch konnten. Sie hatte nie gedacht, daß der Totogewinn ihr einmal so zustatten kommen würde, und hatte wieder angefangen zu tippen, obwohl sie und Fred sich geschworen hatten, damit aufzuhören, wenn sie erst einmal abgesahnt hätten. Wenn sie nachts wieder zu Hause waren, hatte sie Dannys liebkosende Hände und Lippen gespürt: warm und bereit für ihn war sie noch einmal lebendig geworden, wenn der süße Krampf des Orgasmus ihr in die Knochen fuhr. Sie hatte sich nicht darum gerissen, schwanger zu werden, konnte sich aber auch nicht elend fühlen, bloß weil Fred oben herumpolterte. Sie hatte gehofft, die Seligkeit bei seiner Abwesenheit werde sich verwandeln in den Himmel bei seiner Rückkehr, aber das war, wie meistens, zuviel verlangt gewesen. Sie konnte die Tränen nicht mehr zurückhalten. Erinnerungen an Fred und ihr gemeinsam verbrachtes Leben wurden jetzt allzu lebhaft und deutlich. »Ich konnte doch nichts dafür«, sagte sie. »Ich wollte ja nichts mit Danny zu tun haben, aber ich war nicht mehr ich selber.« Sie hatte oft vergessen, daß es Fred noch gab. Hatte sich zurückgezogen in eine Gefühlswelt, die zurückreichte in die Zeit noch bevor sie ihn kennengelernt hatte. So weit war sie weggewesen in einem Paradies, daß sie, um ihn nicht ganz zu verlieren, manchmal eine Postkarte an den Wecker gestellt hatte, auf der geschrieben stand: *Morgen Krankenhausbesuch*.

Für Fred oben schien es keinen Zweifel mehr zu geben, daß ein Ende erreicht war, doch als er seinen halb gepackten Koffer auf dem Stuhl sah, war dieses Ende wie eine nackte, glatte Wand, die einen Tunnel blockierte, der so eng war, daß man sich nicht umdrehen und nach einem neuen Anfang tasten konnte, obwohl das die einzige Hoffnung zu sein schien.

Der Zigarettenstummel versengte ihm die Finger, fiel zu Boden, und er befahl seinem Fuß ihn auszutreten. In der Dunkelheit des Schrankes erblickte er Bilder von seiner Reise nach London heute nachmittag, einen langen, brechend vollen Zug, der ihn ratternd zu irgendeinem fremden, unpersönlichen Schlafzimmer brachte, in dem es nach Bahnhof und Feuchtigkeit roch, nach einem neuen Job, Plackerei, Einsamkeit und noch weniger Grund zum Leben als er jetzt schon hatte. Trotzdem, es nützte nichts, er mußte raus hier. Seine Reisevorbereitungen gingen langsam vonstatten, doch er lächelte und sagte sich, daß es keine Eile habe.

Ivors Spielzeug war weg, von Nan beseitigt, nachdem er an jenem Morgen weggekarrt worden war. Das Puzzle fügte sich zusammen, zeigte, wie sie allein zurückkam von der Klinik und nicht wußte, was sie tun sollte, weil er, Fred, nicht mehr zum Haus gehörte. Er sah sich, wie er Ivors Spielsachen mit Händen und Stiefeln zertrümmerte, ein Dreschen des Wahnsinns nach einer Ernte von Geistesblitzen, die allzu reich gewesen war an Leben und Energie.

Etwas von einem sauberen Leinentuch halb Verborgenes huschte durch die Hintertür seines Auges, bevor er sich vom Schrank abwandte. Als er das Tuch wegzog, erblickte er den Rundfunkempfänger; schwarz, verhängnisvoll und ausgeschaltet lag er wie ein massiges, schändliches Ungeheuer dort, wo das in den Mülleimer gewanderte Spielzeug gelegen hatte. Er grinste: Nan hatte das

Gerät an einem Ort versteckt, der ihr sicher schien vor seinem Blick. Er fragte sich, warum sie es nicht gleich mit den Spielsachen weggeschmissen hatte. Er kniete sich hinab zu den magischen Augen und Knöpfen, berührte sie und drehte an ihnen in der Hoffnung, daß angenehme Geräusche aufsteigen würden.

Die Größe und Würde des Geräts war einschüchternd, so daß er zurücktrat und es von einem Punkt aus betrachtete, wo es ihn weniger verwirrte. Die Vision setzte ein, als eine halbe Erinnerung sich die Ärmel hochkrempelte, um in sein Hirn einzudringen. Sie zwängte sich gewaltsam hinein. Er lachte darüber und klopfte mit den Fingern einen angenehm hohlklingenden Ton auf den Deckel, nicht wie eine Militärtrommel, sondern etwas Erfreulicheres, eher primitiv und dschungelartig. Es erinnerte ihn an Peter Nkagwe, dessen aufgeklärtes Gesicht verschlossen gewesen war wie ein Stein, als er vor Jahren in der Funkerbude Stunde um Stunde Nachrichten hinausgetrommelt hatte.

Der schwarze Kasten wog einen Zentner. Zwei Arme streckten sich aus und umfaßten ihn, preßten ihm die scharfe Kante unter die Rippen, als er sich bewegte, Fuß für Fuß vorwärtskeuchend. Das dunkle Haar fiel ihm in die Stirn, um zusammen mit Schweißperlen seine Haut zu peinigen. Die Klinik hatte ihn verweichlicht, aber er widerstand dem Verlangen, das Radio in zwei Etappen zu versetzen, er brachte die Kraft auf, es auf die harte Tour zu schaffen, nahm die Felsenmitte seiner selbst zusammen, um mit einer einzigen qualvollen Anstrengung den Tisch zu erreichen und das Radio so behutsam abzusetzen, daß unmöglich zu sehen oder zu hören war, wie Holz und Metall miteinander in Berührung kamen.

Es war eine Sache von kaum zwei Minuten, die Antenne aufzuschrauben, das Gerät anzuschließen, die Kopfhörer einzustöpseln und Saft durch Röhren und Superhet zu schicken. Wie ein unsichtbares Wiesel fuhr Energie in jeden purpurglühenden Faden. Die Skalen leuchteten auf, und das Hintergrundrauschen atmosphärischer Störungen wurde vernehmbar, wie aus der Seemuschel kommend, die er sich als Kind ans Ohr gehalten hatte, um die ferne Brandung von Skegness zu hören. Dann war Schluß mit solchen Feinheiten, und das Geräusch schwoll an zu dem lauten elektrischen Knuffen eines ausgewachsenen Meeres in steter Bewegung. Er drehte die Lautstärke herunter und schickte das Schwungrad auf Funkzeichenpirsch.

Die See beruhigte sich für ihre mondänen Mitteilungen von Ankunft und Abfahrt, Liebe und langem Leben und Oma verstorben und kaufte Geschenke in Bombay, und von diesem festlichen Linienschiff – weiß, elegant und prächtig – erneut sichtbar zwischen klarem Himmel und weithin trostlos flacher See – wurden Signale gegeben, die besagten, ein Sohn sei geboren (oder hieß es werde geboren?), mit Liebe von Nancy, an einem Ort, wo beide wohlauf seien.

Er warf den Bleistift hin und starrte auf die zufälligen Worte und brachte ein Grinsen zuwege über die Ironie der Nachricht. Er runzelte die Brauen, als würde ein guter Freund sich über ihn lustig machen. Das friedliche Schiff fuhr weiter, und ein Stimme sprach zu ihm über seine Schulter: »Was hast du denn da, Fred?«

»Eine Nachricht«, antwortete er, sich nicht umdrehend und die Hand darüberschiebend, damit sie es nicht sähe. »Die empfang ich von den Schiffen auf See.«

»Ja, das weiß ich.«

»Alle möglichen Sachen«, fügte er hinzu, entgegenkommend, ohne zu wissen warum. Die Kopfhörer rutschten ihm auf den Nacken, und er ließ den Frequenzanzeiger über die Bandbreite laufen, ein Geräusch, das Nancy daran erinnerte, wie sie als Kind an den riesigen Vogelkäfigen im Zoo vorbeigerannt war: »Was für welche denn?«

»Telegramme und so. Ganz gewöhnliches Zeug. Hör mal, was dieses komische hier sagt« – er nahm die Hand weg – »FRED HARGREAVES IST DONNERSTAG 13 UHR ABGEREIST.«

Sie sah ihn an: »Aber du gehst doch nicht, Fred, oder? Das kann ich nicht glauben.«

»So hat aber das Telegramm gelautet. Und jedes andere lautet genauso. Ich komm nicht klar damit.«

»Red doch mal anständig«, schrie sie. »Das kann man nicht machen, einfach so abhauen.«

Er lachte, ein Knirschen von Herz und Seele. »Nein, kann man nicht?«

»Und was ist mit deiner Arbeit?«

»Wer die erfunden hat, hat noch genug davon.«

»Und was ist mit mir?«

Er legte die Kopfhörer ab und sprach mit übertriebener, schrecklicher Ruhe. »Das hättest du dir überlegen sollen, bevor du dich billig gemacht hast, um dir einen Bastard einzuhandeln.«

»Das ist doch alles aus jetzt. Hab ich dir doch gesagt, oder? Wird Zeit, daß du mir mal glaubst.«

»Du hast mir eine Menge Dinge gesagt.« Es kam mehr nörgelnd als vorwurfsvoll. »Alles Lügen.«

»Ja, weil ich dachte, es wär besser so.«

»Und mit diesem Kerl zu gehen? War das auch besser?« Sein scharfer Ton ließ sie zusammenzucken. Die braunen

Augen funkelten in dunkler werdenden Höhlen, als hätte er sich nie bei einem Krankenhausaufenthalt von seiner Erschöpfung erholt. Die Nachbarn nebenan und hinten im Hof konnten sie hören. Sag bloß, er hat's schon rausgekriegt. Ja, ja!

Sie war noch nicht aus dem neuen Kleid herausgekommen, das sie angezogen hatte, um ihn abzuholen, und um die Taille zeigte sich bereits eine leichte Rundlichkeit. »Ich konnte doch nichts dafür«, schrie sie, ohne daß die Tränen auf ihrem Gesicht sie davon abhielten hinzuzufügen: »Was hast du denn auch erwartet? Seit Ivor tot ist, war kein Leben mehr zwischen uns. Ich hatte genug davon. Da mußt ich mich doch gehnlassen.«

»Und das ist dir schrecklich schwer gefallen, nicht?«

»Ich will nicht sagen, daß es mir schwergefallen ist, aber ich werd dich trotzdem nicht auf Knien anflehn zu bleiben. Ich denk nich' dran.« Sie richtete sich auf und sah ihn haßerfüllt an: »Es ist genauso deine Schuld wie meine.«

»Ich gehe«, sagte er. »Ich bin schon weg.«

»Dann geh doch.« Sie wandte sich ab, ihr Ton war mechanisch, ernstgemeint; ihre stille Resignation ein glühendes Feuereisen, das sich durch seine Augen bohrte. Diese letzte Folterung konnte er nicht mehr ertragen. Betäubt vom Kummer über ihre Entscheidung, sah sie seine Hand nicht kommen. Ein gewaltiger Schlag, wie ein vom Orkan mit Höchstgeschwindigkeit getragener Wackerstein, traf sie seitlich am Gesicht, warf sie zurück, und ihre Füße verloren den Halt. Mit einem Schreckensschrei krachte sie aufs Bett. Ihrer Mutter erzählte sie später: »Er hatte mich vorher noch nie geschlagen, und er wird mich nie wieder schlagen. Na, vielleicht hatt ich's ja auch verdient.«

Er riß den Funkspruch vom Block, knüllte ihn fest zusammen und warf ihn in die andere Ecke des Zimmers. Dann ging er zu Nan und versuchte sie zu trösten, während die Hufeisen verzweifelter Liebe sie zurückstampften in die Dimensionen des Ehelebens.

Die Lumpensammlerstochter

Eines Tages, es war schon dunkel, ging ich mit einem leeren Koffer nach Hause, einem scharfen schweinsledernen Ding mit Reißverschluß, das ich irgendwann geklaut und einem Freund geliehen hatte, der dachte, er könnte es sich unter den Nagel reißen, und da hielten mich zwei Bullen in Zivil an. Zwanzig Minuten lang fragten sie mich aus, dann gaben sie's auf und ließen mich laufen. Während sie mit mir redeten, hatte jemand ganz in der Nähe einen Bruch gemacht, zehntausend schmucke Sächelchen eingesackt, die er brauchte, und war damit verschwunden.

So spielt das Leben. Ich hatte Glück, daß nichts als Luft in meinem Koffer war. Manchmal marschiere ich mit einem Stück Butter oder Käse aus dem Lagerhaus, wo ich arbeite, aber diesmal war der gar nicht so liebe Gott auf meiner Seite – vielleicht wollte er's wiedergutmachen, daß er mir schon ein paarmal in den Rücken gefallen war. Hätten die Bullen mich aber ein paar Nächte später zur Rede gestellt, sie würden mich mit einer Ladung feinstem Luxusproviant geschnappt haben.

Mein Job besteht darin, Käserollen, so groß wie Bierfässer, von den Lastern abzuladen, die zweimal die Woche vom Land kommen. Sie fahren am Seitentor vor, und ich und ein paar Kumpels krempeln die Ärmel hoch und schleppen sie auf der Schulter langsam über die Bohlen ins Lagerhaus, runter in die Käseabteilung. Einmal, als wir die Listen geprüft hatten, sahen wir, daß ein Käse zuviel war, und so wurde entschieden, daß er unter zwölf von uns aufgeteilt und mit nach Hause genommen werden sollte zu unsern Frauen und Familien. Die Frage war nur, welchen Käse wir verschwinden lassen wollten. Da sagte der Kolonnenführer: »Also, wir suchen jetzt alle nach dem Käse, an dem die Ratten schon angefangen haben zu nagen, und das ist der, den wir unter uns teilen, weil es nämlich der beste ist, da könnt ihr Gift drauf nehmen.«

Es war ein riesiger Dalbeattie erster Güte, und noch nie hat mir ein Käse so geschmeckt. Lange Zeit hat meine Frau gesagt: »Wann bringst du uns denn mal wieder was von diesem herrlichen Käse, Tony?« Und was ich danach auch anschleppte, nie schienen sie zufrieden, obgleich ich jedesmal, wenn ich den Laden mit einem Remmel Käse oder einem Klumpen Butter verließ, meinen Job riskierte – so sah das nämlich aus. Einmal, als Test, hab ich tatsächlich ein Stück Dalbeattie in einem andern Geschäft gekauft, aber sie wußte, er war nicht gestohlen, und so schmeckte er nicht so gut wie der andere, den die Ratten für uns ausgesucht hatten. Es kommt immer wieder mal vor, daß die Polizei einen von uns erwischt, wenn er ein Stück Butter mitgehn läßt. Sie bringen ihn dann zurück, und er fliegt. Man muß sich mal vorstellen, rausfliegen wegen einem halben Pfund Butter. Ich würde mich schämen, meinen Kumpels wieder in die Augen zu sehn, und wäre froh, wenn sie mich so feuern würden, daß ich's nicht müßte.

Zum erstenmal hab ich im Kindergarten geklaut, als ich fünf war. Da haben sie uns zum Spielen Münzen aus Pappe gegeben, Pennies, Shillings, Half-crowns, steif und kaum zu biegen, die sollten wir gegen Bauklötze und Kreidestücke eintauschen. Diese Stunde hieß Kaufen und Verkaufen. Ich weiß noch, daß ich schon damals das Gefühl hatte, daß an der Sache irgendwas faul war, aber ich konnte nichts machen als rumnölen und schlecht spielen, weil ich nicht alt genug war, um rauszukriegen, was es war. Wenn ich aber richtig mitspielte, war ich hinterher immer der Verlierer, bis ich nach kurzer Zeit dahinterkam, daß man noch mehr machen konnte als bloß geschickt sein: am Ende des nächsten Nachmittags, als die Lehrerin die Runde machte, um die Münzen wieder einzusammeln, behielt ich sechs davon (Silber, wie ich später sah) in der Tasche.

»Es fehlen ein paar«, sagte sie mit dieser honigsüßen Stimme, die mir Schauer über den Rücken jagte, so daß ich sie am liebsten wieder hergegeben hätte. Aber ich widerstand meiner natürlichen Neigung und hielt durch. »Irgendwer von euch hat sein Geld nicht zurückgegeben«, sagte sie. »Los, Kinder, kommt, her damit, oder ich behalt euch noch hier, wenn die andern Klassen schon nach Hause gegangen sind.«

Ich hoffte, sie würde mich durchsuchen, aber sie behielt uns zehn Minuten länger da, und ich ging mit vollen Taschen nach Hause. An dem Abend wurde ich von einem Kaufmann erwischt, als ich mit Gewalt versuchte, die Münzen in seine Zigaretten- und Kaugummi-Automaten zu drücken. Er zog mich am Handgelenk hinter sich her zu mir nach Hause, und ich bezog Prügel von meinem Alten. Und als ich schluchzend einschlief, hatte ich mit jungen Jahren gelernt, daß Geld auch was mit Schwierigkeiten zu tun hat.

Das nächstemal im Kindergarten verschaffte ich mir ein paar Bauklötze, aber die Lehrerin sah meine dicken Taschen und nahm sie mir wieder ab. Dann warf sie mich raus auf den Spielplatz und sagte, ich wäre noch nicht reif für die Schule. Da wußte ich, daß es am sichersten war, immer nur hinter Geld her zu sein.

Einmal fragte mich ein Onkel, was ich werden wollte, wenn ich groß wäre, und ich antwortete: »Ein Dieb.« Er knallte mir eine, worauf ich beschloß, sollte mir noch mal jemand diese Fangfrage stellen, würde ich sagen: »Ein ehrlicher Mann« oder »Lokomotivführer«. Dann stahl ich meiner Mutter Geld aus dem Portemonnaie oder ein paar kleine Münzen, die im Haus für den Gas- und den Stromzähler rumlagen, und dafür wurde ich genauso geschlagen wie als ich gesagt hatte, ich wollte ein Dieb werden, wenn ich groß wäre. Ich merkte also langsam, daß ich tatsächlich immer nur wegen derselben Sache Prügel bezog, und das brachte mich auf der einen Seite dazu, die Schnauze zu halten, und auf der andern, mich nicht erwischen zu lassen.

Obgleich ich klaute, was nicht niet- und nagelfest war, wenn ich einigermaßen sicher sein konnte, nicht erwischt zu werden, fand ich keinen großen Geschmack daran, Dinge zu besitzen. Anzüge, ein Auto, Uhren - sobald ich was geklaut hatte und ungeschoren dabei weggekommen war, verlor ich das Interesse daran. Ich brach in ein Büro ein und tauchte mit zwei Schreibmaschinen wieder auf, und als ich sie einen Tag zu Hause gehabt hatte, besorgte ich mir ein Auto und ließ sie in einer dunklen Nacht von der Trentbrücke fallen. Wenn die Polizei den Grund da mal absuchen würde, könnte sie ein paar Überraschungen erleben. Was mir am meisten Spaß dabei macht, ist das Aufklatschen, wenn ich das Zeug über die Reling kippe: dieses Ins-Wasser-Plumpsen von etwas Schwerem – ein Fernseher, eine Registrierkasse, und einmal, das war das beste, ein Motorrad –, das gibt eine dumpfe Explosion und hat dieselbe Wirkung auf mich wie Whisky (den ich hasse), weil sich's dann bei mir im Kopf dreht. Noch eine Woche danach, wenn ich oben im Bus fahre, kann ich mich plötzlich krumm lachen, wenn ich daran denke, und dann macht irgendso 'ne pseudovornehme Tülle »T-t« und sagt: »Diese jungen Männer heute! Morgens um elf schon betrunken! Was ihnen fehlt, das ist die Armee.«

Wenn ich alles, was ich auf der Welt habe, verlieren würde, würde mir das nicht viel ausmachen. Wenn ich mir vorstelle, ich gehe eines Morgens über die Straße, um mir ein Päckchen Zigaretten zu holen, und wenn ich zurückkomme, schlagen aus jedem Fenster des Hauses die Flammen, und alles, was ich besitze, verbrennt, ich würde mich, ohne mir groß Gedanken zu machen, auf dem Absatz umdrehn und ohne jedes Bedauern weggehn, selbst wenn meine Jacke mit meinem letzten Zehnshillingschein mit verbrennen würde.

Was ich gerne machen würde, ob ihr's glaubt oder nicht: in einem Land leben, wo das Stehlen keinen Spaß macht, wo ich gar nicht erst den Wunsch dazu hätte; ich meine eine Gegend, wo es allen ungefähr ähnlich zumute ist, weil jeder nur so viel hat wie jeder andere auch – selbst wenn es nicht viel ist. Das Gefängnis ist so ein Ort, obgleich das wieder nicht mein Geschmack ist, weil man da nicht frei rumlaufen kann. Trotzdem, der Ort, der mir vorschwebt, würde so sein wie im Gefängnis, nur daß man da frei sein müßte und nicht auf den Gedanken kommt, sich gegenseitig das bißchen zu klauen, das jeder hat. Ich weiß nicht, wie man so ein System nennen sollte.

Als junger Kerl, wo ich noch mit Mädchen unterwegs war, hat mir das Stehlen mehr Spaß gemacht. Am besten war's, wenn ich ein junges Mädchen hatte, das mit mir zusammen loszog. Wenn es eine von der richtigen Sorte war, war es besser als jedes Gespann mit einem Kumpel, aufregender und sicherer.

Doris lernte ich vor einer Fish-and-Chips-Bude auf der Ilkeston Road kennen. Als sie reinging, um eine Portion zum Abendessen zu holen, fiel ihr das Portemonnaie hin, und ein paar widerspenstige Münzen rollten auf die Straße. »Laß man, Täubchen«, sagte ich, »ich such sie dir zusammen.«

Ein paar andere Typen wollten auch helfen, aber ich hatte gleich einen beim Ellbogen. »Finger weg, das ist meine Freundin, oder ich mach dich zum Krüppel.«

»Schon gut, Tony«, lachte er. »Ich hab nicht gewußt, daß du's bist.«

Ich hob das Geld auf und gab es ihr. »Das ist alles«, sagte ich und folgte ihr in das Licht des Fish-and-Chips-Ladens, wo ich sehen konnte, wie sie gebaut war. »Ich will auch 'n paar Chips holen«, sagte ich, um den Kontakt nicht gleich wieder abreißen zu lassen.

»Schönen Dank, daß du mir das Geld aufgehoben hast. Manchmal fällt mir alles hin.« Ihr Haar hatte die Farbe von Butter, gelb, und reichte ihr fast bis auf die Schultern, wo meine Hände am liebsten gewesen wären. Wir standen in der Schlange. Ich hatte grade eine Portion Fish-and-Chips in der Stadt gegessen, so daß mir schon der Geruch in diesem Laden den Magen umdrehte. »Hab ich dich nicht schon mal irgendwo gesehn?« fragte ich.

»Schon möglich, könnt ich mir denken. Ich lebe hier bestimmt schon fast so lange wie du.«

»Na, wo wohnst du denn?«

»Oben in der Churchfield Lane.«

»Dann werd ich dich nach Hause bringen.«

»Das wirst du schön bleibenlassen.« Sie war so hübsch und sah so verdammt gut aus, daß mir fast das Herz in die Knie gesackt wäre, aber doch nicht tief genug, um mich davon abhalten zu können, zu antworten: »Doch, vielleicht läßt du dein Portemonnaie ja noch mal fallen.« Ich wußte nicht, ob ich schon mal auf der Straße an ihr vorbeigegangen war oder ob ich sie in einem Werbespot für ein Haarwaschmittel zwischen ›Blood Gun‹ und ›The Kremlin Strikes Again‹ über den Fernsehschirm hatte schweben sehen. Ihre Haut war glatt, ein bißchen volle Backen, blaue Augen, kleine Nase, auch die Lippen voll und von orangefarbenem Lippenstift getarnt, was den Wunsch, sie zu küssen, noch mehr in mir entfachte, als wenn sie fahnenrot gewesen wären. Sie stand an der Theke mit Augen, die in die Ferne zu blicken schienen oder so, als wäre sie selber weit weg, was für mich bedeutete, daß sie wahrscheinlich eher in Gedanken versunken war als gedankenlos. Sie schnüffelte kurz wegen der Wolken, die aus den sprudelnden Drahtkörben von den Chips aufwallten und sich durch die Spiegel dahinter verdoppelten, aber es ließ sich nicht sagen, ob sie den Geruch mochte oder nicht.

»Du bist aber weit hergekommen von der Churchfield Lane«, sagte ich. »Habt ihr denn in eurer Gegend keine Chips-Buden?«

»Vater sagt, sie machen guten Fisch hier«, verriet sie mir. »Also tu ich ihm den Gefallen und hol ihm den Fisch hier.«

»In der Stadt, bei Rawson, ist er aber noch besser. Kann ich dich nicht mal irgendwann abends dahin einladen? Es würde dir bestimmt schmecken.«

Sie war jetzt an der Theke an der Reihe. »Ich hab grade

in diesen Tagen viel zu tun. Für zwei Shilling Chips und für sechs Fisch, bitte.«

»Wo arbeitest du denn?«

»Ich arbeite nicht.«

Ich lachte: »Ich auch nicht.«

Sie nahm ihre Portion: »Schönen Dank« – und dann zu mir: »Dann wirst du mich ja auch nicht zum Essen einladen können, oder?«

Ich bahnte uns einen Weg zur Tür, und wir standen auf dem Bürgersteig. »Du bist genauso schwierig, wie du gut aussiehst. Selbst wenn ich momentan nicht arbeiten gehe, hab ich immer noch Geld.« Wir gingen über die Straße, und die ganze Zeit wartete ich darauf, daß sie sagen würde, ich soll abhauen, ich hoffte es sogar, und trotzdem wollte ich es nicht. »Na, dann fällt's wohl vom Himmel, was?«

»Nein, ich klau's.«

Halb glaubte sie mir. »So siehst du auch aus. Und wo klaust du's?«

»Je nachdem. Überall.« Im Geiste sah ich schon, wie ich sie den ganzen Weg nach Hause brachte – ich brauchte nur mein Mundwerk in Gang zu halten.

»Ich hab in meinem ganzen Leben noch nichts gestohlen«, sagte sie, »aber Lust gehabt hab ich schon oft.«

»Wenn du willst, kann ich dir ja die nächsten Tage ma' so'n paar Sachen zeigen.«

»Und was ist, wenn ich Angst habe?« lachte sie.

»Bei mir nicht. Wir ziehn nachts los und sehn, was sich machen läßt.«

»Du gehst ja ganz schön ran. Aber na ja, so zum Spaß könnten wir ja mal.«

»Besser is' es, wenn wir's wegen dem Geld machen«, sagte ich, eisern in diesem Punkt.

»Was ist der Unterschied? Stehlen ist Stehlen.«

Daran hatte ich noch gar nicht gedacht. »Vielleicht hast du recht. Aber es ist trotzdem nicht dasselbe.«

»Wenn man's bloß so zum Spaß macht«, fuhr sie fort, »wird man nicht so leicht erwischt.«

»Irgendwas nur wegen dem Nervenkitzel machen, ist die Sache nicht wert«, wandte ich ein. »Das ist Zeitverschwendung.«

»Na, ich will dir was sagen«, sagte sie, »du machst es wegen Geld, und ich werd's machen, weil's aufregend ist. Dann sind wir beide zufrieden.«

»Gut«, sagte ich und nahm ihren Arm, »das klingt vernünftig.«

Sie wohnte in einem großen alten Haus ein Stück zurück von der Churchfield Lane, und ich konnte ihr sogar einen Kuß abluchsen, bevor sie in den Garten ging und mir leise gute Nacht nachrief. Doris, hatte sie gesagt, ich heiße Doris.

Ich dachte, es wäre nicht ihr Ernst gewesen, als sie davon sprach, zum Spaß klauen zu gehn, aber ein paar Tage später traf ich sie vor einem Kino, und als der Film vorbei war und wir an einer Kreuzung standen, wo fünf Straßen zusammenliefen, sagte sie: »Ich nehme an, du schleichst einfach so durch die Gegend, bis du irgendwo was siehst, wo man leicht und leise reinkommt.«

»So ungefähr«, sagte ich, ohne meine Überraschung zu zeigen. »Manchmal is' es natürlich nich' ganz so einfach.« Ich holte mein Taschenmesser raus, das aussah wie ein Igel, wenn alles aufgeklappt war: »Hiermit macht man nämlich keine Bierflaschen auf; und das hier ist auch nicht grade dafür gedacht, Steine aus Pferdehufen zu pulen. Was du hier siehst, ist eine sehr nützliche kleine Maschine.«

»Ich dachte, du würdest Haarspangen nehmen?« Sie tat so, als wäre alles nur ein Scherz, aber todernst sagte ich: »Manchmal. Das kommt auf das Schloß an.« Ein Polizist kam über die Straße auf uns zu, und mit jedem seiner plattfüßigen Schritte ließ ich eine Klinge des Messers zuschnappen, und bevor er halb drüben war, hatte ich es in die Tasche geschoben. »Komm«, sagte ich, und indem ich mir eine Zigarette anzündete, steuerte ich die Berridge Road an.

Die Straßenlaternen ließen uns tuberkulös aussehen, als hätte irgendein Riesenschwein von der Regierung durch ein kleines Mißverständnis am Telefon veranlaßt, daß zuviel Milch ins Meer gekippt wurde. Beim Anblick unserer aschfahlen Gesichter hörten wir sogar auf zu reden, aber nach einer Weile wurden wir in den dunkleren Seitenstraßen wieder munter, und alle zehn Schritte kriegte ich, was sie mir hinten auf der letzten Reihe im Kino nicht hatte geben wollen: einen ausgereift leidenschaftlichen Kuß. Bei jedem fragte ich mich verwundert wieder aufs neue, was so ein Mädchen dabei finden konnte, mit einem gemeinen Kerl wie mir auf Nachtarbeit zu gehn.

»Du wohnst in einem großen Haus«, sagte ich, als wir weitergingen. »Was macht denn dein Alter?«

»Er ist Altwarenhändler.«

»Altwarenhändler?« Irgendwie kam mir das komisch vor. »Im Ernst?«

»Du weißt doch – Randall, der Lumpen- und Schrotthändler auf der Orston Road.«

Ich mußte lachen, denn als Junge war ich da oft

gewesen, um Alteisen, leere Flaschen, Bleirohre, Papier und Wollzeug zu verscheuern, und nun stellte sich heraus, daß ihr Alter der Kerl war, mit dem ich gequankelt hatte – ein eiskalter Geizkragen mit einem Pfundnotenzeichen zwischen den Augen, der nur so stank vor Geld. In Kopf und Eiern abgestorben, fuhr der Fettwanst, im alten Freizeitanzug, einen weinroten Jaguar. Einmal hab ich gesehn, wie er auf einen Haufen Kinder losgesteuert ist, die auf der Straße spielten. Wie die Feuerwehr hat er auf diese riesige Hupe gedrückt, bevor er ihnen allzu nahe kam, und als sie dann auseinanderspritzten, hat er ihnen eine Handvoll Kleingeld rausgeschmissen. Beinahe wäre er gegen einen Laternenpfahl gefahren, denn bei dieser plötzlichen und verräterischen Großzügigkeit hat er das Steuern vergessen.

»Was ist denn daran so komisch?« wollte sie wissen.

»Find ich komisch, weiter nix.«

»Einmal hab ich einem Mädchen in der Schule erzählt, daß mein Vater Altwarenhändler ist, und sie hat auch gelacht, genau wie du. Ich weiß gar nicht, was daran so komisch sein soll.« Du blöder Hund, sagte ich mir, lachst wegen so was, und dabei hast du eben noch die schönsten Küsse von ihr gekriegt.

»Der ist besser gestellt als die meisten, du lachst doch nur, weil du eifersüchtig bist.«

»Ich nicht«, sagte ich und versuchte, meinen Fehler wiedergutzumachen. »Ich hab noch aus einem andern Grund gelacht, wenn du's genau wissen willst. Ich wollte nämlich selber schon immer Altwarenhändler werden, ich hab bloß nie gewußt, wie ich das anfangen soll. Komischer Zufall.« Während sie überlegte, ob sie mir glauben sollte oder nicht, versuchte ich das Thema zu wechseln: »Auf was für 'ne Sorte Schule bist du denn gegangen, wo man über so was lacht?«

»Ich geh immer noch«, sagte sie. »Gymnasium. Aber Ende des Jahres bin ich fertig.« Ein Schulmädchen, dachte ich. Immerhin, sie ist ganz schön weit, also wird sie um die siebzehn sein, wenn sie auch mindestens so alt aussieht wie ich, das heißt achtzehn'nhalb. »Jedenfalls bin ich froh, daß ich bald abgehn kann. Ich will unabhängig sein. Aber weil ich immer bei den Klassenbesten bin, macht mir die Schule andererseits auch wieder Spaß. Komisch.«

»Du meinst, du willst dir einen Job suchen?«

»Sicher. Natürlich. Ich mache einen Sekretärinnenkurs. Vater hat nichts dagegen.«

»Klingt ganz gut. Dann hast du 'ne solide Grundlage fürs Leben – fürs Vorankommen.« Wir legten Meile um Meile zurück, wanderten durch unzählige Straßen, eine langsame Zickzacklinie durch die dunkler werdende Stadt. Nach einem Regentag war es eine Nacht voller Löcher in den Wolken, durch die man die Sterne sehn konnte.

Auf der Stufe vor einer Tür stand eine alte Frau und sagte: »Kannst du mir 'ne Zigarette geben, mein Schatz? Ich wär dir ewig dankbar, wenn du das machen könntest.« Sie sah aus wie neunzig, und als ich ihr eine gab, zog sie so gierig, als würde sie gleich einen Nervenzusammenbruch kriegen. »Danke, Schatz, danke. Viel Glück miteinander, ihr beiden.«

»Gleichfalls, Missis«, sagte ich, als wir weitergingen.

»Sind alte Frauen nicht komisch?« sagte Doris.

Wir küßten uns an jeder Straßenecke, und jedesmal, wenn sie dachte, ich würde es vielleicht nicht tun, zupfte sie mich an meinem eingehenkelten Arm, um mich daran zu erinnern. Sie hatte ein Kopftuch um, trug weite Hosen, einen dreiviertellangen Ledermantel und Schnürstiefel mit flachen Absätzen, als würde sie sich so eine Einbrechermontur vorstellen. Sie sah gut aus darin, blieb die meiste Zeit, während wir gingen, ernst und still, so daß alles, was wir taten, darin bestand, ab und zu in den Clinch zu gehn, um ein sattes Quantum heftiger Küsse auszutauschen. Manchmal stöhnte sie leise, und gern wäre ich weitergegangen und nicht bei der Lippenarbeit stehngeblieben, aber wie sollten wir das machen mitten auf offener Straße? Ich wußte, bei so milder und stetig wehender Luft würde es ein bißchen später werden als sonst, ehe sie heute endlich in ihrem Bett landen würde. Aber das war mir egal, ich fühlte mich hellwach und herrlich, voller Liebe für die ganze Welt – womit zuerst sie und dann ich selber gemeint war, und das zeigte sich an unsern Küssen, als wir in langsamem Tempo durch die Straßen gingen, aneinandergeschmiegt wie siamesische Zwillinge.

Auf der andern Seite der Hauptstraße war eine Mauer, die den Hof einer kleinen Werkstatt für Autokarosserien nach außen abschloß. Kaum hatte ich sie gesehn, begann mein linkes Bein zu zittern, und meine rechte Kniescheibe fing an zu zucken, und da wußte ich, dies war das erste Ding, das wir gemeinsam drehn würden. Immer wenn die Entscheidung gefallen war, bekam ich Angst, aber sobald ich mich daranmachte, in den Laden einzudringen, war sie verflogen.

Zu Doris sagte ich: »Du gehst runter bis an die Ecke und stehst Schmiere. Ich versuche das Tor aufzukriegen, und wenn ich's geschafft habe, pfeif ich. Wenn du wen siehst, kommst du zu mir, und wir umarmen uns wie ein Liebespaar.« Sie tat, wie ich ihr gesagt hatte, während ich mich an dem Torschloß zu schaffen machte, zuerst mit dem Flaschenöffner, dann mit der Nagelfeile, dann mit dem Dorn. Nach ein bißchen Spielen schnappte es auf, und ich pfiff. Wir waren im Hof.

Bei der ganzen Aktion verloren wir kein Wort. Wenn ich's mit einem Kumpel gemacht hätte, wär's nicht ohne Trampeln und Flüstern, Türrütteln und Schulterpüffe abgegangen, und das nächste wäre gewesen, daß wir in einem Streifenwagen gesessen hätten, ab in Richtung Guildhall. Jetzt aber arbeiteten unsere Glieder und Augen zusammen, als würden sie von einem Menschen gesteuert, der keiner von uns beiden war – ein Gefühl, das ich bis jetzt noch nie erlebt hatte. Eine Seitentür ging auf, und durch eine Reihe Maschinen gingen wir in ein abgeteiltes Büro, das wir ruhig und gründlich zu durchsuchen begannen. Mit einem Kumpel war ich schon mal in einem ähnlichen Laden gewesen, und der Lärm, den wir veranstalteten, als wir Schubladen herauszogen, Schreibmaschinen herumwuchteten und mit Gummis und Büroklammern auf Glühbirnen schossen, war so irrwitzig, daß ich nach fünf Minuten damit aufhörte und auch ihn zur Ruhe brachte. Jetzt aber hätte man eine Stecknadel fallen hören können.

Immer noch ohne ein Wort zu verlieren, ging ich zur Tür, und Doris kam hinter mir her. Zwei Sekunden später waren wir wieder auf der Straße, und an die Mauer der Werkstatt gelehnt, nudelten wir uns dermaßen ab, daß ich wußte, ich liebte sie, und von dem Augenblick an stand ich in Flammen, brannte lichterloh und fühlte, daß wir beide gleich explodieren würden, wenn wir nicht ein Plätzchen zum Hinlegen fänden. Nichts hätte uns aufhalten können – selbst wenn wir in einen Fluß oder eine Schneewehe gefallen wären.

Wir entfernten uns nicht mit wildem Fußgetrappel von der Werkstatt, so daß kein braver Bürger Verdacht schöpfen und nach den Bullen brüllen konnte. Nach fünf Minuten qualmenden Knutschens machten wir uns auf den Weg, als hätten wir eben erst gemerkt, wie spät es war, und uns daran erinnert, daß wir morgen früh zur Arbeit mußten. Auf der Hauptstraße sagte ich: »Was hast du mitgehn lassen?«

Sie holte ein Bündel Pfundnoten aus der Tasche: »Das hier. Und du?«

Ich leerte einen großen Umschlag mit Briefmarken und Schecks: »Wertlos. Den Reibach hast jedenfalls du gemacht.«

»Sieht so aus«, sagte sie, aber es klang nicht besonders froh.

»Nicht schlecht für einen Anfänger. Und dann auch noch ein Schulkind!« Ich gab ihr die Hälfte von den Briefmarken, und sie händigte mir die Hälfte des Geldes aus – für jeden waren es zwanzig Pfund. Auf dem Heimweg klebten wir an jede Ecke ein paar Briefmarken. »Ich schreib sowieso keine Briefe«, sagte ich. Es war Wahnsinn, aber ich muß bei jedem Coup irgendwas Verrücktes machen, sonst besteht keine Möglichkeit, daß man erwischt wird, und wenn es keine Möglichkeit gibt, erwischt zu werden, besteht auch keine Chance, ungeschoren davonzukommen. Als ich Doris das erklärte, sagte sie, so was Verdrehtes hätte sie noch nie gehört, aber ich würde wahrscheinlich recht haben, weil ich mehr Erfahrung hätte als sie. Zum Glück gingen uns die Briefmarken aus, sonst hätte die Spur direkt durch unsere Hintertür, die Treppe rauf bis in mein Schlafzimmer geführt, und die letzte hätte auf meinem Kissen geklebt, direkt unter meinem dämlichen Dickschädel. Ich war leichtsinnig und stur und meinte, daß nichts mich kleinkriegen könnte, selbst wenn die Welt über mich hinwegrollen würde.

Doris kam mich zu Hause besuchen, bog um die Ecke und kam unsere Kopfsteinpflasterstraße auf einem Pferd entlang. Mein Bruder Paul rannte zu mir ins Zimmer und sagte: »Schnell, Tony, komm, das mußt du dir angucken, eine Frau« (er war erst neun) »auf einem Pferd!« Und da ich nichts Besseres zu tun hatte, als den ›Mirror‹ durchzublättern, derweil ich auf Doris wartete, schritt ich gemächlich ans Hofende. Es war ein warmer Tag, Staub im Wind machte die Augen müde, von den Schornsteinen knickte der Qualm im rechten Winkel ab und trieb zu den Telefonmasten herunter. Am Bürgersteig blickte ich die Straße hinunter und sah nur einen Mann, der in Hemdsärmeln und Hosenträgern einkaufen ging, dann, als ich meine Augen in die andere Richtung schwenkte, sah ich dieses Mädchen langsam die Straße heruntergeritten kommen.

So etwas sah man selten, denn sie war schön, hatte blondes Haar wie Lady Godiva, nur daß sie eben Reithosen anhatte und ein weißes Hemd, das ein paar von meinen Ted-Kameraden hinter ihr her pfeifen ließ, obgleich die meisten vor Überraschung – und Neid – stillblieben, als das Pferd bei uns am Hof haltmachte und Doris »Hallo« zu mir sagte. Es war nur schwer vorstellbar, daß wir in der vergangenen Nacht in eine Werkstatt eingebrochen waren, es schien noch weiter zurückzuliegen als in einem Traum; obgleich das, was wir danach gemacht hatten, durchaus Wirklichkeit war, besonders als ich diesen Geruch von Frische in die Nase bekam, als sie sich vom

Hals des Pferdes herabbeugte. »Warum kommst du nicht rein auf eine Tasse Tee? Und bring dein Pferd mit, das kriegt auch eine Kruste ab.«

Es war eine gute junge Stute von der Farbe des besten Hellen, mit Augen wie Damaszenerpflaumen, funkelnd im Licht, das sich in ihnen brach. Die einzigen Pferde, die man in unserer Straße zu sehen bekommen hatte – vor Kohlenkarren oder Brotwagen gespannt –, waren schon vor Jahren beim Schinder gelandet. Ich nahm es an der Trense und führte es durch den Hof, während Doris von hoch oben leise auf es einsprach, es Marian nannte und es über die glatten Steine lenkte. Ein Mann kam aus einer Außentoilette und glaubte seinen Augen nicht zu trauen, als er fast gegen das Pferd gelaufen wäre. »Es wird dich schon nicht beißen, George«, lachte ich.

»Wenn's das tut, wird es mein Sonntagsbraten«, sagte er und stolzierte davon.

»Das wär ja nicht das erstemal«, rief ich ihm nach. Meine Mutter war in der Waschküche, das Pferd kam mit seinem Kopf dicht an die Scheibe, um gut hineinsehn zu können – bis sie aufblickte: »Tony! Was hast du da wieder angebracht!«

»Nur ein Pferd, Mutter«, rief ich zurück. »Es ist alles in Ordnung, ich hab's nicht geklaut.« Sich die Hände abtrocknend, kam sie heraus.

»Eine Freundin ist mich besuchen gekommen«, sagte ich und stellte ihr Doris vor, die auf den Asphalt gesprungen war und wieder ihre richtige Größe angenommen hatte. Meine Mutter tätschelte das Pferd, als sei es ein streunender Hund, dann ging sie hinein, um ein Stück Brot zu holen. Sie war auf dem Land aufgewachsen und hatte Tiere gern.

»War doch ganz schön gestern nacht, oder?« sagte ich und dachte daran zurück.

»Ja, gar nicht so übel. Was machen wir jetzt mit dem Geld?«

»Ausgeben.«

Unser Zaun war morsch und sah aus, als würde er umfallen, als sie das Pferd daran festmachte. »Komisch«, sagte sie. »Aber wofür?«

»Was kostet denn so ein Pferd?« fragte ich, seinen Hals klopfend.

»Ich weiß nicht genau. Vater hat mir Marian geschenkt. Aber bestimmt mehr als zwanzig Pfund.« Ich war enttäuscht, hatte mir bereits ausgemalt, wie wir über Land ritten, nach Langley Mill und Matlock Bath, ohne auch nur einmal eine Straße zu benutzen – wir beide eine schöne Silhouette vor irgendeinem einsamen Hintergrund. Dann würden wir wie im Film in einer Schlangenlinie weit ins Tal hinunterreiten und in einer Wirtschaft oder einem Bauernhaus Unterkunft finden. Nach und nach würden wir Schottland erreichen, und vielleicht am Ende all unserer langen Irrfahrten zu Pferde würden wir einen Job als Mann und Frau in einem Leuchtturm bekommen, und weit draußen im Meer würden wir auf einem Felsen sitzen, gegen den Wellen wie Schneegebirge so hoch schlagen würden, und wir würden das Leuchtfeuer in Gang halten und uns immer noch lieben und glücklich sein, selbst wenn wir sechs Monate lang keinen Brief und kein frisches Gemüse kriegen würden.

Die Sonne schien über unsere Hinterhöfe, und ich war auch so glücklich: »Ich hau meine Kohlen einfach auf den Kopf und mach mir ein schönes Leben. Ich hab keine Arbeit, also wird es einen Monat reichen.«

»Ich hoffe, wir brauchen nicht so lange zu warten, bis wir's wieder machen«, sagte sie und warf ihr Haar zurück.

»Wir können schon heute abend losziehn, wenn du willst. Ich wette, die Bullen wissen noch nicht, daß wir in dieser Werkstatt waren.« Meine Mutter kam mit einer Tüte Brotrunken für das Pferd heraus: »Ich hab grad 'ne Kanne Tee gemacht«, sagte sie. »Geh und gieß ein, Tony.«

Als wir hinter der Tür waren, zog ich Doris an mich und küßte sie. Und sie küßte mich auch. Da man nicht dahinter her zu sein und darum zu kämpfen brauchte, schien es echte Liebe zu sein.

Wir unternahmen viele ›Expeditionen‹, wie Doris das nannte. Ich besorgte mir sogar einen Tarnjob in einer Fabrik, für den Fall, daß irgendwer sich wunderte, wie ich mein Leben bestritt. Doris fragte, ob es o. k. wäre, wenn sie abends mal eine Schulfreundin mitbringen würde, und darüber gab es unsern ersten Streit. Ich sagte, sie würde wohl spinnen, auf so einen Gedanken zu kommen, was sie sich denn einbildete, ob ich eine Einbrecherschule hätte, oder was? Hoffentlich hätte sie mit niemand sonst über unsere nächtlichen Züge gesprochen – aber das hatte sie nicht, wie sich herausstellte, sie wollte nur sehn, ob das Mädchen fähig wäre, diese Art Job genauso eiskalt zu machen wie sie selber. »Nein, das schlag dir aus dem Kopf«, sagte ich scharf. »Wir beide kommen ganz gut alleine aus, also lassen wir's auch dabei.«

Da sie als die Lumpensammlerstochter aufgewachsen war und es nie nötig gehabt hatte, etwas zu tun, um zu Kohlen zu kommen, hatte sie kaum mit den Kindern auf der Straße gespielt. Und mit denen auf der Schule hatte sie auch nicht viel zu tun, denn die wohnten meistens in neuen Häusern und Bungalows oben in Wollaton und würden nie nach Radford kommen, um sie zu besuchen. Sie war also immer auf eine Art einsam gewesen, wie ich es gar nicht kannte.

Ihre Eltern wohnten in einem Haus an der Churchfield Lane, einem großen alten Gebäude, dessen Höfe (wo ihr Alter noch immer ein paar von seinen Schrotthaufen lagerte) sich hinten bis zum Leen erstreckten. Von morgens bis abends hatte ihr Vater geschuftet wie ein Hilfsarbeiter, jeden Tag, und selbst als er es nicht mehr nötig hatte und sich reich wie ein Lord hätte zur Ruhe setzen können, drehte er noch jeden Farthing dreimal um. Was hätte er auch sonst tun sollen? Am Strand sitzen und Eis lutschen? Garten umgraben bis zum Umfallen? Sich zu Tode angeln? Lieber blieb er dabei, bei Sonne, Mond oder elektrischem Licht Altmetall zu sortieren oder an irgend etwas herumzuknobeln; er war ein kräftiger und zufriedener Mann, den nichts anderes interessierte – und wer wollte ihm das verübeln? Doris erzählte mir, eigentlich wäre er geizig, aber ihr gegenüber nicht. Sie könnte von ihm haben, was sie wollte.

»Dann laß dir einen Hunderter geben«, sagte ich.

Aber sie lächelte nur und meinte, das wäre nicht recht, sie würde lieber nur das annehmen, was er ihr gebe.

Jedes Wochenende kam sie auf ihrem Pferd zu unserm Haus, außer wenn schlechtes Wetter war. Wenn sonst niemand da war, machte sie ihr Streitroß am Zaun fest, und wir gingen hoch in mein Schlafzimmer, zogen uns aus und hatten *die* Zeit unseres Lebens. Sie hatte eine wunderschöne Figur, kleine Brüste für ihr Alter, aber breite Hüften, als wäre das Becken das erste, was bei ihr ausgereift war. Ich hatte immer das Gefühl, daß sie sich ohne Sachen auf der Haut am wohlsten fühlte, vielleicht weil sie gemerkt hatte, daß kein Kleidungsstück, auch wenn es noch so teuer wäre, es mit ihrem Geburtstagskostüm aufnehmen konnte, das ihr am besten stand und immer auf der Höhe der Mode war. Wir spielten dann ein paar Acker Bilk-Platten – leise –, und mit nichts an hörten wir eine Weile zu, bis wir so richtig faul und träge und bei dem üblichen Reden und Küssen warm geworden waren. Wenn wir's dann gemacht hatten, setzten wir uns und redeten weiter und machten es vielleicht noch mal, bis Mutter oder Vater hinaufrief, der Tee sei fertig. Wenn an einem ruhigen Tag das Pferd scharrte oder wieherte, war es, als wäre ich in der Schlafkammer einer Hütte auf dem Lande – allein mit ihr. Wenn es dazu noch sonnig und warm war und ein plötzlicher Windstoß ins Zimmer fuhr und das Foto irgendeiner Popsängerin vom Wandbrett fegte und uns auf die nackte Haut fiel, dann fühlte ich mich wie ein Hengst, genauso fit und stark wie ein afrikanischer Bock, und wir machten es wieder und wieder, so daß mir hinterher die Knie zitterten, wenn ich die Treppe runterging.

Die Leute gewöhnten sich an den Anblick, wie sie die Straße heruntergeritten kam, und sie sagten: »Hallo, Kleine« – und fügten hinzu: »Er ist zu Hause« – womit sie mich meinten –, »ich hab ihn grade mit einem Brot aus dem Geschäft kommen sehn.« George Clark fragte, wann ich denn heiraten würde, und als ich zurückrief, ich wüßte es nicht, lachte er: »Ihr müßt wohl erst eine Wohnung finden, die groß genug ist, daß auch das Pferd mit reinpaßt.« Woraufhin ich ihm sagte, er soll sich um seinen eigenen Mist kümmern.

Aber den Leuten gefiel es, daß Doris durch unsere

Straße ritt, und ich spürte, daß ich deswegen sogar etwas in ihrer Achtung stieg – oder vielleicht war es nur, weil sie mich anders sahen, als von einem Polizeiwagen abgeholt werden. Doris freute sich, als ein Mann, der aus einem Wettbüro kam, ihr zurief: »Hallo, meine Glücksfee« – und dabei eine Fünfpfundnote in der Luft schwenkte.

Oft fuhren wir zusammen in die Stadt und gingen zum Abschluß in ein Kino oder auf ein Bier oder Spezi in eine Kneipe. Aber niemand dachte im Traum daran, was wir noch anstellten, bevor wir uns endlich trennten und jeder sein Zuhause ansteuerte. Wenn wir Zigaretten oder Nahrungsmittel oder Anziehsachen geklaut hatten, quetschten wir davon, was ging, durch den Briefkastenschlitz des erstbesten Hauses, oder wir ließen die guten Dinge, wenn sie zu groß waren, in Abfalleimer und Papierkörbe fallen, wo sie sicher ein armer Penner oder ein alter Müllkastenwühler finden würde. Auf diesen Exkursionen wurden wir nie gesehen und nie geschnappt; als würde die Liebe uns unsichtbar machen: Geister, die lautlos, Hand in Hand, durch dunkle Straßen wandelten, bis wir an irgendeine Werkstatt, ein Büro, ein verschlossenes Geschäft oder an ein Haus kamen, von dem wir wußten, daß es grade unbewohnt war – und ich weiß noch, jedesmal, wenn das geschah, gab es die kurzen Augenblicke nicht so sehr der Furcht, sondern eher der Überraschung darüber, daß wir beide genau wußten, was jeder zu tun hatte. Diese Überraschung ließ mich dann einen Moment regungslos verharren – dankbar, obgleich ich darauf wartete, daß es weitergehn würde –, bis sie meine Hand drückte und ich mich wieder bewegte, um mein angefangenes Einbrecherwerk zu vollenden.

Eines Tages konnte ich mir ein Motorrad leisten, ein

gebrauchtes natürlich, aber es war ein ganz schön heißer Ofen, und wenn Doris vorbeikam, parkte sie ihr Pferd in unserm Hinterhof, und wir ritten auf der Maschine los in Richtung Stanton-Eisenhütte, und waren wir erst oben auf dem Balloon House Hill und eine Strecke von ein paar Meilen lag grade und flach vor uns wie die Rollbahn eines Flughafens, brummten wir volle Pulle durch die Landschaft. Die Schlackenhalden sahen im Sommer blaßblau aus, weit vor uns lagen sie da, volle Dreiecke wie Pyramiden, die man anvisieren konnte, und zwischen den Buschhecken der Landstraße hindurch schwang ich auf sie zu und hoffte, sie würden diese unbestimmte Farbe der Ferne und Unwirklichkeit behalten. Aber das war nie so, in einer Senke oder Kurve verlor ich sie aus den Augen, und wenn sie dann wieder in Sicht kamen, waren sie grau und nutzlos und häßlich, zu wirklich, um noch gut auszusehn.

Wenn ich alleine unterwegs war, montierte ich mir ein Fahrschulen-Schild an; um ohne auszukommen und mal auf der richtigen Seite des Gesetzes zu stehn, versuchte ich auch die Fahrprüfung, aber ich fiel durch, weil ich noch nie gut war bei Prüfungen. Mit Doris im Rücken durch die Gegend zu donnern und die süßen, nichtssagenden Geräusche im Windkanal zu hören, war ein Erlebnis, das wir ganz besonders liebten, und ich schrie dann: »So schnell kannst du aber nicht reiten auf deinem Pferd.«

Einmal sagte sie: »Warum gehn wir denn nicht mal mit deinem Motorrad auf Expedition« – und ich antwortete: »Warum nicht gleich mit deinem Gaul?« – und fügte hinzu: »Das würde alles verderben.«

Darauf lachte sie: »Du bist klüger, als ich dachte.«

»Ach nee«, sagte ich bissig. »Wenn du dich nur sehn könntest, wie ich dich sehe, und ich mich nur sehen könnte, wie du mich siehst, dann wäre vieles einfacher für uns, nicht?«

Das war mir so herausgerutscht. Wir waren vom Motorrad gestiegen und lehnten uns auf die Mauer einer Brücke. Rings um uns herum gab es nichts als Bäume und einen schmalen Heckenweg und unten das flaschengrüne Wasser eines Kanals. Ihr Arm lag auf meiner Schulter, und mein Arm hielt sie um die Taille gefaßt. »Wirklich?« sagte sie.

»Ich weiß nicht. Komm, wir gehn runter zwischen die Bäume.«

»Warum?«

»Weil ich dich liebe.«

Wieder lachte sie: »Ist das alles?« – und nahm dann meinen Arm: »Also, komm schon.«

Lange Zeit spielte die Bande Jungens in unserer Straße ein Spiel, wo man bei einer hübschen Brise Feuerzeuge in die Luft hielt, sie immer wieder anmachte, wenn sie ausgingen, und sah, welches am längsten brannte. Es war ein blödes Spiel, weil alles dem Zufall überlassen blieb, und obgleich das spannend sein kann, ist man am Ende doch der Verlierer. Wochenlang war dieses Spiel der letzte Schrei, bis wir oder unsere Feuerzeuge – ich weiß nicht mehr, wer oder was zuerst – die Nase voll hatten davon. Früher oder später geht jedes Feuerzeug aus oder brennt leer; oder ein Wind springt mit Sturmstiefeln um die Ecke und trampelt es aus – und die Lawine der Welt erwischt einen, und man wird unter ihr begraben.

An einem Wochenende im Sommer warteten wir in einem Café mit Juke-box darauf, daß es in den Straßen dunkel genug sein würde, um losziehn zu können. Der Abend war warm, Doris hatte nur Jeans und ein T-Shirt an, und ich trug keine Jacke. Diesmal legten wir nicht wie sonst erst ein paar Meilen zurück, bevor wir uns irgendwo reinschlichen, und das sollten wir bedauern, denn erst wenn wir gehörig auf Schusters Rappen geritten waren, hatten sich Körper und Geist auf solche leisen Jobs eingestimmt: wir waren dann gelockert und warmgelaufen, so daß wir wie Katzen wurden, hellwach und bereit, uns beim kleinsten Geräusch zu ducken oder davonzuspringen. Manchmal waren es die Geräusche des Wetters, die uns verbargen – Donner, Schnee, Nieselregen, Wind oder einfach die Tatsache, daß Wolken über uns gingen und solchen Lärm machten, daß wir sicherer arbeiten konnten als in dieser Nacht, wo aus klarem Himmel Millionen von Polizeisternen mit gespitzten Ohren auf uns herabstarrten. Jeder Schritt hallte mir im Kopf, und ab und zu blieben wir ein paar Sekunden stehn auf unserm ziellosen Streifzug und sahen einander an vor der Mauer einer trübe beleuchteten leeren Straße, bis wir dann, Hand in Hand, weitergingen. Ich hatte Lust zu pfeifen (leise) oder mir ein stilles Liedchen zu singen, denn obgleich die klare stumme Nacht mir nicht ganz geheuer war, gehörte sie auch wieder zu den Nächten, die mir Selbstvertrauen gaben und Kraft einflößten, und wenn diese Dinge zusammenkamen, konnte ich ein bißchen dreist und leichtsinnig werden. Aber ich hielt mich zurück, zügelte mein Herz und merkte mir jede Kleinigkeit von jeder Straße, die alle gleich aussahen – immer die Augen auf, wie sie's uns in der Schule eingetrichtert hatten. »Ich fühl mich, als hätt ich 'n paar gekippt«, sagte ich trotz meines Vorsatzes zu schweigen.

»Ich auch.«

»Oder als wären wir gerade bei mir oben gewesen und hätten gebumst.«

»Mir ist nicht danach, noch weit zu laufen«, sagte sie.

»Müde?«

»Nein, aber laß uns nach Hause gehn. Ich fühl mich heut nicht so.«

Ich fragte mich, was sie haben könnte, und sagte: »Na schön, ich bring dich heim, und wir lassen's gut sein für heute.«

In der nächsten Straße sah ich ein Tor, das zum Hinterhof eines Geschäfts führen mußte, und da ich zu aufgedreht war, um nach Hause gehn zu können, ohne nicht wenigstens etwas versucht zu haben, sagte ich: »Laß mich da kurz ma' reingucken, Schatz. Du brauchst ja nicht mitzukommen. Es dauert keine fünf Minuten.«

»O. K.« Sie lächelte, aber ich war schon ernst auf das Hindernis konzentriert, das mich von der Beute trennte. Es war nicht sehr hoch, und als ich oben war, rief sie: »Komm, gib mir deine Hand und zieh mich rauf.«

»Willst du wirklich?«

»Natürlich.« Es war in der Mitte einer kurzen Straße, und das Licht der Laternen an beiden Enden reichte nicht so weit. Ich machte mich an die Hintertür, und auf die übliche leise Weise ging das Schloß auf, und wir standen in einem Geruch von Leder, Wachs und Pappkartons.

»Ein Schuhladen«, sagte Doris. Ich tastete mich an Gestell nach Gestell voll Schuhkartons vorbei, berührte an einer Tischecke Papier und eine Rolle Seil und suchte so einen Weg durch das Lager hinter dem Verkaufsraum.

In der Dunkelheit machten wir wie Blinde ein paarmal die Runde, um uns zu vergewissern, daß uns nicht eine

Kasse entging, die mucksmäuschenstill in einer verschwiegenen Nische den Atem anhielt, wenn unsere Finger in der Nähe vorbeistrichen. So mancher Tausender geht den Leuten, die solche Dinger drehn, durch die Lappen, weil sie zu hastig sind oder weil sie denken, sie spüren den heißen Atem der Bullen schon im Genick. Mein Alter ist felsenfest davon überzeugt, daß ich aus einer Firma nach der andern fliege, weil ich meine Arbeit nicht ordentlich und gründlich genug mache. Aber wenn er mir bei diesem Job hätte zusehn können, ich glaube, er wäre zu einem andern Schluß gekommen.

In dem hinteren Raum war aber nichts. Ich ging in den Laden, und in glatt zehn Sekunden war ich an der Kasse und ließ meine Finger über die kleinen Plastiktasten hüpfen, als würde ich meinem Alten einen Brief schreiben, in dem ich ihm erklärte, wie gründlich ich doch manchmal sein könnte. Um etwas gegen das unvermeidliche leichte Rasseln zu machen, hielt ich den Atem an – in der Hoffnung, daß sich beides damit ausgleichen würde. Draußen schwärmten ein paar üble Nachteulen vorbei, dann drehte ich die Handkurbel, und im nächsten Augenblick traf mich die Schublade unter der Gürtellinie. Das ist die beste Grade der Welt, als ob dich ein getigertes Kätzchen mit seiner Samtpfote boxt, weich und nachdrücklich, und es rollt heraus auf Kugellagern.

Meine eine Hand machte den glücklichen Griff, zog ein Bündel Scheine unter einem Federgewicht hervor, und die andere schaufelte Silber, ließ es in meine Tasche gleiten, als wären es die Pappmünzen, die sie uns im Kindergarten geliehen hatten, um uns beizubringen, wie man billig einkauft und ein guter Sparer wird – und nicht die echte klimpernde Münze der Erwachsenen. Ich ging wieder zurück ins Lager und schnüffelte am Ausgang, ob die Luft rein wäre.

Da ging das Licht an, blaues, blendendes, gleißendes Licht, das in jede Ecke des Raumes drang. Ich erstarrte wie ein Frosch, der im Gras statt im Teich gelandet ist. Als ich sprechen konnte, sagte ich zu Doris: »Warum hast du das gemacht?« – zu erschreckt, um wirklich wütend sein zu können.

»Weil ich Lust hatte.« Sie muß gespürt haben, wie gerne ich ihr eine geknallt hätte, denn rasch fügte sie hinzu: »Das kann doch von der Straße aus keiner sehn« – womit sie vielleicht recht hatte, aber trotzdem.

»Hör mal«, sagte ich, »Nervenkitzel hin, Nervenkitzel her, aber das hier ist eine Todesfalle.«

»Angst?« lächelte sie.

»Ach was« – und dabei schlug mir das Herz bis zum Halse. »Ich hab ungefähr fünfzig Pfund in der Tasche.«

Sie stand gegen die Wand mit den Schuhkartons gelehnt, und nicht mal ein Werbespot im Fernsehen hätte mir tiefer in die Gedärme fahren können als der Anblick, den Doris jetzt bot. Gelbes Licht umfing sie wie mit Armen und ließ mich im Schatten – was gut so war, denn ich rechnete damit, jeden Augenblick die eiskalte Visage eines Polizisten hereinplatzen zu sehn. Aber selbst das hätte mich nicht groß rühren können. Ich hatte ein Gefühl, als wäre Musik in meinem Kopf, die rauswollte, als wäre sie mir eingegeben worden, weil ich einer von denen war, die sie aus ihrem Innern heraussprudeln lassen konnten, obwohl ich wußte, daß ich auf diesem Gebiet nichts zu melden hatte.

Sie sagte nichts, stand da in ihrer ganzen blonden Hoheit und starrte. Ich wußte, wir waren sicher, kein

Polizist würde in dieser Nacht irgendwen fangen, weil das Licht, das sie angemacht hatte, uns beide beschützte. In diesem Panzerschrank von Schuhen waren wir solides Gußeisen, und auch Doris wußte das, denn als ich nicht anders konnte als lächeln, brach sie den Bann, indem sie sagte:

»Ich will ein paar Schuhe anprobieren.«

»Was?«

»Vielleicht haben sie ein Paar von den neuesten.«

Die Idee war hirnverbrannt, nicht grade so, daß ich am liebsten wie angeschossen aus dem Laden gerannt wäre, aber doch so, daß ich ganz gern einen Handstand gegen die Wand mit den Schuhkartons gemacht hätte. Ich hievte einen Armvoll herunter und baute sie wie Dominosteine auf dem Fußboden vor ihr auf. Sie wählte einen aus und öffnete ihn sachte. Ich packte einen Karton, riß ihn auf und sagte: »Probier die!«

Sie waren zu klein, ein Paar schwarze Lackschuhe mit Absätzen wie Zahnstocher. »Ich wünschte, der Geschäftsinhaber wäre da«, sagte sie, »der könnte mir wenigstens sagen, wo die besten sind. So ist das ja Zeitverschwendung.«

Ich spöttelte: »Anspruchslos bist du ja nicht gerade, was? Wenn der nämlich da wäre, müßtest du dafür bezahlen. Nein, wir suchen die alle durch, bis wir ein paar Pariser Modelle finden.«

»In *dem* Laden nicht« – und voller Verachtung schleuderte sie ein Paar einfache Schnürstiefel quer durch den Raum, was genug Lärm machte, um jede Ratte unter der Scheuerleiste zu wecken. Auf der Leiter stehend, reichte ich ihr ein paar besonders schöne Kartons herunter, die ich aus dem Gestell zog wie Streichhölzer beim Knobeln. »Ich hätte in Rock und Nylons kommen sollen«, sagte sie, »dann hätt ich sagen können, welche mir stehn.«

»Gut, das nächstemal, wenn wir einen Schuhladen knacken, sag ich dir vorher Bescheid. Ich zieh mir dann einen Abendanzug an, und wir bringen ein Kofferradio mit und hopsen ein bißchen rum. Probier mal die hier, die sind vorne breit und passen bestimmt gut zu Hosen.«

Sie paßten, wurden aber, da sie nicht die richtige Farbe hatten, zu den andern Misfits gedonnert. Im ganzen Raum lagen Schuhe verstreut, und es sah aus, als hätte einer von den amerikanischen Zyklonen – Mabel oder Edna oder wie die auch heißen – dort gewütet, oder als wäre eine Versammlung von Krüppeln und Einbeinigen plötzlich durch Atom-Alarm aufgescheucht worden. Sie hatte immer noch nicht das richtige Paar gefunden, und so suchte sie weiter, als wäre sie dort zu Hause, und mich hetzte sie als ihren Aushilfsverkäufer herum, was mir aber nichts ausmachte, da mir das Ganze wie ein Spiel vorkam. »Warum suchst du dir nicht auch ein Paar aus?« sagte sie.

»Nein, es genügt, wenn wir dich ausstaffieren. Ich bin eingedeckt.«

Ich wußte, daß wir in dem Laden nicht mehr sicher waren, und im Handumdrehn hatte ich das Licht ausgeschaltet. »Du blöder Hund!« schrie sie.

Dunkelheit tauchte uns in eine andere Welt, in die wahre, die wir gewöhnt waren – oder jedenfalls ich, denn es war schwer zu sagen, in welcher Art Welt Doris sich zu Hause fühlte. Alles, was sie wollte, dachte ich manchmal, war eine Welt mit Nervenkitzeln, aber für mich war es nicht besonders reizvoll, längere Zeit der Gnade einer Welt ausgeliefert zu sein, die einen jederzeit mit schweren Nagelstiefeln zertrampeln konnte. Vielleicht trug sie, wenn sie etwas mit Doris zu tun hatte, Filzpantoffeln – aber ich sollte jetzt nicht so sein, wo es schon so lange her ist.

»Warum hast du das Licht ausgemacht?« keifte sie.

»Komm raus hier, wir haun ab.«

Wir waren wieder im Hof, Doris ohne Schuhe, außer denen, die sie am Abend anhatte, als sie aus dem Haus gegangen war. Für mich endete der Horizont an der Oberkante des Tores, denn dort tauchte ein Polizist auf, ein blauschwarzer Baumstamm, der sich in einer Entfernung von ungefähr zwanzig Schritt auf uns herabneigte. Doris erstarrte wie ein Kaninchen. Ich schubste sie zwischen zwei kleine Schuppen hinter uns, so daß sie ein Versteck hatte, bevor der Polizist, der jetzt im Hof war, die Unruhe bemerkte.

Mich sah er. Ich entwischte ihm in eine andere Ecke, prallte von dort ab wie ein Geschoß in das sichere Ende des Hofes, und als er, nach Zigaretten und Bier stinkend, gegen mich anrannte, duckte ich mich unter seinen langen Greifern weg und saß rittlings auf demTor, bevor er mich zu fassen kriegte.

»Halt, Bürschchen, ich hab dich!« rief er.

Aber alles, was er von mir hatte, war ein Fuß, und nach ein bißchen Strampeln ließ ich meinen Schuh in der Hand des Polizisten. Als ich blitzartig die Straße hochrannte, hörte ich, wie seine Stiefel gegen die Bretter bumsten, als er über das Tor kletterte – und Gott sei Dank nicht spitzgekriegt hatte, daß Doris noch da drinsteckte und jetzt verduften konnte.

Ich war eine Maschine, die Beine waren wie mit Schrauben und Bolzen an meinem Körper befestigt, die Arme zogen mich voran, als ich durch die leere Straße lief. Wie eine Kaulquappe flitzte ich um jede Ecke, mit meinem Herzen im Kopf über das Pflaster ratternd, so schnell, daß von Laternenpfahl zu Laternenpfahl kaum eine Sekunde zu vergehen schien. Ich machte mir weiter keine Gedanken, wußte nur, daß ich eine Meile Zickzacklinie zwischen mich und diesen Bullen legen mußte. Nur wenige Schritte von dem Tor des Schuhladens entfernt, hatte ich ihn aus den Ohren verloren, aber es kam mir vor, als wäre eine halbe Stunde vergangen, ehe ich zu rennen aufhörte.

Schnaufend wie ein Elefant ging ich weiter und merkte erst jetzt, daß mir ein Schuh fehlte. Die Nacht war zerbrochen, hatte mich und Doris auseinandergerissen. Ich hoffte nur, daß sie getürmt war, bevor der Polizist mich aufgab und zurückging, um nachzusehen, was ich hatte mitgehn lassen.

Meinen andern Schuh warf ich über eine Mauer einer alten Kirche und ging auf Socken nach Hause, mit dem Vorsatz, mir am nächsten Tag von den fünfzig Pfund, die noch in meiner Tasche steckten, ein Paar neue zu kaufen. Der Schuh landete auf einem Haufen Asche und rostigen Blechbüchsen, und die weiche Lautlosigkeit meiner Füße auf dem Bürgersteig war mehr als ein Ausgleich für die saftig klingenden Flüche, mit denen mein Hirn und Herz Pingpong spielten. Immer wieder sagte ich mir, jetzt ist alles aus, und obgleich ich wußte, daß das stimmte, drängte eine andere Stimme mich dazu, das beste zu hoffen und die Lichtseite des Lebens zu sehen – wie irgend so ein betrügerischer Pfaff im Fernsehn.

Ich war so sicher, daß jetzt alles aus war, daß ich, bevor ich in unsere Straße einbog, das Fünfzigpfundbündel bei jemand in den Briefkastenschlitz schob und hoffte, daß man kein Wort über ein solches Glück verlieren würde, wenn man es fände. Und tatsächlich, so kam es dann auch. Als ich zu drei Jahren verknackt war und sicher hinter Gittern saß, konnte sich die alte Frau, die dort wohnte, von dem unerwarteten Geld eine schöne Zeit machen; ein dankbarer und lieber Neffe in Sheffield hätte es ihr geschickt, sagte sie.

Am nächsten Morgen standen zwei Bullen vor unserer Tür, und ich wußte, daß Lügen keinen Zweck hatte, denn sie sahen mich an, als hätte ich gestern abend die Nachrichten im Fernsehen verlesen. Einer hielt meine Schuhe in der Hand: »Passen die dir?«

Kurz bevor ich geschnappt wurde, sagte mir Doris, als wir uns vor ihrer Haustür mit Gutenachtküssen verabschiedeten: »Ich hab eine ganze Menge gelernt, seit ich dich kenne. Ich bin ein ganz anderer Mensch geworden.« Ehe ich Zeit hatte herauszufinden, was sie gelernt hatte, saß ich im Polizeirevier fest und war schon halb unterwegs zum Knast. Es war ein Witz, und ich lachte auf der Fahrt dorthin. Daß Doris auch mit in der Sache steckte, erfuhren sie nie, und so ging sie frei aus und konnte ihr Pferd reiten, wann immer sie Lust dazu hatte. Diese Freude wenigstens blieb mir. Das Bild wärmte mich wie ein Ofen in den ersten schwarzen Monaten damals, und ich mußte immer wieder darüber lachen, denn langweilig wurde mir diese Vorstellung nie. Ich hatte ebenfalls eine Menge gelernt, seit ich Doris kannte, obgleich ich, um ehrlich zu sein, bis heute nicht erklären kann, was es ist.

Ich schrieb Doris aus dem Knast, bekam aber nie eine Antwort, und selbst meine Mutter konnte mir nichts von ihr erzählen – oder vielleicht wollte sie auch nicht, denn mit Doris war eine ganze Menge passiert, und alle im

Viertel wußten es. Aber mich, mich ließen sie drei Jahre im Dunkeln, in denen ich litt und fast den Verstand verlor wegen etwas, was ich ohne diese Liebe und Sorge lachend durchgestanden hätte. Zwanzig von den Jungens warfen sich auf mich, wenn ich nachts zu toben anfing, und allmählich wurde ich klein und stumpfsinnig, und ich stellte mich tot wie ein Käfer und hörte fast auf, an sie zu denken, in der Hoffnung, daß sie vielleicht auf mich warten würde, wenn ich rauskäme, und wir dann heiraten würden.

Das war die Hoffnung, wie sie in Büchern und im Fernsehen und im BBC vorkommt; mit mir und dem Leben und mit jemand wie Doris hatte sie nichts zu tun. Drei volle Jahre ließ mich mein Gedächtnis nicht in Ruhe, jede Nacht war es wieder da und überrollte mich wie ein Feuerrad, so daß ich immer noch Blut schwitze, wenn ich an diese Folter denke: zu warten und zu warten ohne Nachricht, eingeschlossen wie ein Zwerg im Dunkeln. Keine Strafanstalt kann so eine Strafe auf ihr Konto nehmen.

Als ich rauskam, las ich mir die Einzelheiten Stück für Stück zusammen. Doris war schwanger gewesen, als ich eingesperrt wurde, und drei Monate später heiratete sie einen Autoschlosser, der dafür bekannt war, daß er wie ein gefährlicher Irrer auf dem Motorrad durch die Gegend raste. Vielleicht hat sie so die Zeit der Nervenkitzel verlängert, die mit mir begonnen hatte, aber diesmal ging es nicht so gut aus. Das Baby war ein Junge, und sie nannte es nach mir. Als es zwei Monate alt war, fuhr sie am Weihnachtsfest mit ihrem Mann aus. Sie wollten mit dem Motorrad nach Derby zum Tanz, und als sie in eine vereiste Kurve donnerten, fuhren sie einem Tankwagen in die Seite. Eis, Dunkelheit und die großen roten Buchstaben *Petrol* waren das letzte, was sie sah, und ich fragte mich, was in diesem Augenblick in ihrem Kopf vorgegangen sein mochte. Nicht viel wahrscheinlich, denn sie war tot, als der Tankwagenfahrer sie fand. Ihr Mann auch. Viel über achtzehn konnte sie nicht gewesen sein.

»Ihren Vater hätte es auch fast umgebracht«, sagte meine Mutter, »das Herz gebrochen. Ich sprach mal mit ihm auf der Straße, und er hat gesagt, er wollte sie immer so gern auf die Universität schicken, sie wäre so klug gewesen. Aber wenigstens hat er noch das Baby, es ist jetzt bei ihm.«

Und ich kam wieder ins Gefängnis, sechs Monate, weil ich eine Autotür geknackt und ein Kofferradio rausgeholt hatte. Ich weiß nicht, warum ich das tat. Ich fand das Radio nicht gut, und ich brauchte es auch nicht. Ich war nicht mal knapp bei Kasse. Ich machte einfach die Autotür auf, nahm das Radio raus, und dann kommt etwas, was mir heute noch schleierhaft ist: ich drehte es sofort an und hörte irgendwelche Musik, als ich die Straße runterging, so daß der Kerl, dem das Auto gehörte, es gleich spitzhatte und hinter mir herjagte.

Aber das war das letztemal, daß ich im Knast war – unberufen –, und vielleicht mußte ich rein, weil ich noch nicht fähig war, den Dingen wieder ins Auge zu sehn, als ich rauskam: über die Straße zu gehn, ohne unter einen Bus zu kommen, oder einem Juwelier die Scheibe einzuschmeißen, um die Erleichterung zu spüren, wenn man gefaßt wird.

Ich kriegte Arbeit in einem Sägewerk, wo ich die Maschinen von Sägemehl und Holzsplittern freihalten mußte. Das Kreischen der Sägeblätter, die sich durch

Baumstämme und Balken fraßen, übertönte den Schlachtenlärm in mir selbst, was während der ersten Monate in Freiheit eine gute Sache war. Jeden Morgen fuhr ich auf einem neugekauften Fahrrad hin, um hart zu arbeiten, bevor ich unter einer ausladenden Kastanie meine Mittagsstullen aß. Der Geruch der frischen Blätter auf der einen Seite und auf der andern der nach frischem Sägemehl klärte meinen Kopf und gab mir das Gefühl, wieder ein Teil der Welt zu sein. Ich mochte den Job so gern, daß ich dachte, er wär der beste, den ich je gehabt hatte – auch wenn die Stunden langsam vergingen und der Lohn beschissen war.

Eines Tages sah ich einen älteren Mann durch den Wald gehn, gefolgt von einem kleinen Jungen, der durch die Büsche tobte und mit seinem Stock die Blumen köpfte. Der Kleine war ungefähr vier, trug Cowboy-Anzug und -Hut und hielt eine Spielzeugpistole in der Hand, mit der er herumknallte, was wie das Knacken unsichtbarer Zweige klang. Er hatte ein rosiges Gesicht, graue Augen, war der Schrecken der Katzen und Vögel, eine Pest für den Eisverkäufer. Er gehörte zu den Kindern, die zu Weihnachten unter einer Lawine von Spielzeug fast ersticken; die von Leuten mit Geld verzogen und verdorben werden, wie es schlimmer nicht geht. Man konnte es seinem Gesicht ansehn.

Ich nahm den alten Mann aufs Korn und mußte noch mal hinstarren, ehe ich sah, daß es der Vater von Doris war, der Altwarenhändler, der vor noch nicht allzu langer Zeit mit seinem überzüchteten Auto eine Gefahr für die Kinder auf der Straße gewesen war. Sein Gesicht war grau und wächsern; mit Hut, Schal und Mantel hatte er sich gegen das Wetter gewappnet, und vorsichtig wählte er jeden Schritt auf dem Holzweg. »Komm her«, sagte er zu dem Jungen. »Komm, Tony, oder du verirrst dich noch.«

Ich beobachtete, wie der Junge zu dem alten Mann lief, seine Hand nahm und sagte: »Gehn wir jetzt nach Hause, Opa?« Ich fühlte eine Regung in mir und werde heute noch rot, wenn ich daran denke; ich wollte nämlich zu diesem Lumpensammlervater von Doris gehn und sagen – was ich in dieser Geschichte dauernd schon sage, daß er gewissermaßen auch mein Vater war –, wollte ihm sagen: »He, Alter, viel weißt du wohl auch nicht, was, Papa?« Aber ich hab's nicht getan, denn ich konnte nicht; ich lehnte mich gegen einen Baum, und mir war zumute, als hätte ich eine Woche lang ohne Unterbrechung gearbeitet; ich fühlte mich hundert Jahre älter als dieser alte Mann, der mit meinem Jungen davonging.

Das letztemal, wo ich Doris in Wirklichkeit gesehn habe, das war, wie sie in dem Schuhladen Schuhe anprobierte, und danach, als ich das Licht ausmachte, weil ich Gefahr spürte, und wir beide ins Dunkle gingen und nie wieder rauskamen. Aber es gibt noch ein anderes und allerletztes Bild von ihr, das mich wie eine Vision in meinen Wachträumen heimsucht. Ich sehe sie die Straße runterkommen, ganz rein und mit goldenem Haar auf diesem schimmernden Pferd, und langsam reitet sie bis zu unserm Haus, um mich zu besuchen, wie sie es lange Zeit getan hat. Und die Männer, die vor den Wettbüros standen, nannten sie Glücksfee.

Das ist lange her, und jetzt sehe ich sogar den Jungen von Doris, der inzwischen schon ein großer Kerl ist, wie er von der Schule heimrennt. Ich kann ihn beobachten, ohne den Wunsch zu haben, meinen Kopf in den Gasofen zu legen – ich kann ihn beobachten und für mich lachen, denn es macht mich glücklich, ihn überhaupt zu sehn. Er ist in guten Händen und wächst und gedeiht. Und ich bin auch auf dem richtigen Weg, arbeite in dem Lagerhaus, wo Butter und Käse gelagert wird. Ich fresse wie ein Kampfhahn und bringe so viel nach Hause, daß auch meine Frau und die zwei Kinder nicht zu kurz kommen.

Nachweis

Folgende Erzählungen wurden erstmals bei W. H. Allen & Co., London, veröffentlicht:
Mimikry und *Bevor der Schnee kommt* 1973 im Sammelband ›Men, Women and Children‹;
Das Bild mit dem Fischerboot und *Frankie Bullers Niedergang und Fall* 1959 im Sammelband ›The Loneliness of the Long-Distance Runner‹;
Der Zauberkasten und *Die Lumpensammlerstochter* 1963 im Sammelband ›The Ragman's Daughter‹.

Die Erzählung *Rache* wurde 1968 im Band ›Guzman, Go Home‹, Macmillan & Co. Ltd., London, veröffentlicht.

Die Erzählungen *Die Lumpensammlerstochter, Der Zauberkasten* und *Rache* erscheinen mit freundlicher Genehmigung der Liepman AG, Zürich, die übrigen Erzählungen mit freundlicher Genehmigung der Rosica Colin Ltd., London.

Die Erzählungen erschienen 1967, 1973 und 1981 als deutsche Erstausgaben im Diogenes Verlag.

Alan Sillitoe im Diogenes Verlag

Die Einsamkeit des Langstreckenläufers

Erzählung. Aus dem Englischen
von Günther Klotz

Sein erster Roman, *Samstagnacht und Sonntagmorgen*, stellte Sillitoe an die Spitze einer neuen, engagierten Schriftstellergeneration. Seine erste große Erzählung, *Die Einsamkeit des Langstreckenläufers*, wurde ein Klassiker der Protest-Literatur; die Filmversion von Tony Richardson, mit Tom Courtenay in der Hauptrolle, machte Sillitoe – auch über die Grenzen der Literatur hinaus – weltbekannt.

»Sillitoe hat die Erzählung als Monolog seines Helden angelegt, als einen Monolog während des Laufens. Wie da die Motorik des Denkens mit der des Langstreckenläufers synchronisiert ist, wie aus dem körperlichen Vorgang ein geistiger wird, wie da nicht bloß mit dem Gehirn, sondern mit der dampfenden Physis insgesamt gedacht wird – das ist von unmittelbar überzeugender Originalität. Der Kampf ohne Waffen, den Colin Smith führt, wird nicht beschrieben, wir nehmen an dem Prozeß des Entstehens teil, wir werden buchstäblich in ihn hineingerissen. Daß das so vollständig glückt, ist nicht zuletzt ein Triumph des vulgärphilosophischen Proletarierjargons… Das ist ein Meisterstück, in der Durchführung ebenso wie im Entwurf. Ein Glücksfall in jedem Betracht.«
Frankfurter Allgemeine Zeitung

»Eines der größten Stücke kurzer Prosa, das die zeitgenössische Literatur wohl hervorgebracht hat.«
Deutschlandfunk, Köln

Samstagnacht und Sonntagmorgen

Roman. Deutsch
von Gerda von Uslar

Alan Sillitoes erster und autobiographischer Roman, der den Arbeiter und Arbeitersohn aus Nottingham gleichsam über Nacht berühmt machte: erstmals ein Roman über die Arbeiterwelt nach dem Zweiten Weltkrieg; die Geschichte von Leben und Lieben des Fabrikarbeiters Arthur Seaton, erzählt in seiner eigenen Sprache – ein Schlüsselroman, der zum Vorbild einer ganzen Gattung, der Arbeiterliteratur, wurde.

»Ohne klassenkämpferisches Pathos, in legerer Umgangssprache geschrieben, zählt diese Milieustudie zu den bemerkenswertesten nach dem Zweiten Weltkrieg erschienenen Erzählwerken über die Welt der englischen Fabrikarbeiter.«
Kindlers Literatur Lexikon

»*Samstagnacht und Sonntagmorgen:* einer der großen Erfolge der englischen Nachkriegsliteratur.«
Helmut Winter/Frankfurter Allgemeine Zeitung

»Von allen in der zweiten Hälfte des 20. Jahrhunderts zu Ruhm gekommenen englischen Schriftstellern ist Alan Sillitoe vielleicht der produktivste und vielseitigste.« *Joachim Utz/Neue Zürcher Zeitung*

Der Roman wurde mit dem ›Author's Club Prize‹ ausgezeichnet, seine Verfilmung von Karel Reisz gilt als Klassiker des Free Cinema.

Ford Madox Ford
Die allertraurigste Geschichte

Roman. Aus dem Englischen von Fritz Lorch
und Helene Henze
Mit einem Nachwort von Mark Schorer
und einem biographischen Essay
von Kenneth Young

Edward Ashburnham, perfekter englischer Gentleman, hat eine verhängnisvolle Schwäche: Er kennt keinen Skrupel in Herzensangelegenheiten. *Die allertraurigste Geschichte* – erzählt von Ashburnhams Freund, dem Ehemann, den er betrogen hat – konfrontiert mit bitterer Ironie die oberflächliche Idylle eines Kuraufenthalts zweier befreundeter Paare in Bad Nauheim mit den finsteren Geheimnissen von Ehebruch und Verrat.
Ford Madox Fords bester Roman und ein Meilenstein in der Literatur des frühen zwanzigsten Jahrhunderts – heute noch so aktuell wie damals.

»*Die allertraurigste Geschichte* handelt von den Verheerungen, die ein leidenschaftlicher Mann bewirkt, dem alle Tugenden außer der Enthaltsamkeit eigen sind. Der Erzähler ist der betrogene Ehemann, und mit seinen Augen verfolgen wir die Verwicklungen und Verstrickungen, die durch Ashburnhams blinden Drang nach Befriedigung entstehen.
Fords Lehrzeit bei Conrad trug ihre Früchte, aber er übertraf den Meister.« *Graham Greene*

»Ein Roman, der nicht nur seinen Helden fassungslos zurückläßt.« *Karl Markus Michel / Frankfurter Allgemeine Zeitung*

»Ich liebe diesen Roman, ich lese ihn jedes Jahr wieder aufs neue. Die Figuren leben in meiner Phantasie, wo sie gleichsam einen rituellen Tanz aufführen – präzise, raffiniert und wunderbar elegant.« *Barbara Vine*

Sean O'Faolain
Trinker und Träumer
und andere Meistererzählungen

Aus dem Englischen
von Elisabeth Schnack

Barbara Plunkett, die hübsche junge Irin, die im Kiosk der Londoner National Gallery Postkarten verkauft, bringt mit ihrer herrlichen Unschuld zwei ältere Herren gehörig durcheinander. Charlie, ein irischer Möchtegerndraufgänger, wird weder die englischen Besatzer los noch das griechische Mädchen, das sich in ihn verliebt hat. Und bei seinem Besuch bei einem Jugendfreund muß sich ein Bischof, ob er will oder nicht, mit den Liebeshändeln der jungen Generation befassen. Mit eleganter Leichtigkeit und Ironie erzählt Sean O'Faolain von Träumern und Trinkern.

»Mit Güte, mit Liebe, mit zarter Ironie schildert O'Faolain seine Mitmenschen, Schwächen und Allzumenschliches enthüllend, doch gleichzeitig auch vergebend. Diese köstlichen Erzählungen möchte man jedem empfehlen, der Dichtung in bester europäischer Tradition liebt und sucht.« *Die Welt, Berlin*

»Diese Erzählungen wirken noch lange, nachdem man sie gelesen hat, nach, O'Faolains Gestalten werden ein Stück eigenes Leben. Es ist ein Glücksfall, diesem Erzähler von Gnaden zu begegnen.« *Die Presse, Wien*

»Es sind Geschichten eines eleganten, nachdenklichen Erzählers von großem künstlerischem Format.«
Die Zeit, Hamburg

Frank O'Connor
Die Reise nach Dublin

Roman. Aus dem Englischen
von Elisabeth Schnack

Die Geschichte einer jungen Liebe: Schon als Kinder lernten Phil und Mary das Leben kennen; er in Armut und Elend bei seiner Mutter, deren Sterben er mitansehen muß, sie in der Umgebung ihrer leichtsinnigen Mutter und eines vermeintlichen Vaters. Phil bewahrt seine Freundin Mary vor einem schlechten Lebenswandel in Dublin und bringt sie auf langer Trampwanderung wohlbehalten zurück nach Cork, wobei ihnen unterwegs ›das Leben‹ in einer so krassen Form begegnet, daß er, aus dem Gleichgewicht geworfen, sich vorübergehend von Mary Kate trennen will.

»Wie Joyce gestaltete auch O'Connor immer wieder Eindrücke und Erlebnisse aus seiner Kindheit und Jugend im katholischen Irland, wobei seine südirische Heimatstadt Cork eine ähnlich zentrale Rolle spielt wie Dublin im Werk von Joyce.«
Kindlers Literaturlexikon

»Der Roman einer jungen Liebe, die sich vor dem grotesken Hintergrund des Armenviertels der südirischen Stadt Cork abspielt. – Wer seine Heimat so verewigt, der tut für Irland, was Čechov für Rußland tat.«
W. B. Yeats

Charles Dickens im Diogenes Verlag

»Die erste Bedingung für die Popularität eines Autors ist die Liebe, mit der er seine Charaktere behandelt. Deshalb sind die Figuren bei Dickens Freunde der ganzen Menschheit. Sie bilden ein vereinigendes Band zwischen den Menschen in Amerika und den Menschen in St. Petersburg.« *Leo Tolstoi*

»Die, meiner Ansicht nach, mit Abstand beste deutsche Dickens-Übersetzung ist die von Gustav Meyrink. Sie ist fast vollkommen… Die Ausgabe müßte unbedingt wieder erreichbar gemacht werden.« *Arno Schmidt*

David Copperfield
Roman. Aus dem Englischen von
Gustav Meyrink. Mit einem Essay von
W. Somerset Maugham

Oliver Twist
Roman. Deutsch von
Gustav Meyrink

Die Pickwickier
Roman. Deutsch von
Gustav Meyrink. Mit einem Nachwort von
Walter Kluge

Drei Weihnachtsgeschichten
Deutsch von Gustav Meyrink

Weihnachtslied
Eine Gespenstergeschichte. Deutsch von
Richard Zoozmann. Mit Zeichnungen
von Tatjana Hauptmann und
einem Essay von John Irving

Oscar Wilde
im Diogenes Verlag

»Nachdem ich im Laufe der Jahre Wilde gelesen und wiedergelesen habe, bin ich auf eine Tatsache aufmerksam geworden, die seine Lobredner, so scheint es, nicht einmal geahnt haben: die nachprüfbare Tatsache nämlich, daß Wilde fast immer recht hat.«
Jorge Luis Borges

Das Bildnis des Dorian Gray
Roman. Aus dem Englischen
von W. Fred und Anna von Planta

Sämtliche Erzählungen
sowie 35 philosophische Leitsätze zum Gebrauch für die Jugend
Herausgegeben und mit einem Nachwort von Gerd Haffmans
Zeichnungen von Aubrey Beardsley

Der Sozialismus und die Seele des Menschen
Ein Essay. Deutsch von
Gustav Landauer und Hedwig Lachmann
Frontispiz von Walter Crane

De profundis
Epistola: in carcere et vinculis sowie Die Ballade vom
Zuchthaus zu Reading. Deutsch von Hedda Soellner, Otto Hauser
und Markus Jakob. Mit einem Nachwort von
Gisela Hesse und einem Essay von Jorge Luis Borges

Denken mit Oscar Wilde
Extravagante Gedanken über die Magie der Schönheit
und die allmächtige Kunst,
Kritik als Schöpfung, das dekorative Geschlecht
und die menschliche Tragikomödie
Herausgegeben und mit einem
Vorwort von Wolfgang Kraus
(vormals: *Extravagante Gedanken*)

Außerdem lieferbar:

Barbara Belford
Oscar Wilde
Eine Biographie. Aus dem Amerikanischen
von Susanne Luber

F. Scott Fitzgerald im Diogenes Verlag

Er war Ernest Hemingways Vorbild. Dashiell Hammett, Raymond Chandler, Gertrude Stein und T.S. Eliot lasen ihn mit Begeisterung. Und heute ist er der Lieblingsautor so unterschiedlicher Persönlichkeiten wie Doris Dörrie, Joey Goebel und Haruki Murakami.

»F. Scott Fitzgerald war der Größte unter uns allen.«
Ernest Hemingway

Die Romane in fünf Bänden in Kassette
Alle Bände auch als Einzelausgaben sowie im Taschenbuch:

Diesseits vom Paradies
Roman. Aus dem Amerikanischen von Bettina Blumenberg und Martina Tichy. Mit einem Nachwort von Manfred Papst

Die Schönen und Verdammten
Roman. Deutsch von Hans-Christian Oeser. Mit einem Nachwort von Manfred Papst

Der große Gatsby
Roman. Deutsch von Bettina Abarbanell. Mit einem Nachwort von Paul Ingendaay

Zärtlich ist die Nacht
Roman. Deutsch von Renate Orth-Guttmann. Mit einem Nachwort von Heinrich Detering

Die Liebe des letzten Tycoon
Roman. Deutsch von Renate Orth-Guttmann. Mit einem Nachwort von Verena Lueken

Außerdem lieferbar:

Drei Stunden zwischen zwei Flügen
und andere Meistererzählungen. Ausgewählt und mit einem Nachwort von Daniel Kampa
Acht Meistererzählungen auch als Diogenes Hörbuch erschienen, gelesen von Helene Grass, Volker Hanisch, Hannelore Hoger, Dietmar Mues, Friedhelm Ptok und Ernst Schröder

Junger Mann aus reichem Haus
Erzählungen. Mit einem Vorwort von John Updike. Deutsch von Bettina Abarbanell und Walter Schürenberg

Der seltsame Fall des Benjamin Button
Erzählung. Deutsch von Christa Schuenke
Auch als Diogenes Hörbuch erschienen, gelesen von Gert Heidenreich

In Vorbereitung:

Gesammelte Erzählungen in vier Bänden in Kassette
Deutsch von Bettina Abarbanell, Dirk van Gunsteren, Renate Orth-Guttmann, Harry Rowohlt, Christa Schuenke, Walter Schürenberg und Melanie Walz

George Orwell *im Diogenes Verlag*

»George Orwell, Prophet der Schreckenswelt von *1984*, vielzitierter Autor auch der grimmigen Fabel *Farm der Tiere*, ist heute der meistgelesene englische Schriftsteller des 20. Jahrhunderts. Und mit später Bewunderung wird inzwischen auch jener einst so mißachtete, jener andere Orwell zur Kenntnis genommen, der in Romanen, Reportagen und vielen Essays Zeugnis ablegt von seiner Zeit, von den Dreißigern und Vierzigern des zwanzigsten Jahrhunderts, in denen sich Europas Gesicht verändert hat.«
Der Spiegel, Hamburg

Farm der Tiere
Ein Märchen. Aus dem Englischen von Michael Walter. Mit einem Nachwort des Autors
Auch als Diogenes Hörbuch erschienen, gelesen von Hans Korte

Im Innern des Wals
Erzählungen und Essays. Deutsch von Felix Gasbarra und Peter Naujack
Daraus die Erzählung *Einen Elefanten erschießen* auch als Diogenes Hörbuch erschienen, gelesen von Jochen Striebeck

Mein Katalonien
Bericht über den Spanischen Bürgerkrieg. Deutsch von Wolfgang Rieger

Rache ist sauer
Essays. Deutsch von Felix Gasbarra, Peter Naujack und Claudia Schmölders

Erledigt in Paris und London
Deutsch von Helga und Alexander Schmitz

Tage in Burma
Roman. Deutsch von Susanna Rademacher

Der Weg nach Wigan Pier
Deutsch und mit einem Nachwort von Manfred Papst

Meistererzählungen
Ausgewählt von Christian Strich

Denken mit George Orwell
Ein Wegweiser in die Zukunft. Ausgewählt von Fritz Senn und Christian Strich. Deutsch von Felix Gasbarra und Tina Richter (vormals: *Gerechtigkeit und Freiheit*)

Außerdem lieferbar:

Michael Shelden
George Orwell
Eine Biographie. Deutsch von Matthias Fienbork

• Muriel Spark
Aus dem Englischen von Peter Naujack und Elisabeth Schnack

• Stendhal
Aus dem Französischen von Franz Hessel, M. von Musil und Arthur Schurig. Mit einem Nachwort von Maurice Bardèche

• Robert Louis Stevenson
Aus dem Englischen von Marguerite und Curt Thesing. Mit einem Nachwort von Lucien Deprijck

• Leo Tolstoi
Ausgewählt von Christian Strich. Aus dem Russischen von Arthur Luther, Erich Müller und August Scholz

• Mark Twain
Mit einem Vorwort von N.O. Scarpi

• H. G. Wells
Ausgewählt von Antje Stählin. Aus dem Englischen von Gertrud J. Klett, Lena Neumann und Ursula Spinner